经典印象·小说坊

CLASSIC IMPRESSION

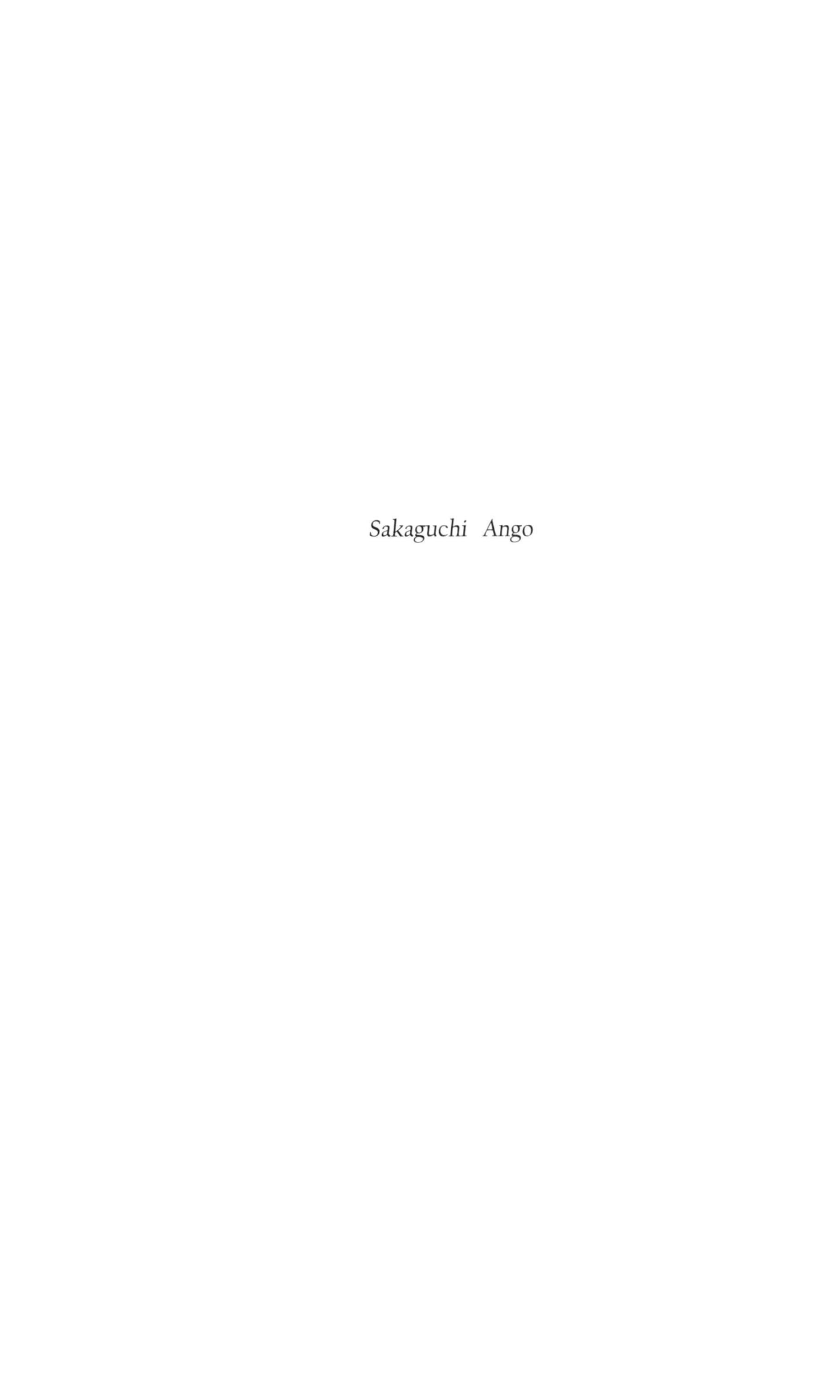
Sakaguchi Ango

坂口安吾

小偷家族

Sakaguchi Ango
Ango's Tome of
Criminal Profiles Ⅰ

杨明绮——译

浙江文艺出版社
Zhejiang Literature & Art Publishing House

作者序

本捕物帖[①]的每个推理故事，主要由以下五个部分组成：第一部分是泉山虎之介前往胜海舟家告知出了什么案件（偶尔省略），第二部分是案件发生的过程，第三部分是胜海舟的推理，第四部分是结城新十郎揪出真凶的过程，第五部分是胜海舟对自己输给新十郎的感慨。以上五个部分中第二部分要占整个故事篇幅的六分之五。比如一个故事的篇幅是六十页稿纸的话，第二部分要写五十页，其余部分占剩下的十页稿纸。

① 捕物帖，又称捕物账，原本是江户时代私家侦探对犯罪案件的一种笔记，后衍生为以特定时代为背景、以侦探推理为题材的日式推理小说，冈本绮堂的《半七捕物账》是其代表。

捕物帖从严格意义上来说虽非严密的推理小说，但本捕物帖把重点放在推理上。第二部分中已经将推理的种子全部撒下，读者可以一边自己推理一边往下读，这样您也不会觉得太无聊。作者就是抱着这样的创作意图写下这本捕物帖的。读到第三部分胜海舟开动脑筋推理的时候请您定要合上书，趁着小憩一会儿的间隙进行您的推理吧。胜海舟的推理中都有七成错误。当下的推理小说为了突出主人公推理能力的伟大，都会安排一个傻瓜侦探先做出完全错误的推理。就连读者在读的时候，意识到自己的推理错了，也会觉得自己和那个傻瓜侦探一样傻，进而产生厌恶。不过，本书中的胜海舟是明治时代最聪明的人物，连他都推理失败的话，那么读这本捕物帖的读者即便推理错误，也会心安理得。这反而是可喜可贺，不必感到羞耻的事。

本捕物帖的创作意图就是期盼此书能够像一个挚友一样，能在您闲暇时陪您解闷儿，要是您能以轻松愉快的心情享受推理过程的话就再好不过了。

坂口安吾

1953 年 2 月 26 日

目录

化装舞会杀人事件

冰川町的一所黑油木墙围着的宅邸，是胜海舟①的府邸。今日家住神乐坂一带的剑客泉山虎之介正到访于此。虽说已是明治十八、十九年（1885—1886）文明之世，但这男人有个恶习，一喝醉就会借酒装疯，吻女佣的脸颊。

虎之介年少时曾拜海舟为师习剑，那时胜海舟还很潦倒，尚未受幕府重用，靠着剑术与满肚子洋学问谋生。虎之介跟随海舟学习两三年后，因为海舟升官公务繁忙，遂将虎之介托付给剑客

① 胜海舟（1823—1899），日本幕府末期至明治初期的武士、政治家，与山冈铁舟、高桥泥舟并称“幕末三舟”。曾参与倒幕运动，明治维新后，被政府任命为海军卿并授予伯爵爵位。后在东京都赤坂区冰川町以作文著书安享晚年。

山冈铁舟，那时虎之介还是个十一二岁的小毛头，之后便一直跟着山冈习剑，如今虽在神乐坂开了间道馆，却经营惨淡。

虎之介坐在胜海舟宅邸玄关的藤椅上，抱头沉思。这也是他的一个怪癖，一有烦心事就会登门拜访海舟，然后像这样坐在藤椅上沉思。毕竟他的块头不小，久而久之，藤椅脚像快散架似的摇摇晃晃。

静思默想了四五分钟后，虎之介突然起身，走进屋内。待通知他来访的女佣退下后，海舟的贴身侍女小系现身，引领他去见主人。先来到打通十二张榻榻米①与六张榻榻米的房间，摆置着桌椅的会客室。这栋宅邸在江户时代时是一个旗本②的居所，这里是客厅，壁龛挂着河村清雄一幅以龙为题材的油画。紧邻会客室的小房间原本是海舟的书房“海舟书屋”，也是海舟常与南洲（指西乡隆盛）、甲东（指大久保利通）密谈之地，是间颇有历史意义的小房间。向右沿着长廊经过不到十米，来到由前六张与后八张榻榻米组成的房间，这里是海舟现在的书房，里头还设有三张榻榻米大的茶室与库房。

今日恰巧没有访客。气宇非凡的海舟却粗鲁地盘腿而坐，气势十足地问：

“原来是阿虎啊！近来如何？有没有勤练剑术？”

---

① 榻榻米，日式房间中的一种草席。因形状规整，常用于计算房间面积，一张榻榻米面积为 1.62 平方米。

② 旗本，江户时代武士级别之一。

“一家老小七张嘴，都等着我使剑养家。”

“听说喝得烂醉的你在神乐坂任意斩人，挺像你的作风。”

“绝无此事!”

“谣传你还搂着良家妇女的脖子不放，强吻对方面颊，以至于晚上八点后，女人就不敢在神乐坂一带走动。要是横竖都会被舔，神乐坂的姑娘和女人家倒希望被你的邻居新十郎先生亲一口哩！听说连按摩小姐阿银也被你气得七窍生烟，大骂被你亲了就像阎王上身!”

“说来惭愧，虽说对自己酒后失态多少有些印象，但决不至于像先生所言。其实我今日登门，正是为了一件与那位结城新十郎大人有关的事，来请您赐教的。”

“什么事?”

“是件天大的消息，报社都被下了封口令，警察侦探四处奔走，官府正在召开御前会议。”

虽然虎之介总爱夸大其词，但御前会议这种事可不能胡诌。海舟深感不可思议，问道：“难不成哪里要开战?”

“其实是昨晚八点左右，和政府往来密切的企业家加纳五兵卫在化装舞会席间惨遭杀害。当晚宾客除了阁员之外还有各国公使，甚至连对马典六、神田正彦这样的大人物也到场了。”

海舟虽然依旧神色自若，也不免心头一惊；只见有着过人的聪明才智、利剑般的敏锐直觉、飞矢般的迅捷思路，以及显微镜般缜密心思的他沉思片刻，足知此事非同小可。

此乃机密要事，但笔者要在这透露一下：当时的日本政府正在计划着一项赌上日本国运的困难事业。当时日本的工业发展非常落后，居然连一座年产千吨的冶铁厂也没有。十几年前开始有蒸汽火车，但车体是国外制造，完全没有国产的坚船利炮；日本若想跻身先进国家之列，非得发展工业不可，当务之急就是建立大规模冶铁厂，无奈资金短缺。虽然日本数一数二的资本家无不积极拓展贸易、海运等，但对需要投下大笔资金添购设备、经年累月钻研技术开发的重工业，则根本不屑一顾。

因此，政府当局为了让日本跻身先进国家之列，决定成立大规模冶铁厂，但是因为资金不足，打算先向 X 国借贷五百万英镑。五百万英镑相当于五千万美元，按照现在行情，高达三千亿日元。

但某些国家不希望日本发展大工业，Z 国便是其中代表，生怕日本会来抢占工业市场。

总理大臣（到明治十八年十二月为止尚称太政大臣，因为更名前后恰为本捕物帖诞生的时期，官名一旦如史实所记，便会泄露机密。遂本帖将太政大臣统称为总理大臣，其他情形亦同，一律以现行通用名称代替当时名称）认为一旦将冶铁厂作为国营事业，肯定会遭受来自国际的舆论压力；若以半官半民的方式经营，也恐遭非议，不如彻底民营。所幸有一个与政府来往密切的商人加纳五兵卫与总理大臣一拍即合，由他个人承包下建冶铁厂的事业。

不过这也是台面上这么说，比如这五百万英镑的借款，其实是政府作保，担下偿还之责，所以骨子里还是国营事业。由于X国与Z国长期对立，互为眼中钉，所以X国对于日本发展工业将抢占Z国东洋市场一事，当然乐观其成，随即与日本展开密切往来。

然而，五百万英镑毕竟不是一笔小数目，撇开对付Z国一事不谈，也要考虑国际情势；何况X国不愿因此惹恼其他国家，所以始终不愿松口承诺借贷这笔款项。

就这样拖了半年，交涉没什么进展，却让Z国得知这笔秘密交涉，并且掌握了所有内幕。

于是Z国以其人之道，还治其人之身，企图报复，不断向日本政府施压，却未向X国抗议。日本一直都是向X国进口纸张、石油和棉纱（这和之前总理大臣的称谓是同样情形，为了不泄露国家机密，所以货品名称皆为胡诌）等，让X国得到莫大利益，而Z国欲对X国还以颜色，便让他国提供日本更便宜的原料，协助日本成立造纸、炼油、纺纱等大型工厂。

将秘密泄露给Z国人士的，正是总理大臣上泉善鬼的死对头，也是未来掌权者的头号人选对马典六。典六自幕府时代起就与善鬼对立，也是诸藩中的佼佼者，于是Z国大使佛莱肯（这名字也是胡诌的，担心拼音会泄露国名，姑且随便命名）与典六密会，允诺五百万英镑借款，让他大力发展造纸、炼油和纺纱业，并提供优惠原料与海外市场等优渥条件；又对典六说，你作为政治家，在这件事上不好出面，恐会引起国际非议，因此表面上还是挂在资本家神田正彦名下。至于担保的话，则要等典六当上总理大臣之后，签订正式贷款合同的时候再说。

无怪乎典六欣喜若狂，毕竟自己正愁如何和Z国合作的时候，对方却主动上门，遂赶紧与神田正彦密商。神田与加纳五兵卫是敌对的两大商界龙头，加纳又与上泉善鬼结盟，于是他选择与对马典六合作。这样的好机会绝无仅有，所以神田比典六更雀跃。

政商界两大势力分庭抗礼，原本是国家机密的事因此泄露，小道消息流窜迅速，就连海舟也闻风一二。

面对X、Z两国对峙的紧绷情况下，X国还是不肯卖个情面，爽快允诺那五百万英镑借款。至于理由，众说纷纭。其中大多数认为是X国大使伽梅洛斯对加纳五兵卫那芳龄十八的女儿梨江爱慕不已，却被梨江回绝的缘故。伽梅洛斯不断向上泉善鬼暗示，善鬼与五兵卫费尽心思说服梨江，甚至放低身段恳求，梨江却淡淡回了句：

“此事免谈！”

不愧是学习院①毕业的高才生，梨江竟然用这么一句话就给回绝了。

其实X国内政萧条，根本难敌Z国强力攻势，不过当时不少

① 学习院，日本为皇室、贵族开设的学校，毕业生以守礼、高贵闻名。

人赞扬梨江不畏权势，才没让善鬼奸计得逞。

听说还流传了这么一则秘闻。其实说服年轻女孩就像外交谈判，有时游说者也得通过闲聊来缓和气氛，打开僵局，只见善鬼从怀中掏出一盒叫“蜡火柴”的玩意儿，还说这东西是伽梅洛斯送的舶来品，不同于日本的火柴，无论摩擦哪里都能打着，在西方也是珍奇之品。善鬼递了一根给梨江，自己也拿了一根摩擦鞋底示范。

“哇！叔叔，这东西可真稀奇呢！”

只见梨江双眼闪闪发亮，从椅子上站起来走到善鬼身边，一手按着善鬼的秃头，一手拿着火柴在秃头上拼命摩擦，却怎么也不见火光。

“哎呀！该不会骗人吧？”

这样说着，梨江倏地丢掉手中火柴。善鬼素有雷公大臣之称，脾气十分火暴，此时却极力耐住性子，被火柴在头上划了一道，非但不见光秃头顶上怒气蒸腾，反倒赔笑脸地继续摩擦火柴。

传闻目前交涉不顺，陷入胶着，也有传闻说，交涉已经万事俱备，只欠东风了。结果就在这节骨眼上，加纳五兵卫惨遭杀害，而且是在自家举办的舞会上遇害。

五兵卫于自宅举办舞会一事，或许就是整起事件的核心。佛莱肯与典六、神田密切往来，五兵卫急得像热锅上的蚂蚁。甚至有谣传他每晚都会悄悄到女儿房里，涕泗纵横，跪求女儿帮忙。

“所以我才讨厌参加舞会。”

海舟显然因为事情过于复杂，摸不着头绪而烦躁，愤愤地说。

“那些家伙聚在一起还真是不可思议。其实也没啥好奇怪啦！不过五兵卫可真够老奸巨猾，居然在家开舞会。我要是这样话都没听完就着急下结论，肯定会被新十郎讪笑吧！你倒是说说你知道些什么，动用你那石头脑袋，可得从头至尾说清楚，别颠三倒四哦！”

“遵命！这是在下的莫大荣幸。”

神情严肃的虎之介诡异地行了个礼后，一副兴奋样。他希望海舟能帮忙解惑，让结城新十郎与花乃屋因果对自己另眼相看，了了这多年来的心愿。于是他开始转动自己的石头脑袋，时刻注意不要颠倒事件的顺序，娓娓道出事情始末。

这场化装舞会最初计划于鹿鸣馆①举行。五兵卫为了因应时代风潮，建了豪华宴会厅。虽然已经使用过两三次，但论及规模、气派，还是不足以用来招待政府官员与各国王公大使。但在旁人极力怂恿下，五兵卫还是决定于自宅举行，虽不及鹿鸣馆豪华，也并非摆不上台面的场地，所以五兵卫心里倒不觉得丢脸。

---

① 鹿鸣馆，英国建筑师乔赛尔·康德为日本明治政府设计的两层洋楼，其名称取自《诗经·小雅》：“呦呦鹿鸣，食野之苹；我有嘉宾，鼓瑟吹笙。”1883年落成，多用于日本政府招待贵族、外国使臣的社交舞会。

五兵卫之妻厚子为贵族之女，年方二十七，是续弦，不用说，她不是梨江的生母。梨江的生母在她和兄长满太郎年幼时因病去世，就读剑桥大学的满太郎刚回国，虽然这次舞会表面上不是为他而办，但五兵卫心里早就视这场舞宴是为了庆祝满太郎学成归国，向世人夸耀他有个一表人才的儿子；但因顾及这是家中私事，不好意思大肆宣扬，所以五兵卫舍弃鹿鸣馆，决定在自家设宴。

舞会的那天早上，梨江被唤至厚子房间。厚子都是一早入眠，中午醒来，所以不会和大家一起用午膳，也不曾目送丈夫出门。

“今晚舞会你打算扮成什么？”

梨江被继母这么一问，回道：“我才不想特意乔装呢！”

“总会戴个面具吧？”

“不，我讨厌面具，对舞会也没什么兴趣，所以今晚打算和朋友去学骑马。”这回答有些出人意料。

毕竟厚子是贵族出身，天生有股傲气，旋即面露愠色，艳丽瞳孔中栖宿着怒气。

“已经替你准备好乔装用的衣物了。你要扮成西方名画中沐浴的维纳斯。回国的满太郎恰巧带回一只瓷壶，只要穿件下摆稍长的衣裙，抱着壶，步履轻盈地走着，活脱脱就像个在河边优雅散步、想找处地方沐浴的美女。还有……”

厚子眼神锐利地盯着梨江，说道：“听说伽梅洛斯会扮成回教苏丹王，如果他邀你共舞，你就带着他到庭院那处隐秘树丛，再倒些壶里的威士忌给他喝。”穿着像是长袍睡衣的维纳斯，和只用毛巾包裹身子的苏丹王，在宴会上演这么一出戏码还真是诡异，而且要是用来固定长袍的别针什么的开了，两人都赤身裸体地在草坪上喝酒了。梨江似乎看穿了善鬼与五兵卫的诡计。虽然厚子不至于沦为善鬼与五兵卫的说客，但有可能为虎作伥，贵族出身的她果然十分任性。

“我会在壶里放一条眼镜蛇，看着好了！”

梨江斜睨贵族之女一眼，机灵地转身跑走。

不愧是贵族之后，承继了历代先人的胆识。厚子派人暗中监视梨江的一举一动，绝不容许舞会开始之前发生任何状况，像是古时守卫领地一样，派人把守宅邸的出入口，所以梨江根本逃不出她的手掌心。

舞会当天，五兵卫应该早早回家准备，却迟迟未归。眼看宾客来了大半，忽然，一辆人力车连翻带滚似的赶到后门。

“哎呀！被鬼给耍了，那家伙不可能还活着的。”

只见五兵卫边拂去汗水，边喃喃说些莫名其妙的话，囫囵吞了三碗饭后便急赴会场。五兵卫乔装的是箱根地区专敲诈人钱财的担竹轿轿夫，满头大汗匆匆忙忙赶来的他活脱脱就像一个真正的轿夫，而本人内心却焦躁不安。

作为主人，迟到一事不仅对会场宾客十分失礼，更是让舞会上的搭档下不来台。五兵卫的搭档，是扮成妖和尚的警视总监①速水星玄，他也担着竹轿等着五兵卫现身。星玄是个脾气暴躁、粗俗无礼的酒鬼，众所周知，他本来就是个难登大雅之堂的鄙俗男人，抓小偷审犯人还好，带到外交场面上反而会丢国家的面子。无奈的是，他又特别喜欢出席社交场合，你要是劝他打消念头，比杀了他还让他难受，会让他大受打击，只好硬着头皮邀请他来。

五兵卫赶到时，星玄并不在玄关，他将竹轿搁在女侍们端送料理进出的小门的角落里。只见他叫住路过的侍女，一把抢走菜肴，大快朵颐起来。

星玄一见到五兵卫，就说："呦，你来啦！你撑住前面，我在后头扛着。可不能让那些臭男人搭这轿子，只能载美女，知道吗？如果有男人一屁股坐上来，我立刻松手。"

真是令人啼笑皆非的警长。

随着妖和尚星玄的一声吆喝，两人便担起竹轿进入会场。总理大臣善鬼一身铠甲、头盔，手执指挥扇，打扮得气定神闲的样子，但双眼直盯着伽梅洛斯，暗自担心梨江小姐的事情，不知她何时才会出现，善鬼一副坐立难安状。

伽梅洛斯也很焦急，但讽刺的是离他不远处，装扮成神官的典六却悠闲地缠着他聊天。

---

① 警视总监，日本警衔中的最高级别，以下依次是：警视监、警视长、警视正、警视、警部、副警部、巡查部长、巡查。

佛莱肯呢，只戴着面具，而且和也只戴了面具的厚子小姐共舞。神田正彦应该也在场，只是还没遇见他，不晓得他扮成什么模样。

善鬼忍不住叫住扮成轿夫的五兵卫，问道："梨江小姐怎么啦？没看到她呢！"

"不会吧？她应该已经来了。可能是您没注意吧。"

"不可能！我从三十分钟前就一直睁大眼搜寻她的身影……你还好吧？哪里不舒服吗？"

额头直冒汗、大口喘气的五兵卫笑着回道：

"没事，可能是担着竹轿走来走去累了吧！我会尽快派人去找她。"

只见五兵卫走到正在和佛莱肯跳舞的厚子边上，不知道说了什么，又折回来，说：

"梨江马上就来。"

"是吗？这我就放心了。"

善鬼高兴地回到自己的位子上。

就在这时，梨江现身了。她按照继母厚子的吩咐，乔装成了沐浴的维纳斯。怀抱陶罐的她面带微笑，神态自若地环视四周，然后向伽梅洛斯的方向走去。快要走到伽梅洛斯身边的时候，她忽然察觉到抱着陶罐的左臂上好像有什么东西，低头一看，不禁尖叫起来。

"啊！"

梨江像是被人破成两半似的，发出了一声短促而又凄厉的尖叫。原来是陶罐里爬出了一条蛇，此刻正缠在梨江的手臂上。

随着陶罐落地，梨江也昏倒在落满碎片的地上。

人们拥上去，伽梅洛斯抱起梨江，另外有人抬脚踩死了那条蛇，随即破口大骂起来。就在这关头，会场的另一头忽然有人大叫起来：

“啊！医生！快去叫医生来！”

人们纷纷回头一看，只见扮成妖和尚的星玄把竹轿扔在一边，手忙脚乱地大呼小叫。旁边一个乔装成黑衣虚无僧①的人，也扔掉手中的尺八，双手抱起扮成轿夫的五兵卫。

五兵卫就这样在警视总监的面前被暗杀了。

扮成妖和尚的速水星玄，总算没忘记自己警视总监的身份，向人们喊道：

“请大家安静，不要慌张！”

人们一听，心想：这儿最慌张的，不是你自己吗？只见星玄如同只身一人挡住洪流般的气势，挥舞着大手喊道：

“请大家暂时不要动！这里发生了一件严重的杀人案件，请暂时别动、保持肃静。在医生和侦探到达之前，不要离开现在的位置。”

加纳五兵卫的宅邸位于牛込区矢来町，是不幸中的万幸。因

---

① 虚无僧，日本禅宗普化宗的僧侣，头戴可遮住面部的草帽，靠吹奏一种较粗的箫状乐器尺八化斋为生。

为星玄请来的侦探不是别人，正是住在附近神乐坂的绅士侦探结城新十郎。

当星玄得知加纳宅邸的保安古田鹿藏，正是他以前手下的一名老巡查时，十分激动地把他叫来：

“有你在真是太好了。你快去把神乐坂的新十郎先生请来！要快！跑着去！哎呀，你个老货，怎么不跑快点！”

古田领命狂奔而去。古田当巡查时就经常被派去找新十郎，凡是需要新十郎的时候，一直都是他去神乐坂。

新十郎的父亲是德川幕府的重臣，身为将军家臣后裔的新十郎留过洋，是个洋气十足的人。博学多才的他知道的东西可以以一抵五，再加上敏锐透彻的观察力，可谓是个名侦探中的名侦探了。

新十郎的右边，就住着泉山虎之介。虎之介除了经营道场，还接些教授警视厅的巡查们剑术的私活。

虎之介是一个一根筋的人，特别喜欢侦探推理。一门心思钻研同一件事是他最大的乐趣。一听到哪里有案子，他就会扔下道场不管赶到现场，把跟着他学剑的警察推到一边，自己跑到最前面，深吸一口气，气沉丹田，边细心观察，边思考。但就他的观察力而言，那几乎等同于零，还十分片面。

一回到家，虎之介就会召集左邻右舍报告所见所闻，并提出他的看法，这无疑是他最大的人生乐趣。不过留学归国的新十郎常常戳破他的推理盲点，同时还可以找出真凶。虽然虎之介觉得很没面子，倒也输得心服口服；毕竟能展开精辟推理，着眼于别人无法识破的关键要点，确实有一套。总之，再怎么老奸巨猾的犯人，也难逃新十郎的明察秋毫，经由虎之介的引荐，新十郎开始频繁出入命案现场，因为解决数起悬案而声名大噪。

留洋博士、日本美男子、绅士侦探……结城新十郎拥有各种美称，报纸上的人气投票也名列全国第一。警视厅想请他去当探长，但是他讨厌这种拘束感，于是婉言拒绝，但毕竟探案也是他的兴趣，因此只接受临时工的身份，或是遇到大案时，只要和他说一声，还是会出马协助，负责赶赴通报的便是老巡查古田鹿藏。

新十郎家的左邻住着一位颇有名气的剧作家，名叫花乃屋因果。日本的剧作家多半出身于江户、大阪等大城市，不过这位花乃屋曾住在萨摩①一带，在鸟羽伏见一役②中，还是个在沙场上足履草鞋、挥舞大刀、高喊“冲啊”一直冲到上野宽永寺一带的枪炮组小队长。

然而，他十分喜爱阅读小说，又喜爱追求时尚，相较于汲汲营营于仕途的战友，花乃屋却拜某位剧作家为师，立志朝此道发展。在这一行里，半路出家的他因独特的做派声名大噪、受人追

① 萨摩，位于日本九州岛鹿儿岛县西半部。

② 鸟羽伏见一役，1867年间，日本幕府将军德川庆喜实行大政奉还，尔后不久，新政府便和幕府展开军事对抗。1868年1月3日，京都市南郊的鸟羽地区、伏见地区之间爆发了伐剿战争，新政府大获全胜。

捧。人称乡下包打听、半佛半仙的他，在人力车夫、女佣等底层百姓口中可说是一个风流雅士，颇受尊崇。

花乃屋对事情的执着程度比起虎之介，可说有过之而无不及，尤其是推理方面的事情。他还能清楚辨识古田巡警的脚步声，早在古田抵达新十郎家门前，他早已穿戴整齐在门口等着。

“好，走吧。”见新十郎出来，花乃屋掏出怀表，瞄了一眼。

“嗯，事不宜迟。”

听完委托案件的大致始末，新十郎便迅速出门。

虎之介听说二人准备出门，慌张地一边系腰带，一边说：

“喂，等等啊！哼！这两人还真过分！”

说着他便套上有些破旧的木屐，追了出去。新十郎身穿在巴黎定做的西装，手拄一根细手杖。花乃屋也是时髦之人，身穿华丽西服，配上帽子和手杖，一如往常叼了根水府产的烟卷。

三人跟着鹿藏来到位于矢来町的加纳宅邸，星玄站在门口迎接他们，并与新十郎握手寒暄。

“天地之大，能帮俺的只有您哩！拜托您哩！”

星玄痛心至极，竟用家乡方言和新十郎打招呼。从星玄的眼里，足可见事情的严重性，也可以看出他已经急得坐立不安。

“究竟发生了什么事？”

听到新十郎这么问，星玄把案件的经过介绍完毕，说道：

“事情就是这样，真没想到五兵卫就那样死在了俺眼皮子底下哩。”

新十郎和气地安慰了星玄几句，又问道：

“除了抬竹轿的您和五兵卫先生以外，其他人都跑到昏倒的梨江小姐身边去了，对吗？”

“不是不是，会场上差不多四分之一的人围到梨江小姐身边去了，剩下的人都站在原地。不过，大家都向梨江小姐倒下去的方向看来着。”

“您是亲眼看见梨江小姐倒下去的吗？”

“说来也难为情，俺也因为好奇朝梨江小姐那边看来着，没看到凶手行凶的那一瞬间。我是感到肩上抬着的竹轿突然晃悠着向前倒去，才发觉五兵卫他正捂着胸口倒下去。五兵卫他十分要强，就算这副情形，他也没松开竹轿。那时候，一个虚无僧装扮的人也看到他有些不对劲，就连忙跑过来，在五兵卫倒地之前抱住了他。那人是双手去抱的五兵卫，手上的尺八也就应声而落。那个虚无僧摘下草帽，我才看清他是油画家田所金次。不过巧的是，今晚舞会上，还有一人也打扮成了虚无僧模样，就是大商人神田正彦。”

“这么说，在那之前，没有人接近过被害人？”

“五兵卫倒下去四五分钟之前，总理大臣善鬼曾和他说过几句话。在那之后，五兵卫又找到正在和佛莱肯大使跳舞的夫人厚子问了几句，就折回来和总理大臣报告。对了，那时五兵卫的脸色好像不太好。”

新十郎点点头，说道：

“请您带我去现场看看吧!”

在星玄的带领下，包括老巡查古田鹿藏在内的四人跟着他向里走。只见到虎之介也在其中的星玄目瞪口呆，盯着虎之介说：

“你可不能进去！系着那么根破腰带，还光着脚丫子。里面还有许多各国大使，你会给国家抹黑的。”

虎之介噗的一声笑出声来，心说你也不看看自己那副德行，反驳道：

“警视总监大人，您看看您自己还不是只穿一条露屁股的兜裆布？日本国的面子早就被您丢尽了。”

“哎呀！这倒也是。”星玄自己不好意思起来。

新十郎赶紧从中调停，对星玄说：

“身为侦探，常常要乔装探案，你就当他是乔装打扮了再过来的就好了。”

“也行也行。”

星玄略带满意地点点头，带着四人走进宴会厅。厅内人们都聚集在墙边，宴会厅正中央空空荡荡，只有轿夫打扮的加纳五兵卫孤零零地躺在会场一角的地板上。尸体边上是从他肩上滑下来的竹轿，如同五兵卫身体的一部分般，躺在地面上。

新十郎检查了一下五兵卫的尸体，发现其侧腹部插着一把只露出刀把的尖刀。这是把可以投掷的短小匕首，刀刃深入体内，但是出血甚少。

虎之介循着刀柄方向看去，说道：

“要是倒下去的时候没有转身的话，看来刚好是乐队台那方向。”

“什么方向？”

花乃屋语带挑衅地问，但虎之介懒得理睬。

“就是凶手掷出匕首的方向。你这个乡巴佬不懂啦！凶手是趁大家的注意力全投向梨江小姐的瞬间，掷出匕首刺杀五兵卫先生，所以连警长也没注意到凶手是谁。待警长发现时，死者已身中一刀，痛苦地仆倒。”

“我看你自诩剑客，搞不好没和人真正一决胜负过吧。幕府不是曾成立什么‘新选组’的刺客组织吗？我看你恐怕不够格吧。”花乃屋微笑道。

“这话什么意思？”

“从远处掷过去的匕首可以插得这么深吗？虽然人的肚皮是软的，但可比豆腐硬多啦！”

虎之介怒目瞪视他口中的乡巴佬，依旧一脸不屑。只见他双手抱胸，别过脸看向尸体。原来如此。匕首掷出去可以插多深，虎之介不懂这种事，但也应该无人知晓吧。毕竟肚皮没被狠狠刺上一刀，很难体会这种事，所以这番见解可能就是乡巴佬的谬论。

除了刺入侧腹的那把匕首之外，尸体没有其他外伤，不知从哪儿飞来的一把小刀，瞬间夺走一条人命。当时，五兵卫睁大双眼，嘴巴微张，欲言又止似的爬了几步才倒下，就连冲过来抱住他的田所金次也没听到他说些什么。

新十郎似乎正在拜托警长什么事，只见妖和尚星玄神情严肃地颔首，只见他挺直身子，粗声吼道：

“麻烦在场的各位女士、先生，请各自站回加纳五兵卫遇害时，发出凄厉叫声那一瞬间，自己所在的位置。”

只见他以十分客气的口吻，恳求在场人士配合。

于是大家纷纷回到当时的位置。仔细一瞧，两国大使、善鬼总理、典六等与国家机密有关的人士都站在墙边，距离五兵卫，皆有相当一段距离。诸位名侦探关切的焦点，也就是打扮成虚无僧的神田正彦也站在离五兵卫稍远的墙边。

花乃屋一脸狐疑地问星玄：

“加纳先生倒地时，站在四周的只有打扮成虚无僧的田所先生吗？”

“是的，案发瞬间只有他站在附近。”

五兵卫的家人说好似的，全都离他远远的。厚子和佛莱肯一直在乐队台下方一带跳舞，虽然匕首是从那方向飞来，但是与五兵卫倒卧之处隔着将近七八米的距离。虚无僧装扮的田所算是离死者最近的人，那时他吹着手里的尺八向前走。

反方向的话，则是死者儿子满太郎离死者最近，案发时他正从离五兵卫三四米的地方经过。

“你那时正走向昏倒在地的妹妹身边，是吧？”新十郎问。

“不是的，只是很自然地走过去看个究竟，很好奇大家究竟为何骚动，根本不晓得我妹昏倒一事。”

“你有亲眼目睹令尊倒地的样子吗？”

“没看到倒地的瞬间，倒是看到扮成虚无僧的田所先生抱着我父亲。”

满太郎似乎挺信赖面前这位年纪比自己稍长的名侦探。他直视着新十郎，一副欲言又止状，随即移开视线。

新十郎并未侦讯在场其他宾客，众人随后各自散去。

只留下警视总监和乐队队员们。

“因为你们坐在稍微高一点的台子上，有人目击到什么异状吗？”

无人回应。新十郎颔首，说道：

“看来凶手还真是来无影去无踪啊！但总该有人目击到死者倒地的瞬间吧？”

结果有三个人自称曾目击五兵卫倒地前身子前倾、不断挣扎的样子，然后被装扮虚无僧的田所抱住。

“你们看到死者身子前倾，双手乱挥像是在游泳，觉得他在做什么呢？”

“这个嘛，与其说像是在游泳，不如说像是低头蹲着。”其中一人这么说。

另一人也附和：“没错，我也觉得。当时第一反应就是：咦？那个轿夫怎么想要蹲下去？就只是这样，不像是垂死挣扎。”

“他还抓着胸口，就像这样，双手抱胸似的。”

“胸口？不是腹部吗？”

“不是，就像抱着什么的样子，这么说好像很牵强，毕竟光着上身，不可能抱着什么东西吧。应该说是搔抓胸口还比较贴切。我可是看得清清楚楚，那也许就是垂死挣扎的模样。”

以上为目击者的证词。

乐队队员们回去后，新十郎召集女佣、男仆和寄宿学生，共二十几人，询问他们有无察觉任何异样。除了一个叫作阿绢的年轻女佣说记得晚归的五兵卫曾说过莫名其妙的话，其他人并无发现任何异状。

阿绢红着脸说：“记得不是很清楚，好像是说什么上了幽灵的当……”

“老爷真的是这么说的，他还说什么那家伙不可能还活着。”阿绢自己也觉得所言十分可笑。

“他约莫几点回来？”

“老爷回来时，会场已经聚集了不少宾客，所以他急忙吞了三碗茶泡饭，匆匆入场。老爷只要遇上急事就会这样，只花一两分钟用餐，换装后便走向会场，前后不到三十分钟吧。”

新十郎唤车夫过来，问道：“听说你家老爷很晚才回来，是到哪儿去了？”

“去了乌森一家叫夕月的餐馆。不知老爷是为了什么事，不过他回程时曾喃喃自语‘难不成是那个人的恶作剧吗？如果还活着，为何不来呢？没理由不来啊！’之类奇怪的话，还说要是夕月的老板娘看到，务必派人捎个口信给他。”

侦讯结束后，大伙都离开了。只见一个如花似玉的女孩站在客厅楼梯一隅。只见那女孩来到大家面前，大胆地看着新十郎，问道：

“你就是名侦探？”

新十郎露出灿烂笑容。

“找到真凶了吗？”女孩追问。

“可惜还没掌握线索。”

听到新十郎如此奇怪的回答，女孩目光炯炯地说：

“我那时昏倒，没看到父亲倒下，不过听说田所先生立刻冲上前。”

“是的。”

“我看那个扮成虚无僧的男人一定有什么不可告人的秘密，他以前就是这样。不妨去打听看看，或许可以问问老仆人弥吉老伯。”

梨江似乎觉得自己有些失言，随即离去。

“原来她就是昏倒的梨江小姐，听说是被壶子里的蛇吓昏的。”

新十郎随口低语，陷入沉思，又突然想到什么似的。

“她哥哥满太郎好像也有话要说，看来那对兄妹大概有什么难言之隐。总之，请那名老仆人弥吉过来吧！”

年近六十的弥吉是府邸当差最久的用人，是曾经伺候过梨江生母的忠仆。

“老伯，劳烦你了。府邸发生如此不幸，想必你的心里也很难受。因为梨江小姐说有事可以问你后就匆匆离去，所以想请教你，那位留学归来的油画家田所先生究竟有何秘密呢？”

弥吉看着新十郎，说道：“是梨江小姐要您问我？”

“是的，她是这么说。”

只见弥吉缓缓颔首，眼神锐利地瞅着新十郎。

“小的就一五一十向您报告，田所先生是我们家夫人的情夫，听说他们早在田所先生出国前便认识，非常要好，好到连良介少爷到底是谁的种，也只有老天爷知道。”

弥吉眼冒怒火，说完后行了个礼，旋即离去。

在场众人齐声叹气。

妖和尚星玄一边掏耳，一边说道：

“居然听到不该听的事！要是这时没长耳朵就好了。真叫人难受！”

真是个懦弱的警视总监。

正欲离去的新十郎忽然想起什么，再次去了趟女仆房间，请阿绢说明五兵卫从后门进来吃饭，扮成轿夫前往会场的经过。

“你们家老爷滴酒不沾，是吧？”

“不，老爷酒量很好。”

“舞会前吃了三碗茶泡饭，还真是奇怪，吃得这么饱待会到宴会上哪还吃得下美酒佳肴？”

“不是的，这是老爷的特别习惯，重要宴会前都要吃碗饭，以免喝醉丢丑。”

“原来如此，一流人物果然与众不同。”

新十郎佩服地点点头，阿绢一副像是自己受到称赞似的，显得很亢奋，毕竟这番话可是出自美男子之口。

“今晚你家老爷吃了什么？”

“我们准备了蒲烧鳗、生鱼片、香鱼和西式料理等各种菜肴。老爷匆忙吃着茶泡饭时，只配了六七颗梅干，老爷爱吃梅干，所以我们都是特地到小田原那里的农家买腌渍了很久的梅干。”

壶里装着五兵卫生前最爱吃的梅干，那壶是中国明代烧制的珍品，里头还剩有六颗像是腌渍了几十年的大粒梅干。

讯问完后，一行人步出大门。按捺不住心中欢乐的虎之介凑向花乃屋，盯着新十郎的背影说：

“哈哈！按照他这么调查下来，完全是白费力气。哇哈哈哈哈……我是难以奉陪了，告辞告辞。哈哈……”

“真是难看！怎么会有人笑得如此离谱？表情活像马儿下巴脱臼般可笑。我看你的推理才是完全错误，简直白费力气。”

“哇哈哈哈……”

虎之介像被人点了笑穴似的，笑个不停。

“在下先告辞了。哈哈……”他开心地先行离去。

新十郎对鹿藏说：“加纳先生应该是去乌森和人会面，你去调查一下。还有件事有点棘手，就是需要调查厚子夫人平时的行动，特别是她都和什么人来往。”

花乃屋一听，显得颇兴奋，回道：“我就知道您一定会朝这方向调查。虎先生瞄准的是田所先生，恕我直言，那人思虑不深，但我和您一样都注意到那点了！”

新十郎强忍笑意，反问：“是指哪一点？”

“就是那件事啊！我和先生的想法可是不谋而合呢！”

“我所想的？是指什么？”

“你也真是的！就是你刚才说的啊！调查厚子夫人平时和什么人来往，不就是那个叫佛莱肯的大使吗？我也觉得他是凶手，那匕首插得那么深，还真是诡异，所以我猜测凶手可能练过西洋飞镖之类的武术。听说佛莱肯精通此道，所以我猜凶手八成是他。”

* * *

在海舟面前恭敬地坐着的虎之介，小心翼翼地将来龙去脉陈述一遍后，这才松了口气。

之后才是重点。虎之介遭花乃屋轻蔑，还被狠狠嘲笑，可想而知他有多么不甘心，但又能怎样，脸都丢光了。每当这种时候，他来拜访海舟，无疑是想给自己扳回颜面。只见虎之介一脸愤然地说：

“当时走向五兵卫的人，只有总理而已。虽然加纳先生曾走向厚子和佛莱肯，却也毫无异状地走回来。总理离开两三分钟后，加纳先生便脚步踉跄，身子摇晃地倒下，田所见状冲上前抱住他。在加纳先生昏倒之前，谁都不曾走近他身边。趁总理离开的两三分钟，也就是梨江成为全场关注焦点时，能趁机下手的人除了田所之外，别无他人；况且田所站的位置离匕首刺向死者的方向最近，虽然再过去一点还有佛莱肯，但他站的地方正好被田所挡住了，无法掷出匕首。田所之所以冲过去抱住五兵卫，是企图让别人以为他和死者隔了一段距离，所以自己不可能是凶手。自以为诡计巧妙的他，没想到因此露出狐狸尾巴。目睹五兵卫倒下的只有田所一人，他不可能没看到刺杀死者的凶手。”

海舟从香烟盒下方抽屉取出小刀，拿起磨刀石，将刀子蘸了点水，开始磨刀。磨刀石与刀子是他的随身之物，他总是微微割破手指头和头部的一个小口子，放出脏血①。

“不过，我很后悔大话说得太早，我查访过田所家附近的邻居和朋友，大家都说他从小到大都是个比女人还柔弱的家伙。别说武术，就连简单的拳脚功夫也没练过，这就是我最困惑的地方。”

难怪他哀声连连，郁闷不已。海舟停下磨刀的手，问道：

“神田正彦也扮成虚无僧吗？”

---

① 放血疗法曾流行于中世纪的欧洲，直到第二次工业革命，欧洲和美国的医师还狂热地推崇这种疗法。主张放血疗法的医师认为，放血可以同时排出体内多余杂质和有害物质，从而恢复健康。历史上的胜海舟相信放血可以保持健康，经常随身携带一把小刀。然而，并没有任何证据可以证明放血的益处。

“是的，不过神田站得很远。那时他正和佛莱肯大使的部下们聊天。”

“所以事情很明显啦！”

海舟磨好小刀，反握刀子，往后脑勺割了一个口子，挤出鲜血，取出白纸拭去鲜血。挤出头上的所谓“脏血”后，又割破小指，挤出鲜血，再以白纸擦拭。海舟一面反复这动作，一面沉思；只见他放好刀子和磨刀石，说道：

“明修栈道，暗度陈仓，实不简单！阿虎啊，也难怪你想不到。那天厚子突然开始拼命撮合伽梅洛斯和梨江，分明是个诡计，厚子和佛莱肯早就好上了。我曾和佛莱肯接触过三四次，他表面上像是个反应机敏的好汉子，鼻子、嘴唇、眼睛，包括面相都温文尔雅，长得神似法国革命家罗伯斯庇尔，连恶毒的个性也有几分像。在日本，大概就像是斋藤道三①那样左右逢源的恶徒，他们外表温文尔雅，像个好汉子，实际上却奸邪狡诈。一个人会做出什么来，看他的长相就能大概判断出来。厚子和佛莱肯明目张胆地一起跳舞，这也证明他们有自信不会被识破，不过下手的人既非佛莱肯，也不是厚子，而是一身虚无僧打扮的神田正彦，他就是刺杀五兵卫的凶手。”

海舟从容不迫地说，一边擦拭止不住的血，又说道：

① 斋藤道三，日本战国时代枭雄之一，织田信长的岳父，人称“美浓的蝮蛇”。原本是个小商人的他经别人介绍而成为美浓国掌权者土岐赖艺的家臣，最后竟将赖艺赶走，独霸美浓国。

“别忘了当天有两个人扮成虚无僧。田所是厚子的情夫，所以厚子应该知道他当天会作何装扮，甚至有可能是她的建议。虚无僧通常会戴上从头遮到肩的草帽，别人看不见自己的相貌，自己却看得到别人，可说是最佳杀手装扮。再加上虚无僧都会带一支尺八，杀害五兵卫的匕首，刚好可以藏匿其中。神田曾经是海盗，有一回我搭船时和他打过照面，他是个十八般武艺样样精通，做什么事都有一套的家伙。嗜钱如命的他既是海盗也是商人，要是他去搞政治，绝对能当上总理。我想杀人对他而言，就像捏烂一条小黄瓜般容易吧。活脱脱就是个可怕的家伙。”

“厚子之所以假装站在伽梅洛斯这方，一是为了让梨江捧着装有蛇的壶子，二来是让伽梅洛斯、善鬼等敌对阵营的焦点全放在梨江和伽梅洛斯身上，转移他们的注意力。于是当梨江昏倒，在场宾客全都看向她时，神田握着匕首伺机行动，碰巧同样扮成虚无僧的田所走到死者附近，称了这家伙的意。众人翩翩起舞时，根本不会注意谁站在哪里，加上大家会随着舞步移动，神田便是利用这一点，谎称自己当时正和佛莱肯大使的部下站在角落交谈，反正就算有人看到扮成虚无僧的人站在死者附近，也会因为现场有两个同样装扮的人，而成了绝佳的脱罪借口。这就是五兵卫惨遭杀害的真相，但毕竟缺乏证据，加上佛莱肯也在场，就算善鬼有些怀疑，也苦无实据揪出真凶。”

真是明察秋毫。虎之介静心聆听，海舟的每句话都让他茅塞顿开，神清气爽地离开了海舟的宅邸。

*　*　*

从海舟住处归来的虎之介即刻拜访新十郎，花乃屋一见到他，趋前打招呼，原来花乃屋也正等着见新十郎。可惜来得不凑巧，新十郎正和学生晏吾专心下西洋棋。

花乃屋一看到虎之介，显得很兴奋。

“呦！你来啦！大侦探。看样子已经知道谁是真凶啰？”

“哈哈！那您的看法又如何呢？”

“凶手就是佛莱肯啊！别看他长得斯斯文文的，其实是个西洋飞镖高手呢！”

“哈哈！没想到乡巴佬居然认为是佛莱肯，明修栈道，暗度陈仓，实不简单！看来这谜题对您而言似乎难了些。”

鹿藏拖着疲累身躯来到新十郎住处，这位老巡查个性憨直，对于上级命令总是全力以赴，这是他的一大优点。昨晚他为了办妥新十郎交代的事，几乎彻夜未眠，四处奔波。他走向新十郎，跪坐着。

“五兵卫和一个叫中园弘的男人，约在夕月碰面。”

“哦？就是加纳先生的大管家，谣传三年前失踪的中园？”

“是的，多亏夕月的老板娘一五一十告知，才能得到真相。那天中午，有个自称是中园派来的陌生男子，说中园已经从中国回到日本，但因工作尚未完成，不便现身，只是想先向加纳先生知会一声，傍晚才会到夕月。加纳先生半信半疑，因为他以为中园在前往中国途中遭遇船难，在九州西的玄海滩丧命，所以觉得这口信莫名其妙。”

新十郎颔首。

“原来如此，换作是我，也会这么想。中园确实赴约啰？”

“没有，到现在仍未出现。”

“这样啊，看来应该不会现身了。然后呢？”

“夕月那打听到的消息就只有这些。关于查访厚子的事，可真是困难啊！除了她与田所有暧昧之外，实在查不出其他端倪，不过对她的评价普遍都不太好，谣传她最近与佛莱肯过从甚密。我四处走访，只查到这些。”

新十郎笑道：“哪里的话，我应该好好感谢你！这段时间替我到处查访，搜集到了我所需要的所有情报。托你的福，我才能在这里偷个懒下西洋棋，要是我自己出马，肯定没你行。好，我们准备出发吧！”

欣喜若狂的虎之介忍住笑意，强作镇定地问：“咦？要去哪儿啊？”

“当然是去加纳家呀！”

虎之介终于忍不住，一个劲儿地傻笑：“哦，为何？”

“泉山先生已经找到凶手了。真是惭愧，看来我晚了一步，所以我要去揪出凶手！”

面对如此坦率地给自己戴高帽的新十郎，虎之介再也忍不住，背脊在柱子上不停磨蹭，喉咙里像含了颗海绵球似的，不断发出咯咯的奇怪笑声。新十郎嘱咐晏吾：

“你去接风卷先生，带他到加纳家会合。先生应该已经等得不耐烦了。”

交代完毕，四人便出发前往加纳家。速水星玄今天一身标准警视总监的打扮，率领部属等待新十郎一行人到来。身穿制服的他看起来英勇威武，不失体面。一看到新十郎，星玄快步上前握手寒暄。

“这次得仰仗先生了。要是抓不到凶手，不仅让国家大大蒙羞，全国民心也会为之动摇。一想到这个责任得由我一肩扛起，就一个头两个大。现在情况如何？找到凶手了吗？”

“我可以给你看看凶手就在这宅邸里的证据。”

“很好！”星玄显得十分亢奋。

新十郎径自走向厨房，请阿绢拿出昨天那个装梅干的小壶，朝壶内看了一眼，满意地盖上壶盖。

“应该有谁动过这壶吧？”

“应该没人动过，怎么了？”

“真的没人动过吗？”

“肯定没人动过。这壶就摆在老爷专用的橱柜里，今天应该没有人开过那柜子。”

“是吗？应该有人动过吧。昨天壶里的梅干只有六颗，今天却成了八颗。”

阿绢脸色大变，十分惊讶。新十郎赶忙安抚：

“没事，你并没有做错什么事。不过应该还有储存梅干用的大瓷壶吧？”

“老爷的东西全放在那只柜子里。”

一打开柜子，最下方摆着四只装梅干用的壶。

“那么，接下来我们去梨江小姐那儿看看吧。”

一行人前往梨江的房间。新十郎郑重地向梨江说：

“昨晚让你不愉快，深感抱歉。不知小姐为何那么晚才到会场呢？”

“没什么特殊原因，只是不想出席罢了。想说能拖就拖，如果可以的话，还真不想出席。”

“当时没有人来通知你准备出席，或派人接你过去啰？”

“没有，我自己过去的。要是真有人来接我，我才不理呢！”

虎之介忍不住打岔：“这番谎话说不通吧！那时应该有人希望你赶快出席才是，请你仔细看着我的双眼把刚才的话再说一遍！”

新十郎扑哧一笑，正欲上前拦着虎之介。这时，虎之介突然尖叫一声倒了下去，原来梨江悄悄将手伸到身后，拿起桌上的孔雀羽毛，朝虎之介的眼睛一刺，新十郎见状赶紧扶起虎之介。

“当时没人催促小姐，也就是说，那时梨江小姐昏倒是一起突发事件。就算小姐不昏倒，加纳先生也会在当晚魂归西天，这就是这起事件的关键。关于这点，我昨晚已十分确信。真的很谢谢梨江小姐，多亏你才能逮到凶手。”

只见梨江露出“我相信你”的表情，凝视新十郎。

“什么时候能逮住凶手？”

“再半个钟头吧。小姐心里应该知道凶手是谁了吧？”

梨江十分干脆地点头。

看到眼前俊男美女对望的样子，虎之介满腹怨怼。

“这怎么行啊！结城先生！女色果然是最恐怖的玩意儿，没想到连你也被轻易蒙蔽，这么一来可是会步步陷入真凶的计谋啊！”

新十郎安抚虎之介说道：

“没这回事，看到如此美丽的小姐，我的脑子更清楚了。”

新十郎微笑地说着，却不禁脸红，一旁的梨江也羞红了脸。这时，有人进来通报风卷先生已经抵达，新十郎突然紧张了起来。

“一切谜团即将解开，劳烦小姐也一起移驾客厅吧！”

一行人走向放置五兵卫遗体的客厅。这里聚集了加纳家的亲戚，以及平常受到五兵卫照顾的人。

新十郎向风卷先生寒暄几句后说：“风卷先生，可以请您察看一下遗体吗？”

风卷是在欧洲研究近代医学的知名西医。

新十郎欲揭开棺盖时，诧异地说：“咦？怎么回事？难不成棺盖已经封死？”

管家上前，说道：“因为情况特殊，夫人担心前来吊唁的亲友目睹老爷横死的面容，会损及老爷的名誉，因此今早近亲家属们瞻仰遗容后，便派人封棺。”

“我们必须请风卷先生亲自查验，可否请夫人允许我们开棺验尸，另外验尸的时候，夫人也能在场。”

管家去请厚子过来。只见厚子神情憔悴，这让一向体贴女人的新十郎有些难以启齿。

“夫人，还请允许我们开棺验尸。”

“请。”

拔掉钉子，揭开棺盖，清除塞满棺内的陪葬品，再脱去死者身上衣物，风卷先生仔细检视死者的眼睛、伤口等部位，转身对新十郎说：

“应该是遭人毒杀，但不清楚是哪种毒。不过可以确定的是，加纳先生并非死于刀伤。”

“所以加纳先生死前曾做出像游泳般的奇怪动作，还拼命搔抓胸口，痛苦地蹲下来，并非因为刀伤，而是毒发身亡啰?”

“嗯，应该是。当匕首刺入侧腹时，不太可能会有那种动作，而会出现尖叫、回头等反应。”

“真是太感谢您了。多亏您的协助才能让真相大白。昨晚我已确定凶手以匕首刺杀死者，只是障眼法罢了，目的是为了掩饰下毒一事。确定这一点更能证明凶手就是这个宅邸里的人。至于当时在场宾客全关注昏倒的梨江小姐一事，只能说是凑巧，因为凶手并不知道梨江什么时候会现身。加纳先生前往夕月赴约，也是凶手故意让他晚归的诡计；而且凶手知道加纳先生有个特殊习惯，就是在重要宴会前先花个两三分钟吃碗茶泡饭配梅干。凶手设计让他晚归，就是要让他匆匆吞下事先下了毒的梅干。”

虎之介大表不满，嗤之以鼻地说：“怎么可能！那匕首的确是趁梨江小姐昏倒、众人不注意时刺向死者，如果没有这突发状况，凶手又是怎么投掷的匕首？”

新十郎微笑道：“那把匕首并非为了刺杀所用，凶手早就知道加纳先生会毒发倒下，为了等待那一刻，才一直跟在他身边，一看到他倒下，便立刻冲上前抱住，将匕首刺入侧腹，那把匕首就藏在手上的尺八里。”

突然传来一声尖叫，大家纷纷站了起来，只见花乃屋和鹿藏扑上去制伏了田所。有半仙半佛、乡下包打听之称的花乃屋因果，原是枪炮组小队长，曾从鸟羽、伏见一路追杀至上野宽永寺，三下五除二就按倒了田所。

花乃屋像是通过自己的推理抓住了凶手般，乐得咧嘴大笑。双手被缚在身后的田所早已有所觉悟，紧闭双眼。新十郎待骚动平息后，说道：

“凶手还真是狡猾，知道当晚每个重要人士的装扮，当然也知道神田正彦先生会乔装成虚无僧，也许就是凶手暗中诱导神田先生装扮成虚无僧的。将匕首藏在尺八里，到加纳先生毒发之前一直跟着他都是既定计划，还必须安排两个虚无僧在场，才能掩饰其中一人一直跟着死者的事实。所以凶手要求田所扮成虚无僧，自己则在梅干中下毒，并诱骗加纳先生前往夕月。”众人顿时面面相觑。花乃屋一脸诧异地问：

“这么说，凶手不止一人？”

“我认为刀伤并非致命伤，下毒之人才是幕后真凶。接下来就去真凶的房间吧！不过……”

新十郎已察觉厚子早已离场，也已猜到她要去做什么。那女人性情刚烈像细乡伽罗奢①，又如同妲己之御百②那样心狠手辣，倘若未被识破，她肯定会连满太郎也杀了，好让自己与田所的私生子良介继承家业。

厚子的房门反锁，众人破门而入，只见厚子刺死儿子良介后，自己也刎颈自杀，惨烈结束一生。

海舟一边用刀放脏血，一边听着虎之介的报告。

“原来如此。我不在现场，不知有下毒这回事。照理说，是否遭人毒害，应该一眼就看得出来，所以我才会做出那番推论。新十郎这小子可真有一套，不过现场非得有两个虚无僧，以及匕首藏在尺八中一事，我倒是正确推理出来了。”

虎之介再次对海舟的聪明才智佩服不已，恭听他的一席话之后，茅塞顿开。

---

① 细乡伽罗奢（1563—1600），日本著名叛臣明智光秀之女，与丈夫细川忠兴追随德川家康，受到政敌石田三成伏击时不屈不挠，刚烈赴死。

② 妲己之御百，日本江户时代戏剧中登场的毒妇，名字取自中国商纣王宠妃妲己。

密室奇案

秋高气爽的好天气，一脸颓丧的泉山虎之介走进冰川町的胜海舟宅邸大门，看来八成又有什么烦心事。

看起来精疲力竭的他一走到玄关，就一屁股坐在门边那把藤椅上，长叹一口气；丝毫未觉快解体的藤椅摇摇晃晃，按着额头，陷入沉思，无奈还是百思不得其解。有时露出不知所措的表情，还不时叹气。不过他似乎没有察觉，自己的叹气声夸张得像一头大鲸鱼吐气似的——看来这次不是普通的难题。

他突然起身，露出一副敢死队出发前视死如归的表情，要他承认自己能力有限，缺乏思考能力，是件比死还难受的事情。

虎之介请女佣转达后，一如往常，由海舟的贴身侍女小系领着来到最里面的书斋。因为正值大清早，没有其他访客。

“一早就来叨扰，还请见谅。”

虎之介声泪俱下，沉痛地向海舟道歉。他那小题大做的模样惹得海舟发笑。

“来这里找我借钱，或是商谈人生目标的人，可说络绎不绝。甚至有个家伙杀了人，跑来向我求情，要藏身我这儿。我让他住了两三天，直到我家大门竟有警察监视起来，我才给了几个饭团让他带着去投奔别人。那人到离去前举止都还算正常，只是静静用餐，晚上也睡得沉。要换成阿虎你会怎样？肯定是担心得辗转难眠，不过倒没人像你这样因为陷入苦思而来找我解惑，难不成当侦探的都是这德行？”

“啊，又发生了令人无法理解的怪异事件。这次是有个男子被杀，却陈尸在房门反锁、完全密室状态的仓库中，凶手在案发现场杀人后根本不可能逃遁，却消失无踪。”

“就是今早报上登的人形町杂货店命案？”

“没错，这可是前所未闻的犯罪事件。”

事件发生在人形町一家名为“川木”的杂货店，店老板藤兵卫陈尸于仓库二楼的房间。被发现时，房门呈反锁状态。近来的报纸，特别是社会新闻的报道，根本毫无真实性可言。关于这件命案，更是添油加醋地加上了什么“绝世美女、风流才子、美男子掌柜，藏龙卧虎的小小杂货店，谁将最终露出马脚”之类，难登大雅之堂的标题。绝世美女指的是藤兵卫的妾室阿槙。这种报道不仅让人看了找不到破案线索，反而会受其误导，对案件产生错误的认知。

“藤兵卫住在仓库里吗？”

“仓库二楼特地隔了一间起居室，或许对白手起家的他来说，坐拥自己一砖一瓦造起来的仓库比什么都来得实在，所以经常住在那里，已经很习惯了。”

“他的老婆孩子也住那儿？”

“没有，只有藤兵卫。那房间空荡荡的，没什么摆设，只有历年的账簿和一个造型古朴的大仓式保险箱。”

“他是怎么上厕所的？”

“这个嘛，倒是没问……”

“这种事最好调查一下，肯定和案情有关。只要清楚死者的平日作息、癖好等，便可轻易解开谜团。说说你知道些什么，冷静点，别弄错先后顺序。”

“是，这是学生的荣幸。”

虎之介露出笑容，向前一步，来了精神，开始娓娓道来。

* * *

藤兵卫原是横山町一家名为“花忠”的老店的小伙计，吃苦耐劳的他终于“媳妇熬成婆”，当上了大掌柜。后来遭逢变故，老板竟纵火烧了自宅，自己也葬身火海。这事发生在宽永寺之战①那年。虽然老板家道中落，但勤勤恳恳的藤兵卫日积月累下来，身边也有了一笔积蓄，三十而立的他正值开创人生的大好时期。

于是他买下位于人形町的一间小店面，开始经营；不但接收老东家的老主顾，还勤快地四处奔走，开发新客户，经营得有声有色。后来还将店面改装得更气派，又将店后的一所空房子买下，修出一所别馆和一座大仓库。事业步入正轨，他索性入住仓库二楼，过着与保险箱和账本相伴的生活。虽然店务都交给掌柜处理，但经营方针不变。

人形町附近的横山町一带有好几间历史悠久的杂货店，大抵都有长年熟客，维持一定的营业额；但新开张的“川木”可没有这些资源，得靠自己努力开发客源，绝不可怠慢。

因为这些杂货店的主要客源多为花街柳巷女子，再来才是阔太太与千金小姐，所以掌柜必须是个待人亲切、招女人喜欢的美男子。太招女人喜欢了也有麻烦。如果是和女客人拉个小手、谈个恋爱也还好，最怕的就是脚踏多条船，徒增事端，搞得店家信用破产，偏偏这种情形还不少。

因此，藤兵卫必须仔细思量担此重任的人选。结论是从小开始栽培，训练那种聪明伶俐、讨人喜欢、长得可爱的十一二岁孩

① 宽永寺之战，即发生在1868年的上野战争。在战争中击败了旧幕府军的明治新政府军，至此掌握了包括江户在内的绝大部分地区。

子，待其十五六岁时，再让他们出去推销商品。事实证明，这方法十分成功，他培养出来的掌柜不但深受花街的姐姐们的怜爱，就连贵夫人们也难挡年轻小伙子的诱惑，连连称他可爱又可靠。

目前担任掌柜的修作，年方二十三，虽然年纪很小，但已经是店里唯一算得上成年的伙计了。藤兵卫的侄子芳男与修作同岁，目前是藤兵卫的职务代理人。

除了他们两人之外，还有今年十八岁的金次、十七岁的正平、十五岁的彦太郎、十三岁的千吉与十二岁的文三，都还是小鬼头。金次与正平招呼客人已相当熟练，最近彦太郎也可以派出去了，千吉和文三尚在实习中；虽然这些美少年都具备藤兵卫要求的理想条件，但到了金次这年纪的孩子难免起玩心，毕竟在商店街长大的孩子较为早熟，按照藤兵卫的做法，金次过不了多久就不适合去花街柳巷和富贵人家的宅邸兜售商品了。

这就是杂货店“川木”的基本情况了。

藤兵卫膝下只有一女，就是刚满十八岁的小彩。患有心脏病的她目前由两个女佣陪着，在向岛疗养身体。小彩的生母三年前过世，藤兵卫又纳了原在柳桥一带卖艺的阿槙为妾，住在仓库旁的别馆。

藤兵卫家还有阿民、阿忍等相貌平庸的女佣。

以上为“川木”杂货店的所有相关人士。

住在仓库的藤兵卫习惯每天早上七点喝杯热茶，由阿忍负责将热水壶和梅干端至仓库。

那天，阿忍一如往常端着东西上仓库二楼，发现昨晚十二点放在门外的夜宵原封不动地摆着；虽然藤兵卫也会过去别馆的阿槙那儿与她一起用餐，不过夜宵通常都是每晚十二点待在仓库吃些饭团之类的点心。昨晚也是阿忍送饭团过去，只是房门好像上锁，打不开。虽然这种情形极为罕见，但阿忍心想老爷或许早睡了，便将夜宵放在门外，心说老爷起夜的时候就会发现的。可现在都早上七点了，也没有动过的迹象。

藤兵卫睡得晚，却起得早，六点半左右便起床，接着仔细梳洗一番。因为他习惯午睡，所以睡眠还算充足。早上七点，阿忍端水壶过去时，却没见着平常早就起床的藤兵卫，而且房门反锁，叫也没动静，阿忍觉得不太对劲。

本来想叫醒住在别馆的阿槙，但她昨晚喝得烂醉，于是阿忍改变主意，跑去找藤兵卫的侄子芳男。芳男床上有躺过的痕迹，房里一隅还放着打包好的行李，房间主人却不见踪影，可能是在外头过夜。阿忍只好叫醒掌柜修作，告知此事。只见修作揉着惺忪睡眼，走向仓库，发现正如阿忍所说，不管是敲门还是大声叫，都没有任何响应。于是他赶紧叫醒阿槙，破门进去一看，发现藤兵卫的身上插着一把短刀，早已气绝。

房门反锁，显然是一起最为棘手的密室杀人事件，于是警方求助新十郎。

新十郎照例和花乃屋因果、泉山虎之介两人同行，由古田鹿藏巡警负责带路，一行人前往人形町。

藤兵卫是遭人由身后刺入背部致命，刚好贯穿肝脏附近，胸前还露出三四寸刀尖，凶器为藤兵卫随身携带的护身用短刀。这把刀是“川木”店里唯一的一把刀，藤兵卫遭人从身后刺杀，现场血迹斑斑，保险箱里的东西并未遭窃。

“推测死者是在午夜十二点左右遭遇不测的吧。当时有人来找他，对方趁他起身，抓起一旁的短刀从背后给了他一刀。”

花乃屋听到虎之介的喃喃自语，不禁莞尔。

“这种事不重要。问题在于房门反锁一事，这才是重点。”

虎之介斜睨花乃屋。在虎之介看来，花乃屋目光短浅，只有那张嘴和刀子一样锋利，总是惹得虎之介一肚子火。

新十郎仔细检视倒在一旁的门板，这扇移门被撞倒的瞬间，固定在门框上的门钩被弹飞，只有门扣还留在门板上。

新十郎在距离门两三尺处，发现一根钉子。这根钉子明显是用来扣住门扣的，并未弯曲，也没有磨损。

新十郎又检查了一遍门扣和门板上的连接处，也没发现什么异常。

“门被推倒时，门钩轻易就脱落了。用来当插销的钉子和门钩都没有磨损的痕迹。”

“难不成门扣根本没有挂上门钩？只因某个原因打不开门，让人误以为房门被从里面挂上了门扣了。”花乃屋推测道。

虎之介一听，十分兴奋地插嘴说：

“到底是什么原因让房门打不开呢？我们的花乃屋大侦探可不可以告诉我呀？”

“由于某种原因打不开门的情况很多嘛！”

“哈哈哈！”虎之介扬声大笑。

新十郎询问最初察觉异状的女佣阿忍。年方二十出头的她从乡下来此工作已有五年，在江户日本桥的这五年生活让她完全适应了城市步调。

“那时你正要拉开移门，发现门扣从里边挂上了，是吧？”

“是的。”

“如何知道里边的门扣挂上了呢？”

“虽然站在门外，无法瞧见门扣是否挂上，不过这扇门只有在门扣挂上的时候才会打不开，也没有装锁门的装置。”

“门扣不像其他锁，只要用力拉开，不是有一道缝吗？应该看得到门扣有没有挂到门钩上吧！”

“不用从门缝往里看，只要门打不开，肯定是门扣挂住了。”

“你最后一次看到老爷是什么时候？”

“昨晚老爷有吩咐，加助当晚会过来，要是人到了，就带他来仓库。当晚加助一到，我便带他过来。”

“加助是何人？”

“今年春天以前还是这里的掌柜，记得他是五月时离开的，那时他被老爷骂了一顿，撵了出去。”

“为何？”

“谣传他对夫人有非分之想，仗着几分醉意调戏夫人，不过都是无中生有的事。他跟随老爷十几年，自从被老爷撵走后，听说只能做些小买卖营生，日子过得很清苦。像他那么忠心耿耿的人，在日本桥一带恐怕找不到了。毕竟哪个不是藏私贪财养女人呢？虽然加助掌柜偶尔会和女人逢场作戏，但绝对不像别人那样手脚不干净，他是个很耿直的人。老爷听说他现在日子不好过，似乎有些后悔。”

“现任掌柜修作为人如何？”

“不晓得。”

看阿忍对修作不置可否的态度，显然，她是不认可修作的为人的。

“加助是几点过来？”

“九点多吧，待了三四十分钟才离开。回去时，老爷吩咐我请夫人和芳男先生到仓库一趟，我有确实传达，所以他们应该去过了吧。”

“不是你带他们过去吗？”

“当然不是呀！夫人还需要我带路吗？虽然没亲眼瞧见他们去仓库里，但知道他们回来后的情形。后来夫人到厨房拿了一大壶酒，咕噜咕噜地喝了六七合①，带着几分醉意，怒气冲冲地跑回仓库去闹，芳男先生追了上去，两人在那里大吵大闹了十几二

① 合，日本容量单位，1合约等于180毫升。

十分钟，后来如何我就没注意了。”

“还有其他不对劲的事吗？”

“要说不对劲的话，就是老爷连着四五天都待在仓库里，足不出门。平常老爷都会去别馆和夫人一起用餐，可是这几天老爷却吩咐我们将饭菜送到仓库，自己一个人用餐。记得是前天的事，我送晚餐过去时，恰巧听到老爷在训斥掌柜，虽然只听到一两句，但似乎是斥骂‘像你这样的掌柜，只会搞垮这家店！’之类很难听的话。”

新十郎意外地从阿忍那里获得不少情报。关于“川木”的内情似乎隐约浮现些许轮廓。

现任掌柜修作还太年轻，被批评也是理所当然，毕竟做了十几年掌柜的加助才刚被革职。新十郎觉得其中一定另有隐情，决定先从这里入手，着手调查。

这时，老巡查古田鹿藏递给新十郎一样东西，说道：

“刑警在夫人阿槙房间的垃圾桶找到这东西。”

那是一张被撕成四片的信纸，拼凑起来一看，原来是一封休妻书，日期为十月五日，正是昨天。看来这就是昨晚阿槙喝醉大闹仓库的原因。

不过，新十郎并未立刻找来阿槙问个究竟，反而对古田说：

“古田先生，可以麻烦你去请修作掌柜和前掌柜加助过来吗？”

这种先巩固外部，再直捣核心的询问方式，就是所谓的正攻法。

* * *

如同“川木”的用人原则，修作果然长得眉清目秀，爽朗的笑容加上明媚的目光，很讨人喜欢。

新十郎请他进来，问道：“你最后见到老爷是何时？”

“昨晚我休假出去玩，没见到老爷。如您所知，昨天五号是水天宫庙会，人潮汹涌，只有逢一号、五号和十五号的庙会，我们店才会特别营业至深夜十二点，不过不需要所有店员留下来看店。因为昨天我和正平、文三从八点开始下班，所以十五号我们就必须值班到十二点，换五号看店的那组休假。”

水天宫的庙会和虎之门的琴平庙会，并称东京数一数二的热闹活动。虽然现在热闹程度不若以往，但大部分人都晓得，当时东京最大的庙会活动当属水天宫与琴平，就连如今最热闹的浅草观音的庙会当时也远不及水天宫。

那天的庙会活动从清晨一直持续到深夜，盛况空前。东京当地人就不用说了。连住在数十里之遥，穿着草鞋的乡下农人也来凑热闹。夜晚，从水天宫到人形町的大道，到处点着明亮的大蜡烛，四周亮晃晃地仿如白昼，街边全是花贩、杂耍、小吃等摊位，吸引大批游客。

人形町的诸多商家这天自然得配合营业至深夜，可是对于商店里的伙计来说，眼前明明有这么多好吃、好玩的，却只能在一旁干瞪眼，确实有些残忍。因此，拆成两组轮休，一组到晚上八点就下班，让伙计们可以去逛庙会。看来藤兵卫算是一位体恤员工的老板。

“你一整晚都在水天宫那边逛庙会吗？”

“没有。我在这里待了十年，早就逛腻了。也就没在那里瞎逛了。这个月的一号到十五号，圆朝①在金本曲艺场表演落语‘西洋人情噺’，连续表演十五天。这十五天，恐怕要算金本曲艺场有史以来最大的一次演出活动了。有圆朝、圆生、圆游、马车圆太郎、哈哈万橘、金潮、新潮的落语。表演杂技的，有西洋魔术第一人归天斋正一和女魔术师蝶之助表演的西洋魔术，有中村一德的喷水表演，还有鹤枝的人偶表演。表演净琉璃②的，则有新内流派的银朝，女艺人嘛，有清元流派的橘之助和新内流派的若辰。个个的表演都是一流水平，像这么大的阵仗恐怕空前绝后了。听说很受欢迎的西洋马戏团‘茶利乃’在秋叶原那边表演，为了不输给洋人，金本曲艺场特意安排了这次大型演出活动。”

“茶利乃”西洋马戏团是由意大利人茶利乃，率领二十几名外国人组成的戏班子。八月访日，在秋叶原举行盛大公演，引发

---

① 三游亭圆朝（1839—1900），日本非常著名的语言表演艺术家，对于“落语”（类似中国传统的单口相声）具有很大贡献。“噺”是落语的一种形式，圆朝表演的“西洋人情噺”是以西方经典故事为题材，描写亲子关系、夫妻情爱的落语。下文的三游亭圆生、三游亭圆游、橘家圆太郎（绰号“马车圆太郎”）、三游亭万橘（绰号“哈哈万橘”）、金潮、新潮均是落语三游派的名家。

② 净琉璃，日本一种以三味线（类似于三弦的弦乐器）为伴奏的说唱形式，类似于中国的评弹。主要流派有以三味线见长的清元流派，以说唱见长的新内流派，以表演人偶见长的义大夫流派等。

莫大回响。

善于交际的修作笑容满面，滔滔不绝地继续说：

“这个月的金本曲艺场表演，我从第一天就去捧场。这次可是聚集各方名人，非常有看头，尤其是圆朝的西洋人情噺，绝不容错过。不巧十五号那天轮我当值，为了不错过这场压轴表演，我那天打算提早三十分钟下班。”

“昨夜的表演何时散场呢？”

“大概十二点，后来我就跑去寿司店小酌几杯，回程顺道逛了一下庙会活动的摊位，回来时已经深夜两点。”

“正平和文三也同行吗？”

“没有。对小孩子来说，庙会活动的摊位可比曲艺场有趣多了。我给他们每人一块钱①，加上店里给的零花钱，他们去求友亭吃喝一顿一元五十钱的西餐，但他们一早起来却闷闷不乐。”

“你从八点到凌晨两点一直在外头，所以不知道昨晚发生什么事，回来的时候也没感觉店里有什么不对劲吗？”

“因为喝了一点酒，一直熟睡到天亮。”

“四号那天老爷曾叫你去仓库一趟，是谈些什么？”

“是的。这事有些难以启齿，但既然老爷已经去世，我也不藏着掖着了。老爷怀疑老板娘和芳男先生有不寻常的关系让我不要隐瞒，实话实说。我搪塞了几句，老爷就大发雷霆，把我臭骂

---

① 明治初期普通工薪阶层的月工资约为50—60日元，米价为1千克10钱。

了一顿。”

“老板娘和芳男是什么关系？”

“这种事我可不好乱说，还是当事人比较清楚吧。”

“你昨晚两点回来时，没看到芳男先生吗？”

“我住得离伙计们近，芳男先生的房间离别馆更近。因为他住的地方离我们有点远，所以听不到什么声响。”

看来那封休书似乎说明了阿槙与芳男的暧昧关系，查这种男欢女爱的事，还得依靠人称乡下包打听的花乃屋，他在这方面可说是滴水不漏。花乃屋叫来阿忍、阿民这几个女佣，还有彦太郎、千吉、文三这些小毛头们，想从他们身上探些情报。女人多少还能讲出些什么，小孩子对这种事可就没什么判断力，充其量都是人云亦云罢了。综合众人的说法，阿槙与芳男的事早已传开了。

花乃屋听了一干人的说法，笑嘻嘻地捻着胡须说：

“真热闹啊，真是每个人背后都有大文章。芳男除了和阿槙有暧昧关系，也和良町一个叫小仙的艺伎相好，听说他还包养了一个唱小调的。修作也和良町一个叫雏菊的艺伎过从甚密，另外他也包养了一个义大夫流派的女说唱艺人呢！这不打紧，更惊人的是才十八岁的金次就已经和一名叫小豆的小艺伎交往，十七岁的正平也有一个叫染丸的姐姐关照，这种事可是挖也挖不完呢！外面还谣传芳男和修作嫉妒前掌柜加助，设了诡计将他撵走。”

虎之介听到这些流言蜚语，略显不悦。

“别将未经求证的事说得跟真的一样！这样哪能做出精准判断？”

“无知剑客才会说这种话。我可是从千吉、文三和彦太郎这些小伙计那儿打听来的。五月五号那天，加助被老板撵出去，事发那天晚上适逢端午①，过节的男人们聚在一起喝酒，个个喝得酩酊大醉。其中唯一的女性阿槙先醉倒，她没回自己的房间，而是醉倒在一旁一个小房间的榻榻米上，后来不知是谁替她盖上棉被，结果烂醉如泥的加助爬进被窝，抱着阿槙入睡，遭她怒斥唤醒，于是一桌男女全冲过去看个究竟，场面可真是难堪。这种事情想瞒也瞒不住，颜面尽失的加助随即被撵了出去。以上是千吉和文三这些当天没喝酒的小鬼头们的证词，而且是芳男和修作劝加助去房间睡的，说什么睡在这里会感冒，正平醉了也在那里睡觉，故意将阿槙说成正平，其实正平是睡在楼上小鬼头们的房间，搞不好阿槙喝醉了没回房也是预谋。”

这可是重大发现。如此一来，藤兵卫为何在被害之前要叫加助过去一趟一事就有重大意义。藤兵卫后悔赶走加助，于是找他前来密谈，此举对于阿槙、芳男和修作三人相当不利。

但是依阿忍所言，庙会那天店里非常忙碌，根本不可能有人偷懒，所以应该没有人看到由后门进来的加助，况且前台距离位于最里面的仓库有段距离，店里的人没事也不会去仓库或厨房。

---

① 日本的端午节为公历五月五日，有男孩的家庭会准备盔甲、鲤鱼旗来庆祝男孩健康成长。

不过只有阿槙住的别馆离仓库较近，或许她曾看到加助进来，但是从她的房里应该看不到加助进出仓库。

“嗯，请加助过来一问，便知是否有人看见他。请他来之前，要不要先请阿槙过来问问？”

愈来愈深入案情核心了。阿槙今年二十八岁，原在柳桥卖艺的她被藤兵卫纳为妾，夫人去世后便搬进藤兵卫家。果然如同报上所言，是个标致美女，猛然一看还算端庄秀丽，一再端详便嗅得到一股风骚味。因为宿醉，加上精神受到冲击，脸色很差，还抹了厚妆遮掩。

浑身散发性感魅力的阿槙，微笑地向新十郎行礼。

“你就是老板娘吗？想必心力交瘁吧。辛苦了，还请节哀顺变。听说昨晚加助和藤兵卫老爷谈完离去后，老爷便叫你和芳男去一趟仓库，是吧？”

“咦？加助昨晚来过？那肯定是他杀了老爷。”阿槙吓一跳，尖叫出声。

“为何认为是加助杀了老爷？”

“还用问吗？除了他以外，没人憎恨老爷啊！他可是一条阴险恶毒的狐狸呢！”

“这个我们自会调查，老爷是什么时候请你和芳男去仓库的？”

“十点以前吧。记得不是很清楚，大概是九点半到十点之间，那时刚好想去说书场看圆朝表演。”

“每天都会去说书场吗？”

“没有，昨晚心血来潮。其实我对说书表演不是很感兴趣。”

“老爷和你说了什么？”

“其实和芳男先生有关，老爷想将患有心脏病的独生女小彩许配给芳男，打算让他继承家业。”

“这样不错啊！还说了些什么吗？”

“没了。只有这件事。”

“那就怪了。这休书是写给你的吧？上头的日期正好是昨天呢！”

只见阿槙脸色骤变，问：“这东西是从哪儿找出来的？”

“在你房间里的垃圾桶。”

阿槙伸手拭泪，呜咽起来：“我真是个悲哀的女人，为了老爷尽心尽力，老爷也很信任、疼爱我。但出身风尘，在这种正派人家注定遭人嫌。我知道有人四处造谣，企图诬陷我想把我赶出去，只是不晓得是谁故意伪造这样的东西丢在我房里。闹到这份上我在这个家已经没有了立足之地，到底是谁这么过分啊！”

“能做这种事的人，只有长大成人的芳男和修作吧！”

“不，不一定是这屋子里的人，也可能是外人唆使。”

“听说你一出仓库，便去厨房取了壶冷酒，一下子灌了六七杯，后来还企图闯进仓库二楼的老爷房间，在那里大吵大闹了约莫二十分钟。”

“那是因为我平常就喜欢喝酒，我睡前也会喝几杯冷酒。并不是对老爷有什么不满，只是带着几分醉意去闹闹罢了。可是老爷将房门上锁，睡着了。因为我那时真的醉了。拼命敲打房门想要叫醒老爷。后来芳男跑来，说老爷已经就寝，叫我别胡闹。因为进不去，后来我就回房睡觉了。”

阿槙这番话说得义正词严，一副得理不饶人样。看来正面进攻冲突也不会有什么突破，就算有确切证据，也会被她四两拨千斤地敷衍过去，所以新十郎决定就此打住。

* * *

不久，鹿藏将加助带过来。

加助年约三十二三岁，相貌堂堂，看起来秉性耿直，不像是那种聪颖伶俐、长袖善舞之人。

新十郎问加助：“你来这里工作几年了？”

“我十二岁那年，这家店开张时就来此当差了。从小伙计一直当到掌柜，今年五月五日刚好满二十年。”

加助从明治元年（1868）开店那天，就和藤兵卫患难与共，奋斗至今。

“昨晚为何回来？”

“昨天做完生意后一回到家，内人就递给我一封老爷写的信，说是差人火速送来的。信上写道，今天适逢水天宫庙会，不管多晚过来都没关系，叫我从后门进去找他。那时约莫八点半，快的话，九点左右可以到这里，于是我便急忙出门。”

“那么，到底是什么事呢？”

加助叹了口气，说道：“我已经听说老爷遇难的事了。这是老爷的不幸，也是我一生的不幸。到如今，我也只能感叹世事无常、无法挽回。接下来我要说的话可能被您认为是陷害别人，但想到老爷死得那么惨，我怎么能把话憋在心里呢？老爷昨晚拉着我的手，对我说：‘加助啊！我害你变成这样，请原谅我啊！都怪我一时昏头，识人不明。’还问我能否回来重掌店务，因为他听到流言蜚语，于是这四五天足不出户，查看所有账本，发现自从我离开后，明明没有采购却挂名进货，甚至有做假账的情形，这些都是芳男和修作合伙干的。他把修作叫来问话，因老爷已经掌握了证据，那小子不敢说谎。老爷本想原谅他们，但一想到他们年纪轻轻却心术不正，怎能担当重责，于是决定将他们撵出去，所以希望我明天中午能来店里一趟，早上将该赶走的人撵走，好迎我回来复职。于是我便回去准备一番，没想到您先差人来叫我了。”

“原来如此。老爷一死，这事也成了泡影，真是遗憾。其他还说了什么吗？”

“是。街坊谣传老板娘与芳男有暧昧关系，老爷问我有何看法。他问我还在时是否有看出端倪。”

“这问题可真尖锐。”

“是啊！他这么一问，我也很困惑，只好回说其实我有听闻传言，只是没亲眼见过。只见老爷脸上浮现一抹苦笑，说他曾亲眼目睹。”

“他曾亲眼目睹?”

“是的。深夜他如厕时，经过老板娘房间，看到纸拉门微开，隐约可见房里小灯亮着，可是房内空无一人，觉得有些奇怪。于是他熄掉灯，悄悄上二楼，听见从芳男房里传来两人打情骂俏声。老爷说待我回去后，会叫他们过来，休了阿槙，和芳男断绝叔侄关系，今晚就会撵他们走。我临走时他要我告诉阿忍，请老板娘和芳男立刻过去，我将话带给阿忍后便回家了。”

“直接回家吗?”

“没有，因为太高兴了。又遇上祭典，便顺道去水天宫参拜，喝了几杯。因为很久没喝，所以有点醉，到半夜才回家。”

“是在哪间店喝酒?”

“因为日子过得清苦，身上没什么钱，只能到商店街后面的小摊子喝几杯温酒。或许是太久没喝，才喝得大醉。”

“有谁看到你回店里吗?”

“我只记得和阿忍、阿民打过照面，没遇见其他人。”

听了加助出人意料的陈述，至少可以确定最重要的杀人动机，但诡异的是，芳男昨晚失踪。警方早已前往芳男可能藏身之处，也就是小仙和唱小调的女艺人之处查访，并未发现其行踪。

新十郎又唤来金次问话。当时轮他值班，加上芳男当值到一半不见人影，所以得扛起掌柜之责的他忙得焦头烂额，所以工作以外发生什么事，一概不知，一起当班的彦太郎和千吉可以做证。听说那晚十点多，小豆来到店里，随手把玩店内的小东西，结果只买了一支发簪便走了。反正是金次买单，她不用掏钱。

新十郎的讯问告一段落，再次前往案发现场勘查。

“看来这根当插销的钉子并没有扣住门扣，门扣可从外面撬开，但不可能从外面上锁，所以只要将铁丝弄弯，便能轻易从门缝穿入撬开。”

新十郎喃喃自语，在现场仔细搜索。打开房门，隔成四间，藤兵卫的起居室约四张榻榻米大，旁边是储藏室，除了破佛龛、破香包，还有一堆杂物，大概是用过就扔进这里。另一间似乎是藤兵卫的寝室，因为没有壁橱，所以折叠好的被褥被随意堆在房里一隅，除此之外并无其他摆设。看得出来每天都有打扫，还算整洁，但怪的是，储藏室和寝室四处散落着泥土印子。

“看来似乎有人偷偷潜入，这里也有泥土，难道有人穿着鞋走进来，或是怀里揣着的木屐上落下来的？该不会是从庭院爬上别馆，潜入仓库，接下来去勘查庭院的吧？”

新十郎一行人来到庭院，虽然留有各种脚印，但是无从分辨哪个是木屐印，哪个是鞋印。绕到仓库后方，是条弯曲的小路。虽然因为祭典活动，大路另一头可说人潮汹涌，可是这条弯曲小径一入夜，便十分昏暗，杳无人迹。围墙外放了个垃圾箱，站上那箱子应该能翻过围墙。

新十郎唤了女佣过来，问道：“那天几点锁门？”

“因为适逢水天宫祭典，晚上还是很热闹，加上店里的人跑出去夜游，所以后门整晚没锁。”女佣回道。

看来外人十分容易潜入。

搜查告一段落，新十郎一行人正准备离去时，突然传来洪亮喊声：

“我们逮到嫌犯了！”

巡警们蜂拥而入，只见芳男被紧紧捆缚，押着进屋。

“你们怎么知道他是凶手？”新十郎问。

“我们刚刚才逮着他，还没侦讯，不过他身上的和服膝盖处沾有血迹，袜底也是。您看！确实沾着血，足见他就是凶手。”

这些地方果然沾有血迹。

“我明白了。不过大家这样七嘴八舌，你一言，我一句，芳男也很难回答吧。我看留下一两个人看守，其他人先退下待命，如何？我有些事想问他。”

留下两个比较重要的干部，其他人退下。新十郎让芳男坐在他身旁。

“我已略知昨晚的事，你和阿槙被藤兵卫叫去问话，是因为你们有着见不得人的关系。阿槙否认到底，说是有人企图诬陷她，但藤兵卫不信，因为他认定你们互通款曲，甚至亲耳听到你们打情骂俏。先不管阿槙怎么说，你应该没有辩驳的余地吧。藤兵卫还想将患病的独生女许配给你，属意你继承家业，没想到你却不自爱，作茧自缚，于是他当下决定休了阿槙，和你断绝叔侄关系，打算昨夜就将你俩赶出去。”

芳男认命似的并未辩驳，默默颔首。

“没错，如你所言。”

“你们离开仓库后呢？”

“我回到自己的房间，烦恼今后该如何是好。突然听到老板娘，不，阿槙在楼下大吵大闹。我过去一看，喝得烂醉的她正往仓库走去，我立即追上去，看到她在老爷房门前不停地破口大骂。不过房门被从里面扣上了门扣，根本打不开，我只好安慰阿槙，拉她回房间。她嘴里抱怨不停，最后沉沉睡去。我回到房间，不知如何是好，蒙着棉被沉思，怎么也理不出个头绪，于是动手打包行李，打算离开。但想到一旦被赶出去，一时之间实在不知该如何生活，也就懒得打包了。自己身无一技之长，看来无论如何还是得向叔父赔罪，恳求原谅才好。虽然那时已经深夜一点，但实在管不了这么多，于是前往仓库二楼，发现叔父的房门依旧上锁，夜宵也搁在门外，看来他也没理会女佣。我用手上的蜡烛一照，发现虽然扣上了门扣，但没有插上作为插销的钉子。于是我用牙签从门缝撬开门扣，门果然应声开启。进屋一看，瞧见叔父倒卧血泊。若我当时马上离开，就不会沾上血迹，但我看到之前被叫来责骂时，不小心遗落的烟盒掉在尸体旁，赶紧小心翼翼地拾起，飞也似的冲出去。步出房门外，才猛然想起要锁门，赶紧用牙签由门缝插入，将门扣反扣。离开仓库后越想越害怕，拼命奔逃，仿佛自己就是杀人凶手。”

“向别人道歉，却半夜偷偷摸摸将反锁的房门撬开，你原本想杀害藤兵卫吧?”

“不是这样!”芳男激动否认，只见他面色惨白，身子不停颤抖，好一阵子才平复。

“你这么说，我也无从辩解。那时我的脑子一片空白，不知如何是好。遭到叔父责罚，是我和阿槙自作自受。女人碰到这种事就会使坏心眼，情绪一上来就恶言相向，不让叔父原谅我。所以我打算趁阿槙睡着后，去求叔父原谅。我迫不及待想瞒过阿槙向他道歉，也明白偷偷撬开门扣不对，但当时根本管不了那么多，一心只想赶快道歉。我绝非卑鄙下流之人，所言句句属实，绝无欺瞒。”

“那么我再问你，你知道藤兵卫叫加助回来一事吗?”

“知道，叔父全告诉了我和阿槙，因为他已不再信任我们和修作，打算把加助重新叫回来工作，所以要我们今晚立刻收拾行囊离开。叔父又让我叫修作过来，我回答说他今晚休假去逛庙会，叔父只好明天一早赶他出去。叔父却要我们今晚就走，还说奸夫淫妇大白天被街坊撞见怕被耻笑，所以撵我们今晚走，也算很客气了。加助明天中午回来，叔父也不管我们的死活了。”

“看到尸体的你惊慌逃出仓库后，去了哪里?”

“我感觉自己就像杀人凶手，着实坐立难安。因为直觉警方一定会追缉我，于是跑到人生地不熟的洲崎一带，闲逛一整夜，决定投靠大阪的朋友暂避风头，便走到品川搭火车。”

“辛苦你了，今晚就在拘留所好好休息吧!”

“不！我不是凶手啊！”

芳男发狂似的吼叫。新十郎不理会。警方制伏了芳男，将他带往辖区分局。

“哎呀！看来案情急转直下，水落石出啦！”虎之介松了口气。

新十郎却说：“这个嘛，还不能妄下断论，背后另有隐情呢！”

“你在说什么啊！动机、血迹不就说明一切啦？况且他自己也说了如何撬门扣，又如何上锁。听到嫌犯喊冤，就相信他不是凶手，有这么天真的笨侦探吗？”

“啊！说得好。你既不天真也非笨蛋。只不过啊，耍剑和推理可是两码子事。你看，散落在房内的泥土，要是忽略这个地方，可就别想逮住真凶。”

“别说这些无聊的废话啦！那些泥土不就是老鼠运来的吗？看来你的脑筋也不怎么灵光嘛！”

“这番推断未免草率。身为侦探，若如此轻忽地认为泥土是老鼠运来的，也要讲求真凭实据，搞不好是鼹鼠搞的鬼，所以才说你不可能逮到凶手。”

约好明日十二点于新十郎家会合后，一行人各怀心思地离去。

* * *

海舟搬出磨刀石，静静地拿起刀子，磨完后反握刀柄，朝后脑勺抹了一下，然后取出白纸，拭去流出的脏血。擦完后又用刀划了一下手指，挤出一些脏血，虎之介的叙述也恰好告一段落。

“咖啡都冷啦！这玩意儿一冷就很难喝。”海舟劝虎之介趁热喝，自己却反手持刀不断放脏血，一副若有所思状。看来八成是在推理整起案件。

“任谁都会认为凶手就是芳男和阿槙。只要藤兵卫在，芳男就不可能继承‘川木’，阿槙也待不下去，所以只要杀人灭口便有享不尽的荣华富贵。如新十郎所言，芳男深夜一点用牙签撬开门扣，潜入房内，就是打算杀死藤兵卫。没想到发现藤兵卫早已惨遭毒手，惊慌逃走的芳男肯定以为是阿槙杀害的。阿槙这个坏女人，要是她被警察抓了，她一定会说自己身无所依，一时糊涂才和芳男联手杀了藤兵卫。她一定会把罪责都推到芳男身上，这就是芳男之所以逃走的原因。凶手并非阿槙，一个喝醉的女人怎么可能一刀杀死男人，就算对方一时没留意，区区弱女子也很难办到。况且那天藤兵卫写了休书，不可能毫无防备之心。”海舟拭去手指的脏血，换另一只手放血。

“如新十郎所言，藤兵卫寝室散落的泥土应该是嫌犯所留。凶手肯定晓得阿槙被休、藤兵卫和芳男断绝关系一事。除了加助以外，没人晓得这件事，所以他才是真凶。正所谓越老实的人越容易心生怨恨，十分怨恨藤兵卫的加助过了五个月的潦倒生活，性情大变。虽然重回老东家是件好事，但如果重新回来就当个掌柜也没啥意义。于是贫穷蒙蔽了他的良知，让他起了歹念，若杀死藤兵卫，便能将罪嫌推给被藤兵卫断绝关系的阿槙和芳男，如此一来，欢喜归营的自己根本不会被怀疑。至于同样被藤兵卫逐出门的修作，一旦老板不在，他也不见得能留下来，即便留下他也不可能管好整家店，所以在店里颇有声望的加助重掌大权一事可说十拿九稳。反正小彩有病在身，也拖不了多久。到时‘川木’的经营权自然落在加助手中，加上他颇有声望，由他继承藤兵卫一手建立的家业，应该无人反对才是，这就是他打的如意算盘。”海舟收起刀子与磨刀石。

“加助向老板辞行后，便翻墙躲进仓库。阿槙和芳男遭斥责时，他八成躲在隔壁房间，待他们离去后便一刀刺向藤兵卫。喝醉的阿槙跑到仓库大吵大闹时，加助将门扣扣上，插上钉子，准备进行善后，仔细检查有无遗落东西或是留下形迹。个性严谨的他遇上紧急状况，往往显现出充满胆识、小心谨慎的一面。直到四周平息下来，才若无其事地离开，还刻意绕去路边摊子小酌几杯才回家。”

虎之介叹气，对于海舟那宛如神技般深沉而周密的思路，只能深深叹服，感动得眼泛泪光，无言以对。

* * *

离正午集合时间还有段空当，虎之介实在按捺不住内心的激动，要他保持出家遁世般的平静是绝不可能的。他腰间挂着饭团，十点左右就来到结城家庭院，一边闲晃，一边悄悄观察新十郎的书房有无动静。

今早还有一个特别来宾也赶来凑热闹，那就是梨江。因为看到早报上绅士侦探出马办案的消息，也想来掺和一脚，于是一早便骑马赶来，直接冲进新十郎的书房。

“你不骑马吗？”

“我是会骑，但没有马。”

“人形町那么远，你是怎么过去的呢？”

“用脚走的。”

“可真辛苦啊！我借你一匹马吧！”

“因为有伙伴同行，不太方便。”

“这我知道，就是那个自以为是的家伙和粗鲁无礼的剑客，是吧？”

“还有古田巡警。”

“那就需要四匹马吧？”

语毕，梨江立刻策马离去。不久牵来四匹马，一匹匹系在庭院树上。

当时还挺流行骑马。妇女间也流行穿裤裙，骑马穿梭在人声鼎沸的街上。上流社会并不时兴这玩意儿，只在一般庶民间流行，而且女人之中大多是娼妇才骑马。因此知识分子十分轻蔑这股骑马风潮，只有鄙夫粗汉、贱民穷人和娼妇才对此感兴趣，有识之士是不会骑马上街的。不过梨江不理会世俗眼光，对她而言，骑马是件非常新奇有趣的事，所以就算在路上被往来行人注目，她也无所谓。新十郎虽是一个高级知识分子，但听了梨江这番话，倒也没拒绝。

大家集合后准备出发时，虎之介却闹别扭，并非不愿骑马，只是觉得自己这身穿着根本不适合骑马，不过为了掩藏心中怀有那番精湛推理的激动，只好暂时隐忍。

看起来没什么精神的老巡警在前头引路，五匹马穿梭街上的异样光景让路人惊讶万分。

“喂！你们看！真是难得一见呢！那是马戏团在游街吗？难不成是向茶利乃示威，要表演日本魔术？那个捻着胡须的应该就是主办人，真是太夫①和女艺人的绝妙组合呢！看来茶利乃有劲敌啦！那个大块头是日本人吗？看起来似乎不太像样呢！哈哈！我知道了。这家伙可有妙用哦！因为日本内地抓不到猛兽，所以叫那家伙披着虎皮，跳火圈表演，所以他也是主角之一。叫老虎以人的形姿出来游街，这主意还真新奇呢！”

抵达人形町，警方已经将拘留的芳男带往“川木”，等待新十郎到来，加助也在其中。

藤兵卫的尸体安置于白色棺木。病体孱弱的小彩特来拜别父亲最后一面，看到父亲惨死模样，一时昏了过去，还发高烧，被安置在房内休息。新十郎将店门拉上，召集所有关系人，并命人解开被捆绑的芳男。

“昨晚不太好受吧！亏你叔父那么看重你、照顾你，若是没

---

① 太夫，日本游廊中最高等级的游女，不仅姿容秀美，还具备知性与教养。

发生你和阿槙那档子事，这起命案就不会发生，所以要你在拘留所待上一晚赎罪也不为过吧！”新十郎说。

“好，我问你。你在藤兵卫尸体旁拾起的那只烟盒呢？”

“已经丢进河里了。”

“你那只烟盒随时都塞在腰际吗？”

“并没有，在店里工作时不会。”

“那天晚上你在店里工作时被藤兵卫叫去仓库，是吧？”

“啊！”芳男惊呼一声，“我想起来了。因为那晚太过惊慌，根本不晓得自己在干什么，可是那天晚上确实没带那只烟盒去仓库。”

新十郎微笑颔首，说道：“你一直以为自己带烟盒过去，其实并没有，那只烟盒是凶手从你房里偷走的，你到仓库的时候，烟盒可好好地收在凶手的怀里呢。凶手带着你的烟盒，于八点左右离开店铺，虽然去了一趟说书场，但到了以后发现垫场的说书人讲得并不精彩，于是他开始在场内闲逛，原本想早一点儿来看看垫场表演，但这些二流说书人说得实在没意思，实在耐不住的他便向熟稔的管鞋员领回木屐，说去逛逛庙会再回来。于是他爬上垃圾箱，翻过围墙，潜入老板家，将木屐揣在怀里，赤足穿过庭院，潜入仓库，观察里头情形后打开门，潜入藤兵卫的起居室隔壁房间。那时恰好加助在起居室，两人正紧握着手，泪眼相对，立下坚定誓约。”

花乃屋一把揪住突然起身想逃走的修作。他虽然推理能力较弱，追捕犯人倒是挺有一手。他制伏修作，像是自己解开了谜团，满足地捻着胡子。待骚动平息，新十郎开始剖析案情。

“修作从四号晚上开始计划杀害藤兵卫，为什么呢？因为他从藤兵卫的口中得知，他干的坏事已被识破，失去信用，加上芳男与阿槙通奸一事被揭穿，所以他也将被逐出。因为隔天五号是水天宫庙会，不用上班的他趁店里最忙碌时，神不知鬼不觉地潜进仓库，处心积虑准备好不在场证明，伺机而动。

此时，加助被叫过来了。修作得知加助将接管店务，和藤兵卫重拾情谊，而自己将被赶出去。修作万万没想到事情会演变至此，杀害藤兵卫的决心更坚定。碰巧藤兵卫那时又召来芳男和阿槙，一个是要断绝叔侄关系，一个是要被休掉。对修作而言，再也没有比这更好的机会。只要趁现在动手，任谁都会觉得凶手就是芳男和阿槙。他抓住这绝佳机会，趁两人离去后杀害藤兵卫。喝醉的阿槙跑去仓库大吵大闹时，修作还站在尸体旁，将房门扣上门扣，插上插销，从容收拾善后，察看房内没有留下暴露自己的物证后，便将芳男的烟盒扔在尸体旁，旋即逃离现场。再若无其事地返回说书场，观赏圆朝的表演。后来又去寿司屋小酌几杯，约两点左右回来，气定神闲地睡了个觉。藤兵卫一死，矛头自会指向与阿槙通奸的芳男，论动机、物证可说一应俱全，迫使他百口莫辩。加上藤兵卫身后只留下病弱的独生女小彩，当上掌柜的修作便能顺理成章迎娶小彩、继承家业，这就是他的算计。”

已经认罪的修作抬起那张恬不知耻的脸，看着新十郎。

“一切如你所言，不过我早就谋划此事了。何况阿槙早就想勾搭我，那时我突然灵光一闪，要是我拒绝的话，那个淫妇自然会向芳男出手。奸夫淫妇凑成一对，刚好可以顶替杀害藤兵卫的罪，如此一来，‘川木’屋便落入我手中。我早在一年前就起了这想法，赶走加助只是我计划的第一步。选择在五号行凶也并非四号临时起意。上个月确定计划，打算从一号开始每天去说书场看表演。四号遭藤兵卫斥责一事大概是命中注定吧！若没发生那件事，肯定不会怀疑到我头上。还有加助被叫回来一事，现在想想，还真不该挑五号这天动手，最后走错的这一手棋或许是神的旨意吧！所以侦探先生，你也不过尔尔罢了。”修作冷笑着说。

* * *

海舟反握刀子朝后脑勺一划，拭去脏血，听完虎之介的叙述。

“修作这么说吗？四号那天他被藤兵卫责备一事是天意，没想到一路算计，竟然挑了五号这个烂日子下手，看来修作怀着很深的恨意，才会这么说。人算不如天算，人生祸福难料，正所谓一失足成千古恨，举头三尺有神明啊！”

海舟划了一下左手指，放脏血。

“新十郎认为修作是因为四号遭藤兵卫斥责而起杀意，并非没有道理。但依修作所言，他早在一个月前便立了杀人计划，所以四号那天晚上被训斥只是他运气不好。就算修作所言属实，但于理实在说不通，搞不好他真的是临时起意。偶然发生的事，才是真正麻烦呢。这件偶然发生的事连修作也很意外，更不用说新十郎会更加意外了。要是我当时也在场，肯定和新十郎的看法一样，无论是临时起意还是早有预谋，答案见仁见智。我之所以错认加助为凶手，是因为我没至现场勘查，这也是没办法的事。世上多的是像加助这种有人望又耿直的人误入歧途的事，所以绝对不能轻忽。倘若那时我也看到房里散落泥土，便会将凶手锁定加助或修作，不过我选择加助是一大错误。”

虎之介越发敬佩海舟的超凡见解以及敏锐心思，默默聆听。

悲惨人间

从明天起就进入十二月了。没有执照的黑洋车夫舍吉对一年中每个月末都极为反感，还和一年最后一个月的每一天都合不来。天气从昨日开始变冷，舍吉披着毛毯，瑟缩在上野广小路的十字路口一隅，等待客人上门。上野车站平日就聚集许多车夫，但因为舍吉算是没有执照自营，只能在十字路口处待客上门。这一行和轿夫一样，视客人大方程度，偶尔才能得到不少小费。

舍吉瞥了一眼商店街的钟，刚好九点。正想逮一个容易上当的客人大宰一笔时，迎面走来一名年轻绅士，整张脸埋在黑色外套的衣襟里，帽檐拉至眼窝，却难掩俊俏脸庞。脸上留着两撇八字美胡，看上去约莫二十六七岁，手里还提着一个体积很大，但似乎不会很重的包包。

舍吉将车子推向他，问道："老板，请。要上哪儿啊？"

"我不坐车，不过想差你去趟本乡真砂町，一栋姓中桥人家的别墅。"

"是，没问题。"

"去那里拿一件我寄存着的行李，再送到滨町河岸的中桥宅邸。你一拿到行李，别墅那边的人就会赏你两日元当酬劳，然后赶在十点前送至宅邸。"

"是，没有别的吩咐了吗？"

"没有，快去吧！"

年轻绅士说完便往上野车站方向走去。走了一段上坡路穿过三丁目就是真砂町，舍吉好不容易走到中桥别墅门前，敲门喊了四五分钟，大门总算开启，应门的是看似管家的老人。

"明明不久前才把门关上，你是方才那个车夫吗？"

"我不清楚您说的是哪个。我是受人之托前来拿件东西，酬劳是两日元。"

冲着这份优渥酬劳，舍吉尽力挤出最和善的笑容。老人将行李递给他，也给了两日元。舍吉道谢，老人却气冲冲地说：

"没必要向我道谢，别把人当白痴耍，快走吧！"

"是。"

反正酬劳到手，也没什么好抱怨的。虽然舍吉告诉自己别把老人那番话当一回事，但下坡时他一直思索。滨町离这里并不远，赶路送件行李根本不算什么，不过这两日元也并非白赚。中桥英太郎可是当今名人，听说他靠着海外贸易以及举办多场演讲赚了不少钱。不知这沉重的行李箱到底装了些什么，反正不会是什么蛇虫、妖怪之类的怪东西，搞不好是黑市交易的金银财宝呢！连释迦牟尼都不知是何方神圣的舍吉，大概也不在乎偷盗一事被发现吧。他决定今晚不送行李了。干脆留在身旁一晚，一窥里头的东西。于是，舍吉将行李载回下谷万年町的贫民窟。

还是王老五的他没什么家人，喝了几口途中买来的便宜酒后微醺起来，感觉整个人轻飘飘的，动手解开行李箱上的绳子，掀开箱盖一瞧，猛然跌坐在地，全身虚脱，原来箱子里藏着一具惨遭虐杀的女尸。

吓得屁滚尿流的舍吉一夜没睡地坐在尸体旁思索该如何是好，却怎么也理不出个头绪，想说趁天未亮时，用车载去别处弃置。就算起了歹念，一时也机灵不起来，正在苦思要丢哪儿时，警方找上门了。

* * *

辖区警方认定舍吉犯案，正积极追查女尸身份。警方认定这名女子惨遭车夫奸杀，之所以没立即弃尸，将其载回家，是为了一逞兽欲，就这样草率断定一切。

但有一名年轻巡警存疑，所以为求慎重起见，警方依舍吉所言，前往中桥别墅查访，询问警卫后，意外发现舍吉所言属实，不过别墅管家的证词也有疑点。

“的确有这么一回事，不过那车夫简直把人当白痴耍，实在不明白那家伙到底想干吗！”

“把人当白痴耍？什么意思？”

“我也被搞得一头雾水。当晚那人拉着车来到别墅玄关前，放了一件行李，说是要送到中桥宅邸寄存，待会儿有人会过来拿，记得将行李和酬劳两日元交给对方，说完便留下钱走了。没想到过了三四十分钟后又折回，拼命敲门，拿了行李和酬劳离去，这种莫名其妙的行径真叫人傻眼！”

“原来如此，那么放下行李的那个人是谁？”

“是谁？就是同一个人啊！他后来又回来拿走行李。”

“是同一人吗？”

“当然是同一人！会有车夫花两日元请别人干活吗？以前有那种伪装旅客的小偷和黑心轿夫，现在在东京行骗的就是小偷和洋车夫。那种宵小怎么可能花两日元如此优渥的酬劳请别人做事？八成是在居酒屋小酌时，编出什么行李寄放在此的狡猾诡计吧！”

年轻巡警将此事回报局里，已是傍晚时分。

但只是这份疑点重重的报告并不足以撼动上头的认定。此时，同一个辖区内也发生怪事，事件主角音次也是住在万年町贫民窟的人力车夫，但和舍吉不一样的是，音次是上野人力车集会所的车夫而非无照自营。

昨日傍晚将近六点，暮色深沉，音次拉着车回公园正经过西乡隆盛的铜像附近时，有个二三十岁的妙龄女子叫住他，于是载着她从池端往东京帝国大学方向，经过以前谣传的狐狸出没处一带时，女子说道：

“我有点不舒服，停车。”

车子停下。女人下车走了五六步，站了一会儿，说道：“哎呀！手帕掉了？那手帕有香水味，应该马上能找着，麻烦你蹲下来在我脚边找找。”

音次提着灯笼，蹲在地上，果然发现手帕掉在女人脚边。

“小姐，这味儿好香啊！”

“是啊！这可是高级进口香水，日本买不到，喜欢就多闻几下呦！”

女人开玩笑地说。连音次也感受到她散发的那股妖艳气息。花前月下，眼前女人又亲切，不禁让人心神荡漾，理智尽失。就在他忘情嗅着迷人香水味时，竟失了意识。待音次醒来，身上的车夫服早被剥个精光，看来似乎在地上昏睡了两三个钟头，好险没冻死，还算幸运，只是人力车连同身上衣物全都没了。音次一想到那地方谣传是狐狸出没地，心想自己搞不好撞见鬼，脸色铁青地死命奔回家。

翌日，音次的车被发现丢弃在帝大校园，车上还留有一套车夫服，以上是整件怪事的经过。依舍吉所言，委托人是个眉清目秀的年轻绅士，音次载的女客则是二三十岁的女子，因为两人供述有出入，于是警方找来音次问话。

“是。借着灯笼光依稀瞧见她的面容，应该是个标致美人。但那时天寒，她用披肩从鼻子到全身裹得紧紧的，所以实在看不清楚长什么模样，记得她梳着时髦的英国式发型。”

披肩对现代人①来说可能有点陌生，现代人不太可能会打扮成如此庸俗的模样，也就是用一件毛毯似的布料，像长斗篷般罩住全身。搭人力车时可用来盖住双膝，赏花时可当坐垫，搭马车时可用来当盖被，这是明治二十年前后风靡一时的女装打扮。

因为几乎盖住全身，的确看不清容貌。

“有带着类似行李的东西吗？”

“没有，没带任何行李，只提着一包看起来不是很重的东西。”

供词完全不一样。

不过局里也有资深警察验尸完后，对于舍吉是否犯行打了个问号。因为凶手似乎是个性格冷酷之人，死者不但惨遭勒毙，双眼还被扎入钉子，若是舍吉涉嫌奸杀，会施以如此残忍手段吗？况且仔细检视后，尸体上并未发现有任何施暴的痕迹。

其他资深警察又有其他看法。

“双眼被扎入钉子、伪装成两名车夫，当然都是舍吉的诡计。尸体上之所以没有施暴的痕迹，是因为在自家可以尽情发泄，这

---

① 现代人，指作者创作时的20世纪50年代的人。

和野地施暴的情形不一样。至于音次那家伙被狐狸迷惑一事，应该与此案毫无关联。”

话虽如此，舍吉却挨到早上才处理，甚至没丢弃尸体，这一点十分诡异。

前往中桥别墅查证舍吉所言是否属实的年轻巡警仲田，是个思路缜密的侦探。倘若舍吉所言属实，此案应该与中桥家有着密切关联。

翌日，他在中桥家附近进行地毯式搜索，打听到中桥有个名叫比佐的小老婆住在向岛，立刻前往探访，没想到意外得知比佐于十一月最后一天失踪，迄今杳无音信。仲田带着她的母亲和女侍前往警局辨认，那具女尸果真是比佐。

舍吉似乎有望洗清嫌疑。因为这不是单纯的车夫杀人事件，不仅事关中桥家，而且藏着重大阴谋，令警方颇感棘手，遂希望借结城新十郎之力逮住凶手。凶手狡猾无比，布下重重诡计，堪称明治年间一大智慧犯案，就连脑筋一流的新十郎也觉得必须花点心思才能解开谜团。如此几近完美的犯罪计划在国外也极为少见，有如具有艺术家性格的天才创造的作品——新十郎如此向人赞赏。

* * *

以新十郎为首，警方开始派出探员多方查访比佐的身世背景，果然浮出许多可疑人物。

比佐的娘家是一家位于菊坂的点心铺。父亲早逝，由母亲一手抚育长大的比佐，容姿日益变得闪耀动人，不仅在菊坂、本乡一带，甚至整个东京都无人能与其媲美。比佐的母亲也是个美人，虽然仍有不少人追求，但骨子里有着菊坂贫寒人家的傲气与坚毅，一心只想栽培宝贝女儿长大成人，安享晚年，无意再嫁。她管教女儿十分严格，无奈孩子往往无法如父母所愿成长。

有个名叫荒卷敏司的美男子目前就读医学院，身为官员之子的他在赤坂有间房子，因为来往本乡通学而结识比佐，两人遂开始交往。

虽然对方念的是一流学府，但比佐母亲可不想将宝贝女儿嫁给这种离功成名就还很遥远的毛头小子。虽然母亲坚信钓个金龟婿才能早日享清福，但两人的爱苗早已滋长。虽然敏司出身官宦之家，毕竟还是个学生，离开业行医还很遥远。经调查发现，这个荒卷敏司是个经常逃学的问题学生，甚至与艺伎、女义太夫和女明星过从甚密，尤其和女剑剧①梅泽梅子剧团的名角，梅泽梦之助特别要好。而且梦之助还兴奋地四处张扬，说什么敏司毕业后自己就不再干这一行了，要当个富太太，所以她现在要给敏司付学费。

还有一个年方十九，名叫常见君惠的护士，因为憎恨敏司移情别恋而服毒自尽，幸好捡回一条命。经调查后发现，另有几个

---

① 女剑剧，由女性表演的一种武打戏。

护士也和敏司往来，所以他活脱脱就是个喜欢玩弄女人的花花公子。

某日发生一起事件，有个学习狂言①创作的文学青年小山田新作，自称是河竹新七②的弟子，老家在本乡开药店。对比佐一见钟情的他竟然持刀挟持比佐到仓库非礼。这个发狂的男人玷污比佐之后，还将她全身剥光绑在柱子上，用针扎她、折磨她，后来路过的巡警听见女人哭喊声，冲进仓库才救了比佐一命。双方谈判后决定和解，新作得以逃过牢狱之灾，且有意娶比佐为妻。毕竟女儿已非完璧之身，母亲只好认命，答应了这门亲事，但是比佐不置可否。这时，在真砂町有别墅的中桥英太郎表示要照顾比佐，事情进展十分顺利，于是比佐与母亲住进位于向岛的豪宅。这是不过才半年前，五月时的事。

可是比佐和敏司依然藕断丝连，虽然敏司是有名的花花公子，但对比佐的爱却相当执着。比佐成了中桥的小老婆，敏司一度十分恨她，无奈自己还是个靠父母供养的穷学生，实在无法给对方任何承诺，所以他决定待自己毕业后独当一面时，一定要娶比佐为妻，两人幽会时都如鱼得水。

讽刺的是，敏司还有一段与梅泽梦之助的孽缘。虽然两人过从甚密，但梦之助早在数年前就已嫁为人妇，对象正是中桥英太

① 狂言，穿插于能剧剧目之间表演的一种即兴的简短笑剧。

② 河竹新七，河竹默阿弥（1816—1893），明治初期最著名的歌舞伎剧作家，代表作有《岛月白浪》《三人吉三廓初买》等。

郎。自从中桥纳比佐为妾，她便失了宠，虽然还有敏司能寻求慰藉，不至于过于苦闷，但可想而知，她多么怨恨夺走情人、先生的比佐。

* * *

十一月三十日早上十点半左右，比佐说要前往三筋町舞蹈师傅那儿习舞，顺便缴学费，再绕去别的地方买东西，便带着侍女出门。

比佐虽然跟了中桥，却还是与敏司往来。中桥得知后，便当着比佐和她母亲的面，将一叠钞票放在敏司面前，要求两人今后不得再有任何瓜葛，那是十一月五日的事。不仅如此，中桥还通过关系和敏司父亲碰面，严厉斥责对方教子无方，并要求比佐母亲今后务必严加管教女儿，绝不能让她单独外出。自那天起，比佐无论去哪儿，母亲都会遣侍女随行，彻底失了自由。

每月最后一天，中桥都会整理这个月的工作，结束忙碌的一天后，前往向岛悠闲地待个一两天，这让比佐母亲有些担心，特地叮嘱要出门的女儿：

“今天是这个月最后一天，老爷会过来，记得两三点前要回来。”

“我知道啦!”比佐笑着出去。

傍晚四点左右，只见侍女独自怔怔地回来。

“咦？怎么回事？夫人呢？”

“夫人还没回来吗?”侍女脸色骤变,“我想起来了。夫人说她要去长调师傅那儿,我过去看一下。”

侍女丢下这句话,便匆忙离去,直到天黑两人都还没回来。

直到晚间十点左右,中桥坐着自家马车过来,因为没有见到比佐,气得火冒三丈。比佐母亲早料到如此,花了半天想出各种借口,连哄带骗的,足足赔了二三十分钟笑脸。中桥再也忍不住大发雷霆:

“住口!别说了!明明严重警告过,她还是我行我素,我今晚要去梦之助那里过夜,给我备车!”

因为自家马车已经回去,只好随便叫辆车。

“都已经这么晚了。随便叫车很危险啊!”比佐母亲极力劝说。

“住口!如此污秽的屋子叫我如何待得下去!”

中桥还踹了比佐的母亲一脚,揪住她的衣领,推她出门叫车。比佐的母亲只能无奈地朝吾妻桥方向走去,拦了一辆车。回来时,却发现中桥已经离开。

“咦?跑哪儿去啦?还是叫车夫等一下好了。”

车子等了一个钟头,直到十二点还是不见中桥踪影。这时,侍女垂头丧气地回来,哇的一声大哭。原来她焦急地到处找比佐,最后实在没办法,只好回来。

新十郎听完母亲的陈述后,问道:“所以后来都没看见中桥先生啰?”

“是的，都没看见。”

新十郎请比佐的母亲先离席，唤侍女进来。

侍女名叫长田易，芳龄二十一。就侍女而言，长得还算标致，和中桥家有远亲关系的她与双目失明的母亲相依为命，平常中桥会拿些钱给她们贴补家用，但去年母亲去世后，她就进了中桥家，如今成了比佐的贴身侍女。可以说她是从小在中桥家长大的。

“请你说明一下比佐夫人失踪的来龙去脉。”

“是。因为夫人在三筋町师傅家习舞，所以我出去散步一下。算好时间回去的时候，他们说夫人已经离开了。记得夫人说过她会顺道绕去买东西，心想她应该还会回来，便在师傅那儿待到三点多，还是不见人影，我就回去了。”

新十郎面带温柔笑容，说道：“不能隐瞒事实哦！比佐夫人最近都没去师傅那儿习舞。她肯定是叫你留在那里，自己跑去和荒卷幽会，所以你总是在师傅那儿待到她回来，是吧？”

只见侍女阿易泪眼汪汪，低头不语。

“请再说明一次昨天事情的经过。”

“如您所言，我在那里等夫人回来，可是超过约定时间，迟迟不见夫人踪影，心想这下子糟了。因为夫人每次都赏我不少钱，所以不敢违背吩咐。”

“他们在哪里幽会？”

“夫人要我留在师傅家，至于她去了哪里，我也不清楚。”

由此可知，比佐与敏司的确暗通款曲。

局里特地派出多名探员，多方查访荒卷敏司、中桥英太郎、小山田新作和梅泽梦之助等人这几天的行程，发现一连串意外事实。

其一，中桥英太郎从十一月三十日以来便行踪不明，没有前往梦之助那里，连自家也没回去，家里的人以为他一直待在比佐那儿。

其二，荒卷敏司本来要搭十一月二十九日下午四点四十五分由新桥发车直达神户的火车回故乡四国岛，但接下来两天他都留在东京。他之所以打包行李，是因为父母对他的前途深感绝望，要他休学回到家乡谋职。因此，家人也都以为他已经从东京出发了。

其三，小山田新作意外地从三个月前开始成为梅泽女剑剧团的专属作家。

另外还有件事也很奇怪，这是前往梅泽女剑戏棚查访的探员回报的。

女剑剧最初发迹于浅草六区①一处连门牌也没有的木构小戏棚“飞龙座”。明治十七年（1884），浅草的山地一带收为国有，划分为六区，进行区域治理。道路开通后，建起了五六间小窝棚和十多间餐饮店，当时被称为“新开地”，无法与现在的六区相

① 浅草六区，处于东京台东区浅草的商业街区，亦称浅草公园六区。六区为1884年整顿浅草公园时划出的街区名。

比，当时的六区宛如位于田地中央的小型游乐园。一两年后常盘座①建成后，终于有个像样的戏棚，是将日渐毁损的木构戏棚重新改装而来，因此大多数人都不知道飞龙座草创时期的模样。

连续演出五个月的女剑剧，于十一月二十九日公演结束后，三十日准备打包，十二月二日起移师横滨演出。梦之助有中桥照顾，生活还算优渥，其实没必要待在如此寒酸的地方表演，但因为团长梅子是梦之助的养母，这么做也是为了报答养育之恩，兼具美貌与实力的她甚至比团长的风头更胜，所以现况也不容许她辞职，况且与情夫在此幽会也比较方便。

十一月三十日，戏棚发生两件怪事。为了十二月二日开始的横滨公演，这天大家忙着打包行李，准备隔天载运过去。

忽然有个陌生少妇翩然来此，倒是随行的二十多岁的侍女几乎每天都会来新开地闲逛，所以和戏棚的人混得很熟，只是大家都不清楚她的身份。当两人走进戏棚时，狂言作家小山田新作竟企图轻薄那个美丽少妇，幸好旁人见状及时制止，侍女也紧紧保护女主人，赶紧将她带进梦之助的休息室。团里拥有个人休息室的只有团长和梦之助。过了两三个钟头后，侍女四处询问别人有没有瞧见她家夫人，但谁也没瞧见美丽少妇的芳踪，侍女只好无奈回去。

下午来了个年约二十出头的年轻女子，感觉和之前两个应该

① 常盘座：1887 年开业的剧场、电影院，已于 1991 年闭馆。

没什么关系，但也是个清秀佳人。下午两点左右，荒卷敏司径自进入梦之助的休息室，不久房内便传来惨叫声，众人闻声赶去，没瞧见那名女子，只见荒卷紧张地脱掉外套和上衣，原来那女的向荒卷泼了硫酸后逃逸，幸好荒卷只是外套烧得破烂，没受什么伤。而梦之助那时不在戏棚，免除另一场悲剧。

以上两件怪事是飞龙座警卫透露的情报。梅泽女剑剧团于昨日前往横滨公演，因此戏棚目前停业。

报告此事的探员又补充道："在飞龙座失踪的那名女子长得十分漂亮，而且打扮挺像比佐，要不要叫戏棚的警卫过来问问？"

先让警卫看过尸体，再看看阿易，证实那天她们确实来过，看来阿易所说全是谎言。只见阿易在逼问下痛哭流涕地说：

"请原谅我。夫人每次都赏我不少钱，发生这种事，我虽然很害怕，却什么也不能说，其实去三筋町师傅那儿习舞只是个幌子，我们每次都是直接去浅草。"

"是去新开地吧？"

"不是的，经过吾妻桥，在仲见世途中通往马道的一条小路上，有间名为'露月'的隐蔽小旅馆，夫人进去后，我就去新开地附近晃晃。因为荒卷先生大多待在飞龙座，若是没和夫人约好，我就去飞龙座通知荒卷先生，告知夫人已经在旅馆等他。两人幽会完后，夫人回家，荒卷先生回戏棚。"

"请尽量准确叙述十一月三十日那天的情形。"

"只有那天不一样，夫人原本要拐进小路前往'露月'，却去了新开地。她说有事得和梦之助夫人谈谈，因为老爷知道夫人和荒卷先生幽会，就是梦之助夫人泄的密。我们一进入飞龙座，看到大家都忙着打包行李，小山田先生突然出现，抱住夫人企图非礼。夫人的惨叫声引起众人注目，我赶紧带夫人到梦之助夫人的休息室。受到惊吓的夫人看起来不太舒服，面色苍白，十分痛苦的样子。梦之助夫人亲切地倒了杯水给她，请她暂时待在那里休息，我则是跑到戏棚串门儿。一个半钟头后，我回去休息室却不见夫人踪影，我四处问人，一直找到三点半左右，心想夫人或许已经回家，便赶紧回去。”

“你是几点发现夫人不见？”

“记不得确切时间，大概一点左右吧。”

看来已经找到杀人现场。因为当时戏棚正在打包大件行李，也许尸体就是被伪装成行李，藏在其中。

小山田新作、荒卷敏司都跟随梦之助前往横滨。调查至此，真相应该马上就能水落石出，新十郎也这么认为，没想到却坠入更诡谲的迷宫。

荒卷的证词出人意料。那天他与比佐约好十一点在老地方碰面，所以不到十一点便在那里等待，但一直等到十二点、一点，比佐都没现身。又等到两点还是不见比佐身影，他只好赶回飞龙座，没想到在那里等待的不是比佐，而是常见君惠。

君惠得知荒卷辍学准备回乡，一直相信荒卷毕业后，两人就能结婚的她四处打听他的下落。直到认清荒卷是个负心汉，便下定决心朝他泼硫酸泄恨。荒卷下意识逃进梦之助的休息室，倘若梦之助当时人在房内，肯定会酿成更大的悲剧。幸好君惠一时错手，只烧坏荒卷的外套。

原本应该返乡的荒卷之所以还留在东京，是因为他想带比佐一起回乡。虽说辍学，但返乡后便能找份工作，成家立业，于是他向比佐提出私奔的要求。虽然生活或许不比从前，但比佐希望能与心爱的人长相厮守。问题是，比佐的母亲在东京，两人不可能就这样抛开一切私奔，所以商量后，荒卷决定暂时留在东京。

十一月二十九日，原本应该搭上返乡火车的荒卷一直暂住梦之助那里。梦之助也敞开心扉，释出善意，赞成荒卷娶比佐。十一月三十日，荒卷遭袭后，三点左右与梦之助碰面，两人随即赶回位于根岸的住处，一起喝了些酒，五点左右就寝，以上是荒卷敏司的陈述。

有人证明他的确从十一点到两点左右都待在“露月”，而且确实只有他一个人，那天比佐并未现身。

梦之助的陈述如下：

原本在休息室整理行李的她听到门外传来骚动声，接着有两个女人猛然闯进来。她认得其中一个，但不知另一个就是比佐。阿易问她能否在这里躲一下，她爽快答应。只见比佐面色苍白，似乎很痛苦的样子。梦之助倒了杯水给她，叫她躺一下，还随手拿了块毯子替她盖上。

梦之助说她后来帮养母打包行李，还帮其他人整理东西，所以留下比佐独自在房里，所以不晓得她竟然不见踪影。应该说，忙到忘了有这回事。约莫下午一点，同行侍女问她有没有看到比佐，她回答没有。

不久，因为要和横滨公演的主办人聚餐，她和养母、小山田相偕赴约。三点左右回到戏棚，荒卷被泼硫酸是在她外出这段时间发生的，所以不清楚详情。

她和荒卷立刻回根岸的住处，因为事情都处理好了。所以便喝了些酒，五点左右就寝。她原本也很想和荒卷厮守一生，当然也知晓荒卷和比佐的关系。之前比佐对荒卷表现出厌烦态度时，荒卷还为此消沉不已。尤其是被中桥逼迫签下保证书之后，比佐对他就越来越冷淡，因此他将注意力转到梦之助身上，甚至想让梦之助随他回乡成婚。但碍于养母恩情，无法立即这么做，但如果情况允许，两人都希望尽快成婚。以上是梦之助的陈述。

由两人的供述看来，她们对于彼此的情感认同似乎有极大落差，还有一些地方也有很大分歧。对搜查人员而言，这种差异就像小玉盒①，不打开的话，便能享受幻想之趣，所以决定先将这部分搁着，继续搜查。

至于小山田新作的说词如下：

他有时会来六区玩，见到梦之助，十分惊艳，遂毛遂自荐成

① 小玉盒：出自日本著名民间故事浦岛太郎。渔夫浦岛太郎因救助神龟而被带到龙宫游玩，临走时龙女赠他一只小玉盒，告诫其不可打开。太郎回家后，发现认识的人都不在了，于是他打开了小玉盒，盒中喷出的白烟使其化为老翁。

为女剑剧作家。不过他知道梦之助是中桥的二姨太，也只能暗暗思慕，因为他也很崇拜中桥。身为贸易商的中桥曾举办各类表演，是一名杰出商人，还常常引进国外的精彩表演节目，也将日本文化推广海外。原是艺人的中桥于明治初年赴美发展，后来转业为成功商人，梦之助是随他赴美的艺人之女。

十一月三十日那天，小山田指挥着大家打包行李，忙得不可开交。突然抬起头的他以为自己被施了什么妖术，看到幻影，没想到比佐这个令他魂牵梦萦的女人竟然站在面前。只见他一时忘情地抱住比佐，亲吻她的脸颊，但是他的梦碎了。比佐惨叫一声，众人纷纷冲上前拉开他。小山田重整心绪，说服自己这一切只是幻影，拼命打包行李。在那之前他只是指挥他人，做得心不甘情不愿，后来却变得十分勤快，挥汗如雨地做了两人份的工作量，然后在戏棚里东奔西跑，大口喘气，仿佛想耗尽全身气力。

一点左右，为了招待横滨公演的主办人，团长、梦之助和他于餐厅洽谈公演一事，三点左右回到戏棚，行李已经全部打包完毕，他只轻薄过比佐那么一次，之后就没再见到她了。

为了慰劳辛苦的团员，他买了酒在休息室开起酒宴，一伙人喝得十分尽兴，全都醉倒睡着，醒来时已经晚上十点左右，只有他偷偷起身回家。他未曾从剧团那儿拿到半毛钱，反而还自掏腰包资助剧团。以上是小山田的陈述。

有团员能证明他所言属实。那日小山田的确和大家一起喝酒，醉倒在休息室，问题是众人纷纷醉倒，完全不清楚后来的事。这些人平常都是睡在大休息室，居无定所。

新十郎指着装尸体的行李箱，问道："这是你们剧团的东西吗？"

"这行李箱挺旧的。因为我们是初次巡回表演，所以大部分都是新的行李箱，应该不是我们的。不过剧团常用这种行李箱当道具，有可能是附近戏棚的东西。"

"你说中桥曾是艺人，梦之助是随他赴美的艺人之女，是真的吗？"

"传闻结城新十郎博学多闻，居然不知道这件事？请看一本叫作《艺人杂志》的书，其中《川富三与吉》那一篇曾经提及，警局前的租书店应该借得到这本书。"

新十郎前往租书店借了这本书，因为必须了解失踪的中桥英太郎究竟是何方神圣，结果还真出人意料，书中记载如下：

> 川富三与吉杂技团，明治四年（1871）受美国人哈利曼邀约赴美，一行人名单如下：
>
> 杂技，三与吉，妻子阿花。
>
> 耍陀螺，松井金次，妻子小满，还有个八岁的女儿小福（躲在陀螺内），五岁的女儿阿常，以及一岁的儿子良一。
>
> 杂技，魔术，梅之介。妻子柳川小蝶，与前夫生了个五岁女儿阿易。
>
> 走钢索，滨作。三味线，妹妹阿胜，以及一个四岁女儿

小隅。

杂技演员（抛物），庆吉。其右肩上站着，三次。龙套，三太郎，妻子阿蜜，以及一个三岁儿子参次。三太郎肩上站着又吉。吹笛，当松，妻子阿六；六岁女儿亚纪，两岁儿子国太郎。打太鼓，正一，妻子阿澎，以及一个周岁儿子马吉。

魔术，柳川蝶八；魔术，妻子金蝶以及一个三岁女儿小乐。

四月十一日由横滨出航，巡回各地表演，同年年底于旧金山公演时，因为出资人认为人事成本过高，遂只留下主要演员，其他人则坐船回日本。结果三与吉愤而杀害出资人，自己也负伤，遭警方逮捕，最后自杀。另一方面，梅之介是个心机深沉之人，吹捧蝶八担任团长，自己则进入当地贸易公司学习。那时他与妻子柳川小蝶离婚，小蝶之前就暗暗恋慕三与吉，随着三与吉的骤逝，她也离开杂技团。滨作的妹妹阿胜早已和梅之介暗通款曲，却因梅之介移情别恋，含恨自杀未遂。梅之介本名英太郎，正是今日中桥贸易公司的社长，也是贸易界的巨擘。蝶八率团全美巡演，历经重重困难，明治七年死于巴西，团也宣告解散。金次、庆吉等人行踪成谜。小蝶与黑人结婚后，进入当地马戏团工作，在欧洲各地巡演了七八年，后来双目失明的她惨遭黑人丈夫抛弃，只好带着女儿阿易黯然回国。梅之助为了弥补对于阿胜的亏欠，尽力安排阿胜与女儿小隅回国，但因为舟车劳顿，阿胜回国后不久便病逝，小隅由叔母梅泽梅子收养，也就是今日艺名为梅泽梦之助的女剑剧名角。

还真是一段复杂过往。梦之助的母亲阿胜是中桥之前的情妇，曾因怨恨对方无情无义而自杀。而且令人意外的是，嫁给黑人进入马戏团工作，又因失明遭到抛弃的柳川小蝶，就是比佐的侍女阿易的生母，所以中桥才会出钱接济她们母女。前妻小蝶与前夫所生的女儿阿易，年幼时也曾叫中桥“父亲”。

新十郎有些感慨，唤阿易过来：“你是几岁从美国回来的？”

突然被这么一问，阿易有些诧异。“十三岁那年。”怯生生地用蚊子声似的声音回道。

“你还记得在美国巡演的一行人当中，有个小你一岁，名叫小隅的女孩吗？”

“记得，是弹奏三味线的阿胜阿姨的女儿。”

“没错，那女孩就是梅泽梦之助，你晓得这件事吗？”

阿易怔住，惊讶得眼珠子都快掉出来了：“没有，没发现。经您这么一说，还真的有些神似。我们在一起玩也是六七岁那时。”

唤梦之助过来，问她对阿易的记忆，梦之助却摇头，表示没印象。也难怪，她当时还小吧。

* * *

常见君惠被带来，其陈述如下：

那天用完午膳，出了本乡的宿舍，约一点左右抵达六区。两点左右她看到了荒卷，立即追至飞龙座，朝他泼硫酸后逃逸。她害怕警方追捕，只好没命狂奔，倘若回宿舍，一定会被埋伏的警方逮个正着，于是拐至别处，完全不记得自己走到哪儿，最后走进一间从未去过的说书场打发时间，一直混到深夜才回宿舍。君惠的供述如上，全是不着边际的说辞，这也是畏罪潜逃之人想当然的心理反应。

新十郎再次传唤荒卷，问道："你之前曾说梦之助已经谅解你要和比佐共结连理一事，可是梦之助说她没这么说过，她说你们曾论及婚嫁，还说比佐对你已经有点厌烦，是吗？"

"没有，没这回事。比佐确实说过要跟我回四国岛，我们正准备讨论婚期和婚礼仪式等。"

"这就奇怪了。梦之助说你三十日傍晚和她一起喝酒，提及关于婚期等事，这种事为何会同时向两个女人提起？要不要请梦之助过来，再说一遍刚才的话给她听？"

"等等！我确实和两个女人提过同样的事，可是我对梦之助所言并非出自真心，只是一时兴起罢了。我打算先带比佐回四国，再想办法安抚梦之助，实在煞费苦心。因为梦之助不像君惠那般善妒，若先和比佐结婚，她应该会爽快放弃。这是秘密，我不想在梦之助面前提这事。"

"反正比佐已死，这下子你就可以大大方方和梦之助在一起啰！"新十郎难得如此挖苦别人。

一干嫌犯暂时居留在警局。新十郎前往根岸的梦之助住处，唤了宅里的女佣过来。

“十一月三十日，梦之助与荒卷应该一起回来过，记得是几点吗？那天团里忙着打包行李。”

“时间不是记得很清楚，应该接近傍晚时分吧！夫人说终于忙完，告一段落，两人便热络地喝了起来，后来太阳没落山前就直喊好累，便去睡了。”

“寝室在二楼，是吗？”

“老爷来时是在二楼寝室歇息，但夫人和荒卷先生在一起的话，则是在别馆的小房间。离玄关不远处有栋别馆，遮雨板一放下就不被人瞧见，也可以从后门偷偷溜走。荒卷先生的帽子、鞋子和行李全带去别馆，若遇上紧急状况也好立刻抽身。”

“他们睡得很沉吗？”

“这我就不知道了。不过晚上十点左右，夫人要喝水，我送过去时，看到荒卷先生还在睡。”

“那天晚上，中桥先生没过来吧？”

“的确没见到老爷。”

新十郎随后又去了浅草六区。以飞龙座为首，仔细巡视每间戏棚，全部巡过一遍后，又回到飞龙座隔壁一间歇业中的戏棚。从飞龙座的休息室门口，刚好有条小路和这里的休息室相通。

他唤了警卫问道：“这间戏棚一直歇业吗？”

“是的，打算拆除再盖新戏棚，因为常盘座要盖一间浅草最气派的戏棚。”

“只有你一个警卫吗?”

“还有我内人，反正这种废弃戏棚也没什么好看守的。视天气状况，我和内人多少都会来看一下，每天晚上八点左右收班。”

“戏棚的门会上锁吗?”

“没有，根本没锁。虽然会由门内上门闩，不过只有晚上才会这么做，光锁我家的门就嫌麻烦了。反正也没什么东西可偷。”

新十郎走到堆放大道具的地方，指着角落的五六只破旧大行李箱，问道:“这些行李箱是不是少了一个?”

“经你这么一问，我才发现，记得以前有七个，应该少了一个吧。可是里面空空的，什么也没有。”

新十郎巡了一遍地上:“嗯，地上散落着许多小钉子。”他喃喃道，目光严密，生怕遗漏些什么，仔细巡视戏棚的每个角落。

他指着一处地方，说道:“这里好像留有拖行重物的痕迹，而且是往出口方向，到底是拖着什么呢?”

只见他环视在场众人，笑了笑，突然叫道:

“那是装尸体的行李箱!”

* * *

那天晚上，花乃屋与虎之介前往新十郎书房叨扰时，他正在一张白纸上画图，与先到的梨江陷入沉思。纸上写着上野、本乡和浅草这三个地名。

新十郎将纸摊放在四人中间，开始说明:“比佐于上午十点半出门，十一点左右抵达飞龙座，突然遭小山田袭击，仓皇躲进梦之助的休息室。可是阿易却发现她不见了，引起一阵骚动，这时约莫是下午一点。足见比佐是在十一点到下午一点这两个钟头内惨遭杀害，被装入行李箱的，我想这点应该可以确定。”

新十郎见在座众人无异议，继续说：

“有个女人或是乔装成女人的男人，那天傍晚六点左右在上野山山脚叫住车夫音次，然后在帝大校园和不忍池①之间的偏僻小路上迷昏音次，随即乔装成车夫，拉着车子一溜烟地跑了。凶手前往浅草，也就是飞龙座旁边的戏棚，前后只花了一小时，所以载着行李循原路回来，应该还不到七点半。过了约一小时，也就是八点半左右，抵达本乡真砂町的中桥别墅，将行李放在玄关，车子丢在帝大校内偏僻处，然后换上事先准备的外套与帽子，摇身一变成为年轻绅士，将原本穿的女装打包好，匆匆离开现场，九点左右来到上野广小路，叫住黑详车夫舍吉。于是舍吉奉命前往中桥别墅取行李，凶手那天的行动到此告一段落。”

虎之介摇头，说道：“叫住音次的是个女人，叫住舍吉的是男人，根本不一样啊！难不成凶手雌雄同体吗？恕我直言，你还年轻，对男女一事不甚了解，所以无法正确推理，我说得没错吧？梨江小姐，为了让结城先生成为名副其实的名侦探，得帮他找个老婆才行，是吧？”

---

① 不忍池，日本东京上全市公园内的天然池塘。所处位置靠近东京大学（东京大学旧时简称为帝大）。

这时，古田巡警慌张冲进来，说道："方才局里来报，在隅田川的言问附近发现中桥英太郎的腐尸，但不是溺死，疑似遭勒毙。"

新十郎愕然，脸色骤变，说道："惨了！难不成我推理错误了吗?！不对，不会吧……"

他立刻恢复冷静，整理一下仪容，一行人骑马赶赴现场。只见新十郎目光炯炯，直盯着中桥的尸体，愤怒吼道：

"杀死中桥和比佐的是同一个人。你们看！两人都是毫无痛苦的死法，几乎没有抵抗的迹象，也就是说，这两人都是遭迷昏后勒毙。"

他猛然回头。

"再给我一夜想想，明天下午也许就能逮到真凶了。"

一行人起身离开，回到神乐坂，新十郎在门前和虎之介道别时，微笑地说：

"音次载的那个女人和指使舍吉跑腿的男人有个重要的相同点，那就是他们都提着一只体积大，却不是很重的包。晚安。"

* * *

毕恭毕敬站在冰川胜海舟府邸门前的人，不用说，就是虎之介。天未亮，他就在海舟家门口等着，肯定有什么紧急万分的事。

虎之介不敢怠慢地每日一五一十地报告情形，不过今天是最后一次前来报告调查进展了。因为时候还早，虎之介腰际挂着饭团，看样子是打算和海舟共进早膳，海舟的早膳旁散落着竹皮。

海舟餐毕啜了口茶，将磨刀石蘸了点水，开始磨刀。静静地磨完后，仔细凝视刀锋，然后像挥赶蚊子似的将手绕到后脑勺，轻轻划了一下，用白纸拭去血迹。就这样反复做了数次，才开始缓缓解谜。

“如新十郎所言，凶手只有一人，没有共犯。出现在上野山山脚和广小路的男女都提着一只大行李箱，证明凶手是同一个人，也就是梦之助，女剑剧里的男角当然能轻易反串车夫或美男子。如此煞费苦心搬运装着尸体的行李箱，就是为了误导杀人现场与时间，也是为了让别人误以为凶手是个男的。以本乡为中心往返载运行李，八成是为了误导别人认为小山田是凶手，因为若不施此计谋，她肯定是头号嫌疑人，毕竟比佐是在她的休息室不见踪影的。梦之助从小在艺人堆中长大，魔术表演对她来说是家常便饭，因此对她而言，用药迷昏被害人简直易如反掌。梦之助下午三点多和荒卷一起返家，大白天喝酒，就是为了让人以为她早早就寝，然后伺机迷昏荒卷，从后门偷溜出去，在广小路相中舍吉，要他到中桥别墅拿行李，这时应该是九点多。之后她偷偷返家换上睡衣，命女佣拿水给她，如此周到的计划就是要让人以为她一直在睡觉。”

“不料半路却杀出中田英太郎这个程咬金，他在比佐住处等不到人便叫车离开，那时应该快十一点了。待中桥抵达根岸的梦之助住处时，则是将近十二点。中桥的突然造访对梦之助而言，无疑是晴天霹雳，因为被迷昏的荒卷正熟睡着，所以这突如其来的状况令她手足无措。幸好那时女佣已经就寝，于是她又下手迷昏中桥后勒毙，将尸体暂时藏于地板下方，待深夜再弃尸。收拾掉令人怨恨的比佐，也解决了绊脚石中桥，这下子梦之助便能和荒卷比翼双飞，再也没有任何阻挠了。但中桥曾向比佐母亲告知要前往梦之助那里，让她的诡计露了馅，正所谓人算不如天算，冥冥中自有天意。”

* * *

虎之介并未回家，而是来到花乃屋家门前。他请因果先生出来却什么也没说，只是嘻嘻笑，令人感觉浑身不对劲。花乃屋果然受不了，垮着一张脸。

“我还以为是一只中国产的黑猪在笑，原来是隔壁的英雄豪杰啊！难不成以男女之道解出真凶啦?”

“哈哈！凶手是女的。”

“噗！你还真悟出来啦！了不起。”

“不知您的想法如何？凶手自以为天衣无缝，殊不知人算不如天算啊！一切都是天意。”

“看来你还是没悟出来嘛！不好意思喔，我认为凶手是男的。迷药与乔装是两大重点。凶手通晓药物，又了解戏棚如何运作，却是个不折不扣的变态。所以啦，凶手只有一个，就是小山田新作。”

“哇哈哈！”

虎之介笑得快断气似的。那天下午，新十郎依约带着众人前往警局，并集合参与此案的探员，向在场人士说明凶手的诡计。

“这是目前为止我所接手的案件中，最不可思议的一件。凶手巧妙布下好几招诡计，借以混淆视听，完成这几近天衣无缝的完美杀人计划。而且每个环节都依照原计划切实执行，几乎没有一丝一毫的破绽。可是再怎么完美的犯罪计划也会百密一疏，也就是说，抽离最重要的核心之后，其实还隐藏着另一个重点。”

新十郎先说了一段玄妙的开场白，可见他对于凶手的犯罪手法相当佩服：

“解开这起案子的关键有两点。一是凶手为何费尽心思乔装成车夫和美男子，将行李送至中桥家呢？因为这么做就是要让人知道死者是比佐，让人知道死者惨遭杀害的日期与地点。凶手将钉子扎入比佐的双眼，是为了让人以为凶手和她有深仇大恨，如此一来更让人误解凶手身份，强调比佐是在何时、何地被杀。此外，凶手通常会希望罪行别太早被发现，甚至最好别被发现，但这个凶手反其道而行之，将行李送至中桥家，让别人理所当然认为是为了隐藏行李。但这和将钉子刺入比佐的双眼，让人以为凶手极度厌恶比佐，根本两相悖离。凶手想让比佐被杀一事早日公之于世，反而成了一道破绽。”

新十郎喘口气，继续说：

“只要解开上述疑点，自然能破解案子。若是要去中桥家拿件东西，应该去中桥家庄真砂町的别墅就行了。何必特地到其在滨町的宅邸呢？凶手之所以乔装，无非是要让人知道是同一人所为，误导大家认为凶手肯定和演员有关，也因此让我识破这一切都是障眼法，确定凶手绝非演员。”

只见他又喘了口气，气势十足地准备宣布更重要的事：

“另一个关键得用现实一点的解法。凶手为了隐瞒事实，还亲自下海耍了招苦肉计。也就是说，为了让别人以为比佐和中桥是同一天遭同一人杀害，而且能在那地点、时间杀害中桥的只有一个人，因此她故意装成无力执行此项缜密计划的笨蛋。我细细推敲后，发现凶手就是被中桥抛弃、双目失明结束惨淡一生的前妻，柳川小蝶的女儿阿易，只有她才能同时执行两件杀人计划。

“除了阿易之外，所有人都没想到比佐会突然来到飞龙座，只能说是偶然。也只有阿易能抓住这机会，并且知道中桥会在十一月三十日稍晚去比佐住处，其他人根本不可能晓得有此机会。若要杀死中桥，自然得在比佐那里动手才行。虽然阿易声称是比佐自己要去飞龙座的，其实不然。因为她晓得荒卷十一点在‘露月’等比佐，比佐当然会过去，所以是阿易诱使比佐前往飞龙座的。阿易之前陪比佐去‘露月’时，就常去六区一带闲逛。因此对那里的地理环境了如指掌，所以早就计划以飞龙座角落的废弃戏棚和弃置的行李箱犯案。

“不只如此，她假装四处打探比佐的行踪，还乔装成绅士及女子，将行李送往中桥家，然后诱骗中桥出去予以杀害。行李箱计划于九点左右告一段落后，她便换回女装，叫了人力车，于十点左右回到比佐住处。可是她没进去，为什么呢？因为她要趁机杀害中桥，所以必须装成遍寻不着比佐才无奈返回的样子，这么一来，无论她多晚回去都不会启人疑窦。如果比佐的母亲没出去，中桥就此住下来的话，她有可能会偷偷潜入，故布疑阵装成强盗杀人，隔天早上再一脸怅然地回去就行了。碰巧比佐的母亲外出叫车，阿易便借机现身，谎称要带中桥去找比佐，将他迷昏勒毙后推落水中。其实杀死中桥才是她的真正目的，比佐的死只是为了将罪名推给别人。十三岁前一直和母亲待在国外马戏团的阿易通晓诸事，当然也很会乔装、下药迷昏等伎俩。”

* * *

海舟听完虎之介的报告后沉默片刻，才又神色自若地说：

“凶手竟然是阿易，还真叫人意外。如果只听阿虎所言，根本无法识破阿易装傻的诡计，所以案子一定要亲身调查才能解开真相。就像阿易装笨一事，唯有亲见本尊才能看穿一切，无法凭空想象。若非如此，哪儿能看清真相。就算是新十郎，若无实证也不可能逮到真凶，不过这小子目光如炬，可真不简单啊！正所谓百密一疏啊！像阿虎你那破洞百出的脑袋，越是完美的东西，越不足为惧。这一点在兵法、经济上也是说得通的。”

虎之介对于自己妄想以浅薄见识，自诩非凡豪杰的愚蠢心态，深感羞愧。只见他好长一段时间都垂着头，噤声不语。

小偷家族

寡妇杉子是个古道热肠之人。儿媳咲子嫁过来时，娘家没给嫁妆，所以一年四季的和服都是杉子给她置办的。杉子不苟言笑，说话也不太和善，只能从行为感受到她的体贴，也难怪咲子觉得婆婆很难相处。毕竟杉子总是板着一张脸，感觉是个精明人，所以就算咲子想拉近婆媳关系，向婆婆撒娇什么的，也只能想想罢了。

当咲子知道婆婆有在商店偷窃的毛病时，简直吓怔了。看起来威风凛凛又精明的富太太竟然是个小偷，着实令人大感意外。杉子非常有钱，钱多到腐烂发霉，而且家里的保险箱钥匙由她掌管，想花多少就花多少，怎么会去干那种龌龊事呢？

杉子常去三井和服店、珠宝首饰店、茶具店等地方。现在的商店都是将商品陈列在店里，但那时都是放在仓库，客人说要买什么，老板就从仓库里取出来将东西摆在客人面前，所以要是少了一件，肯定是面前的客人偷走，当场便能逮住。更别说经常上门光顾的常客，老板当然晓得是谁。

不过常客偷东西时，老板都是装作若无其事，照样连声道谢。反正常客都是月底结账，偷多少就记账多少，一点也不吃亏。所以说起来是偷，其实跟买没两样。对于店家而言，巴不得偷得越多越好，这样的老主顾感谢都来不及了。哪能抓呢？所以只要浅虫家的寡妇一进门，老板便立刻将各色商品摆在她面前，让其偷个痛快。

家里有个偷窃癖的人也就算了。可怕的是，这毛病还会遗传。咲子的大姑菊子，也就是丈夫正司的姐姐也有偷窃癖。

年方二十五岁的菊子个性相当古怪，至今还是未婚。她长得颇有姿色，但性子烈，总是沉着一张脸，又沉默寡言，天底下没有男人入得了她的眼。举止粗鲁、没有大家闺秀风范的她偷起东西更是毫不遮掩，偷回来的东西多到让人不敢相信是她一个人扛回来的。菊子的大衣内里挂着好几十条带钩的绳子，堪称神乎其技的小偷。虽然她看起来大大咧咧的，其实遗传了母亲的精明干练。每当她不发一语地沉着脸，进入心神恍惚状态时，搞不好就是在思索什么偷东西的新招吧。相较于母亲，菊子可说是胆大包天、颇具武士风范的堂堂惯偷。

对于有偷窃癖的母女俩来说，偷和买是一样的，不偷就觉得心痒，得手后就有一种拿到战利品的快感。有钱人偷东西可是追求一种病态的愉悦，和那些因为生活困顿而偷窃的人不同。

母女俩将买回来的东西放进起居室的衣柜，偷来的东西则是悄悄藏到仓库里。有空就窝在仓库里欣赏堆积如山的战利品，借以得到满足感。除了母女俩，谁都进不了仓库。这座仓库与豪邸最里面的浅虫夫妇房间，现在则是杉子一人的卧房相连，所以要想进去仓库，势必得经过杉子的房间。但房间门总是上锁，且钥匙在寡妇手上。菊子倒是可以自由出入母亲的房间和仓库，或许一样有着偷窃癖促使母女俩感情特别好吧。

有钱人家的仓库堪称壮丽宽敞，据说是东京花川户町的著名建筑师藏吉，耗时九年才竣工的国宝级仓库。无人看过仓库里的陈列品是如何陈列的，但不难想象气质高雅的寡妇和举止粗俗却容貌秀丽的菊子悄悄走进仓库，屏息凝神、忘情欣赏战利品的光景。咲子觉得她们这种行为令人毛骨悚然，却也感受到一种难以言喻的美感。

不过还真是个古怪的家庭，而且是彻头彻尾的古怪，就连吃饭时，寡妇和菊子是在寡妇的起居室用餐，伺候她们的用人是个名叫蕗谷的女孩。

正司与咲子则是在他们自己的起居室用餐，伺候他们的是名叫竹谷的女孩。

正司的弟弟一也是个大学生，他在自己的房间用餐，伺候他的是名叫花谷的女孩。

如此生活行为简直像在住旅馆。家里明明有个大饭厅，就是搁着不用。当然之所以如此也不是没有原因的，这家人的作息时间各不相同，很难凑到一块儿吃饭。好比寡妇最晚起床，约莫上午九点。咲子总是待婆婆梳洗完毕后，跪坐在起居室外面长廊的地板上，恭敬请安：

"母亲早上好，姐姐早上好。"

婆媳一天就只见这么一次面，有时连一面也没见上。如果寡妇有事要找咲子时，会差女佣传话，或是亲自来找媳妇。相较之下，菊子从没主动亲近咲子。两人倒不是什么恶人，也并非瞧不起出身小康之家的咲子。咲子对此心怀感激，却又觉得自己和婆婆、大姑不像一家人。

咲子跟丈夫是自由恋爱而结婚的，这在明治时代可是新鲜事，加上咲子不过是小餐馆老板的女儿，店里人手不够时，她还得帮忙招呼客人。

咲子也不清楚自己和当时还在念大学的正司是如何坠入爱河的。当她知道正司是有钱人家少爷后，认为两人的家世悬殊，势必无法修成正果。毕竟正司的母亲和家人绝对不会同意，反正这在当时是天经地义的事。没想到正司的母亲竟然没有反对，于是正司一毕业，两人便结婚。结婚时正司二十二岁，咲子十八岁。去年咲子成为浅虫家的少夫人，嫁进来一年了，也晓得不少婆家的秘密，也才明白原来婆婆不反对他们结婚是有原因的。浅虫家有麻风病遗传，那时叫癞病。罹患这种病的人很难谈论亲事，所以比起这种疾病，偷窃这种毛病根本不是什么。

咲子很讨厌还在念大学的小叔一也。一也天资聪颖也是自然，毕竟他有那么聪明的母亲与姐姐。怪就怪在这家只有正司脑袋不太灵光，虽然就一般人来说不算笨，但显然不如其他家人。一也一向瞧不起哥哥，连带也轻蔑嫂子。每次一也看到咲子，嘴角总是浮现一抹浅笑，随即别过脸。这种态度比直接讽刺更让人难受，所以咲子特别愤怒。

一也不避讳地将浅虫家有遗传癞病一事告诉咲子，而且是一副事不关己的口吻。

杉子对外声称亡夫浅虫权六是病死的，其实是自杀，而且自杀经过颇骇人。权六感觉有病兆时，便四处打听癞病是怎么回事，连做梦也没想到自己竟然罹患这种怪病，结果发疯，走上自杀一途，死状十分凄惨。他先用刀将貌似长癣的肉剔除，自行毁容，最后切腹自杀。

咲子并未立刻相信一也所言，但也没问丈夫，因为证实确有此事反而令人害怕，本来就已经觉得这个家不太对劲。

她经常看见一个男人大摇大摆地频繁出入家里，这个人好像跟浅虫家走得很近，一副自以为是的样子。浅虫家的人对他十分敬畏，咲子还以为他是一位比较有威望的长辈，没想到有一次正司生病，这个人穿着白大褂，提着药箱过来了。原来他是位名叫花田的医师，开了一家诊所，根本就不是浅虫家的亲戚。

花田一来，就会到杉子的房间喝酒，每次都喝得满脸通红才回去，咲子总觉得这家人有什么把柄落在他手上。后来听一也说，咲子才恍然大悟。原来浅虫权六发疯自杀一事，除了家人之外，只有花田知道，还帮忙开立病死的伪造死亡证明书，家丑才没外扬。其实咲子早就猜到是这原因。

正司是浅虫家的次子，菊子上头还有个今年二十七岁、名叫博司的长子，但他人在国外。父亲身殁还不到百日，他就跑到国外，迄今五年一次也没回来过。听说已经在国外结婚，不打算回来了。杉子和菊子也不强求，就当他死了。这是个什么家庭啊？关系怎会如此冷漠？咲子得知上头还有长子时，不敢相信，不过仔细想想，倒也不难理解，或许博司不回来是因为他也罹患癫病。还有个叫野草通作的男人，也常出入浅虫家。他每逢月底都会来，一身高档衣装，像是衣食无忧的隐士，总之是个谜一样的人物。据女佣竹谷的说法，野草是个没品之人。

竹谷说，每次野草通作来访都不碰用人奉上的茶点，见他要离去，用人们赶紧包好点心，想说让他带回家慢慢品尝。不料他却抓起包袱朝用人身上砸，撂了句：

“这点心八成有毒吧？你们是想毒死我吗？”

竹谷蹙眉抱怨她最讨厌野草这个来历不明的家伙。浅虫家的用人都是年纪不大的女孩，没有那种上了岁数的老用人。

用人们私下都说花田医师是杉子的情夫，才能如此大方出入浅虫家。还说长男博司出国前，搞大了野草通作女儿的肚子，所以他月底固定来一趟，就是来替女儿讨赡养费。

正司曾告诉咲子，博司曾有个情人，虽然舍不得和她分隔两地，但最终还是抛弃女方。

咲子忍不住问丈夫：

“野草先生到底是何来历？”

只见正司不耐烦地别过脸，说道：

“那小子曾经在我家当差，也不知是怎么发达起来的，那种不入流的家伙，别理会！”

咲子猜想野草肯定也知道权六患的是癞病，还发疯自杀。搞不好花田医师一个人处理不了，找人帮忙，那么找谁帮忙呢？当然是信得过的仆人。野草估计也知道此事，抓住浅虫家的把柄，也就无尽勒索。每个月月末都来的他能知道此事也不奇怪。

当时，癞病被视为一种遗传疾病，而非传染病。咲子想，既然这病会遗传给丈夫，孩子当然也无法幸免于难。当时身怀六甲的她一想到此，顿觉眼前一片漆黑，该如何摆脱这命运呢？当她察觉自己怀孕时，丝毫不觉得欣喜，也没告诉正司，只觉得像被恶魔告知死期将至，肚子里的骨肉难逃可怕的遗传疾病。

咲子恨极了浅虫家这对母女。原来她们压根儿嫌弃我的出身，才会接纳我。丈夫就更可恨了，知道自己很难谈到什么门当户对的亲事，索性将我这个出身低贱的女人骗到手。

怒不可遏的咲子质问丈夫：

“你娶我这个家里开饭馆的女人为妻，是不是认为我们这种穷人家出身的女人就算嫁给有癞病的人也得忍气吞声啊？这家我是待不下去了！”

正司的脑袋虽不灵光，但还是有着身为大户人家儿女的机灵与狡猾。恐怕他早就料到咲子会有摊牌的一天，所以非常冷静地回道：

“我隐瞒自己父亲有癞病的事，真的很对不起你，但我真的很喜欢你。你想想，我如何对自己喜欢的女孩坦白父亲得了这种病，还发疯自杀呢？我绝非有心隐瞒。父亲得病发疯一事对我来说，也是晴天霹雳。面对这被诅咒的命运，我实在束手无策。其实直到他自杀，我一直不晓得他得病的事。正因为一直被蒙在鼓里，一旦得知才会承受不住，请你理解我们家的苦处，原谅我，别负气离家！”

被正司这么一哀求，咲子也无法坚持了。毕竟还是有着夫妻之情。

“癞病会让一个人的四肢皮肤都溃烂吗？”咲子无奈地问。

“求求你别这么问！我很担心自己也会得病，连镜子都不敢照。听说刚发病时，额头和眉毛一带像长瘤似的出现硬块。父亲死时，我才十几岁，根本搞不懂癞病是怎么回事，也没发现父亲有什么不正常。希望你能理解我每天起床照镜子时是多么惧怕。”

“看来大哥还比较正直纯情，不想伤害自己心爱的人，选择独自离乡。你真是卑鄙！让我更不齿！”

“话可不能这么说，是我哥太神经质了。明明没出现任何症状，便吓得坐立难安，逃到国外。国外又没有能诊治这种病的名医，慌忙出国有什么用呢？况且他也结婚了呀！难道欺骗外国女人就有良心吗？能算是正直纯洁的人吗？”

“大哥真的结婚了吗？”

“他信上是这么说，还说永远都不回来了。听从国外回来的人说，他娶了一个不太正经的外国女人，整天酗酒，喝到身体都垮了。”

“不管癞病也好，自杀也罢，你们家的保密功夫可真是一流啊！”

“怎么说呢？毕竟对浅虫家来说，是无药可医的绝症。以前那些用人一听说我父亲是因为那种怪病而自杀，马上就一一告假离去，有的甚至不说一声便溜之大吉。父亲死后的第一个星期，家里连半个用人都没有。”

原来如此。怪不得这个家没有年纪较大的用人。

自从老爷自杀后，杉子一派威严与果断的作风，十足女中豪杰模样。她觉得这种事没必要瞒着底下的人，索性公开老爷的病情与死因。杉子坦然告诉他们，倘若不愿意在染有怪病的宅邸工作，大可另谋高就，但希望大家至少等丧礼结束后再离开。此外，她也要求离去之人别四处说嘴，甚至连家人也别提起，还发给每人一大笔遣散费。杉子的策略果然奏效，用人们虽拿着钱离去，却得以保密权六的死因。遗体早早便装入一具白木棺材，由于亡者自毁面容后自杀，因此由花田医师向亲友解释权六得的是一种极为特殊的传染病，为顾及众人的健康，也就省略瞻仰遗容这项仪式了。

经历如此重大变故的寡妇杉子并未慌张失措，却也养成爱在商店顺手牵羊的怪癖，令人深感讽刺，却也令人萌生同情。

咲子比较能体谅杉子了。因为她觉得婆婆的处境和她很像，也是在不知道浅虫家有此怪病的情况下嫁进来，还生了好几个孩子。不难想象当她得知孩子都逃不过这可叹的遗传怪病时，内心有多么悲痛。咲子这么一想，也就不气婆婆了。其实杉子对待媳妇是面冷心热，也很同情她。咲子想通之后，再看看婆婆那副凛然样，也就感受到寡妇内心的悲哀，忍不住自我反省，告诉自己也要像婆婆一样不向命运低头，再怎么悲伤也不喊苦。

咲子常想着干脆从这个家逃走去当尼姑。然而在她犹豫不决之时，肚子却一天天大了起来，本想趁人不备打掉孩子，却被杉子看出来了。看来打掉孩子当尼姑的计算，算是泡汤了。

以前咲子一想到自己只是个出身贫贱的儿媳妇就抬不起头。现在她怀上了浅虫家的后代了，理应硬气起来。但凭她都比不上盛气凌人的杉子，也被那个浑身散发着虚无缥缈之气的菊子压一头。只有一也除了挖苦人以外，不让人觉得可怕。反而在这个家里，一也成了唯一和咲子合得来的人了。

最近，一也开始摆弄一架进口的照相机。

“怎么？一也也开始偷东西了吗？你的身体里到底流着这个小偷家族的血啊！”

“哼！我的身体里才没有小偷家族的血呢。我身上流着的，那是天才的血！那可是你老公没有的东西。奇怪的是，这个家里恐怕只有你老公流着傻瓜的血吧。既然如此，他有可能也没继承癞病的血和偷窃癖的血。你这么一想就该知足了吧？也难为你这个嫁到癞病家来的小饭馆的女儿了。”

“你算什么天才，读过几本书就充秀才了？”

“哈哈！傻瓜，你懂什么？算了算了，我给你照张相吧！尽量打扮得漂亮点儿！”

一也突然对照相感兴趣起来，从女佣到来客，见谁给谁照。那是一种很古老的照相机，大木箱，蒙着黑布，照完后还要自己冲胶卷、洗照片。一也开始的时候总拍不好，后来就会了，还迷上了照相，白天照、晚上冲，不亦乐乎。

浅虫家原是地方的大财主，不但有良田千顷，还有海拔两千米以上的高山。山林就是取之不尽的财源，十年前，浅虫家买下的山头上发现了石油，一夜暴富，金钱来得和自来水一样容易。

浅虫家要成立石油公司，这下可把笨头笨脑的正司忙得够呛。但是正司居然干得不错，在公司管理方面，完全看不出他能力很差——因为精明的杉子在后面指挥，决策都是她下的。正司没有发号施令的才能，也没有野心，所以威胁不到杉子的地位，年仅二十三岁的正司当上了总经理，一天比一天有本事了，这让咲子暗暗吃惊。这样的正司更有出息，也更可爱了。而且正司现在打交道的人都是有头有脸的大绅士、大商人，与结婚时完全不同，站在这堆人中间也不逊色。咲子又想到自己不再是那个穷酸的饭馆老板的女儿了，也该是总经理夫人了，却一点也摆不起架势。

一天下午，花田医师大摇大摆地走进咲子的房间，一点儿也不客气地说：

“少奶奶，这还是你过门后我第一次来问候你。正司的眼光真不错，你还真是个大美人儿！以前我给正司看病的时候见过你，那时你还是个乡巴佬的样儿，现在一瞧，那可是个堂堂正正的少奶奶呀！好！太好了！若不是天资聪颖的话，哪能出落得这么大方。真是个上得了台面的少奶奶，见什么客人都不丢脸。当家的可就安心啦。啊，太好了！佩服佩服！”

花田夸张地拍咲子马屁。他右手拿着一瓶威士忌，左手则是一个酒杯。今天杉子和菊子都不在，花田是找她来陪酒了，可他已经醉得不轻了。

“用人们喜欢说三道四。你估计也知道你婆婆和你大姑一出门就爱带东西回来，你婆婆不也常常给你带衣服吗？你可得好好谢她。”

咲子心想不知是谁爱说三道四，随口一问：

“您大白天就喝那么多酒，要是有人得了急病来找您可怎么办？”

“没关系，东京又不止我一个医生。再说了，我就是个江湖郎中。以前学点儿中医中药，现在又懂点儿西医，瞎对付罢了。

三年前从医学院毕业的我儿子可比我强多了，特别精通妇科，看得很仔细。下回你生病找他就好。对了，你不是怀孕了吗？生下来就是浅虫家长孙，可喜可贺呀！”

咲子认为花田医师分明语带嘲讽，实在太过分了。只见她噙着泪，哽咽地说：

“花田医师，一个孩子刚生下来，就流着随时会发病的血液，不觉得是件残酷的事吗？”

花田没料到咲子早已知道浅虫家的不可告人的秘密，甚是诧异。他眨了眨蒙眬醉眼，吐着酒臭味的气息说：

“正司这小子也太老实了。年纪轻轻就掌管公司，还以为他总算有点出息，没想到骨子里还是个蠢货！干吗跟你提这档事，真是服了他啦！”

“不是他，是一也告诉我的，还一副话中带刺、事不关己的口吻。”

“原来是一也这小子说的啊！”花田面露不悦。

“那小子也真是的！一家子还真是什么脾性的都有。正司还算沉稳，一也却总是心浮气躁，没干什么正经事！”

花田讨厌一也，所以提起他也总没好话。

“我说少奶奶呀！你就忘了这种不愉快的事吧。可别小看‘忘’这个字，可是最好的良药，别老想着癞病这档事啦！忘记癞病、偷窃癖，孩子身上流的就是干净的血。你要是成天闷闷不乐可是很伤身，所以忘掉烦心事，快乐过日子吧。况且谁不是在忘怀中过活啊！”

花田这番话还真起了作用。虽然他举止粗俗，没什么礼貌，当这里是自家般随便，不过人倒也不坏就是了。

翌日，寡妇叫咲子到她房里。确认外头没人偷听后，便直盯着媳妇，这么说：

“可怜的孩子啊！一也那孩子太可恶了。要是没跟你说些没用的废话，你就能幸福度日了。既然事已至此，也无法可施。我也不对，一直瞒着你，应该向你道歉。你啊，千万别想不开，夫妻俩安稳度日，平安生下孩子，好好栽培他。你是个聪明又稳重的好孩子，嫁给正司着实委屈你了。我们家正司呀，可是修得好福气，我真是替他高兴啊！以后你就是这个家的接班人，浅虫家就靠你了。”

杉子拉着媳妇的手，和咲子闲话家常。婆媳之间没什么秘密，也拉近距离。

“菊子要和花田医师的儿子结婚。我还以为这丫头要在家里当老姑婆，养她一辈子呢！这下总算能放下肩上的重担，可以安心了。花田医师的儿子和菊子同年二十五岁，医术比他父亲还高明，年纪轻轻的他已经小有名气了。”

杉子提起女儿的婚事，笑得合不拢嘴。

浅虫家上上下下都晓得菊子即将出阁一事，大家都很开心，只有一也闷闷不乐。因为一也和花田医师不对眼，相看两厌，所以他觉得姐姐简直就是跳入火坑，成了不折不扣的牺牲品。可想而知，一也有多愤怒。

始终对婚姻大事不感兴趣的菊子倒也忙得不亦乐乎。一般女人到了适婚年龄总是有所准备，但因为菊子对这种事从不上心，也没什么准备便决定嫁给花田医师的儿子，当然得置办嫁妆。这下好了，忙着采买东西的同时，偷窃的次数也跟着频繁，就这样连买带偷，一下子便办齐了足够三个姑娘用的嫁妆。再者，杉子和菊子这对母女偷的可尽是好东西，囤放战利品的房里摆满大衣柜，里头满满的都是华服与珠宝首饰。

大喜之日即将来临。菊子也越发光彩，浑身散发女人味，像是变了个人似的，任谁都会忍不住回头瞧她一眼。咲子也打心底祝福小姑的蜕变，只是一想到菊子身上也流着遗传疾病的血，又替她难过。

一也非但不高兴，还不时对姐姐露出轻蔑眼神。倒也不难理解他为何如此，毕竟身上带有遗传病，竟然还能开心当新娘？难道不觉得可怕吗？其实一也最无法理解的就是花田这对父子，明知菊子有此隐疾，还要娶她。难不成举止粗俗的花田是个大度之人？总之，一也怀疑花田有什么企图，直觉他是个恶魔，叫他儿子娶菊子肯定是个阴谋，而且是超乎想象的阴谋。那么，究竟是什么阴谋呢？一也怎么也猜不透。反观咲子倒是没想那么多，只是祈祷诸事顺利。肚子越来越大，眼看不久即将临盆。

*　*　*

再过十天就是菊子的婚礼。就在众人欢欣迎接这天到来时，浅虫家出事了。

浅虫家有个很大的庭园，紧邻着五十多米高的悬崖。某天，住在悬崖下方的某户人家告知浅虫家，说什么瞧见两个男人扭打一阵后，随着崩落的大石一起坠落。大伙赶紧下崖查看，一看原来是花田医师和野草通作。当时，两人几乎快没气息，不待医师赶来便断气了。

花田医师大白天又跑去浅虫家喝酒，这时野草也来了。只见花田医师喝得醉醺醺，至于野草通作，别说酒了，就连用人端来的茶点也不碰。两人聊天时，一也邀他们去庭园照相。结果两人不知为何起争执，一也见状也不劝架，径自回自己的房间。后来他们扭打起来，最后一起坠崖。

这两个人因为打架，失足坠崖而亡也怨不得别人。但说也奇怪，竟然没人知道野草通作住哪儿，如何通知家属呢？杉子说野草从未向人提过他住哪里，自己也忘了问。野草怀里有一百张十元新钞，数目可不小。这笔钱用漂亮的纸包着，并未和野草身上其他钱放在一块儿。看来不是准备拿给别人，就是别人拿给他的。警方也觉得这笔钱颇蹊跷，无奈双方都惨死，也无从追查死因。只能待事件登报后，野草家属能来收尸。

果然才刚登报，就有女人自称是野草的老婆出现。这名女子约莫三十出头，长相挺标致，打扮也很花哨，谈吐也不够优雅，活像酒家女。

“说也奇怪，我丈夫总说他搞不好哪天会被人杀了，还真被他说中了。”女人说。

“你先生说过会被谁杀害吗？”刑警问。

“没有啊！不过我倒是常听他说，那个医师是个危险人物，不折不扣的酒鬼。”

“你先生就是和医师打架，掉下悬崖身亡。不过那个医师也死了。所以就没法追究了，你觉得呢？”

“也只能如此啰。”女人回道，领走野草的遗体。

没想到隔天，女人带着一个老太太和二十来岁的俊俏年轻人来找警察，说老太太是野草的前妻，年轻人是野草的儿子。老太太说，野草在浅虫家帮佣时，一家人住在下人住的房子。老爷猝逝后，野草辞了职，抛下前妻和儿子，不知去了哪儿。过了几年，野草摇身一变成了有钱人，前妻哭着找上门，两人协议由野草每月支付三十日元生活费，老太太哭着嫌不够，只好加码到五十日元。当时没人知道他为何变得如此有钱，待他骤逝后，才从现任妻子口中得知野草的钱根本不是挣来的。问题是，不干活哪来收入？整日游手好闲就有一千日元的大进账，不是很奇怪吗？虽然没从野草家搜出存折之类的物品，但现在总算真相大白，原来这一千日元是浅虫家给的。野草现任老婆始终被蒙在鼓里，前妻也说野草从未提起过老爷罹患癞病自杀一事。

警方认为浅虫家每月给野草一千日元，而且一给就给了五年，肯定大有文章，或许野草握有浅虫家什么不可告人的秘密。

因此就这一点分析，野草应该是他杀。再者，浅虫家的秘密肯定和老爷权六的死有关。那么，花田也一定知晓这个秘密，所以两人意外身亡的最大受益者，就是浅虫家。两个人都想杀了彼此，独占好处也不无可能。对于浅虫家来说，同时解决掉两个烫手山芋，便能确保秘密不会泄露。由此可见，浅虫家有着明显的杀人动机。

野草的儿子向警方表示，两人跟着三四块大石一起坠崖一事实在很怪。毕竟悬崖又不是面粉做的，两人打架也不可能引发地震，岩石会如此轻易崩落吗？野草的儿子认为案发现场地质坚硬，肯定有人事先在那几块大石上动了手脚。

警察听了他的说辞，笑着说：

“就算有人事先动手脚，但他们又不是三岁小孩，会莫名其妙听别人的话，踩上去吗？令尊分明是敲诈浅虫家的无赖，你还有脸质疑？难不成被敲诈的是坏蛋，敲诈别人的家伙有理？”

警察的一番嘲讽反倒提醒了野草的儿子，他心想：

就算抓到凶手，半毛钱也进不了我的口袋，但要是能知道浅虫家的秘密，每个月至少进账一千，这种买卖可是不干白不干啊！就算花点本钱，一旦掌握秘密，很快就能连本带利捞回来。只要找到五年前那些纷纷辞退的用人问问，肯定能问出什么。没错，只要对浅虫家的人说，我是野草的儿子，随便提些事情，他们肯定会吓得老实按月给钱。

野草的儿子也是个狡猾之人。

于是他依据母亲的回忆，先后找到住在横滨的阿月、东京荏原郡矢口村的阿金，还有浅虫家的远亲阿三、阿四、阿五。这小子还真有两把刷子，果真花了几天便打探出秘密。

原来浅虫权六是因为罹患癞病而发疯自杀，浅虫家花钱请花田医师保守秘密，对外一律宣称因病猝死。花田医师也是不安好心眼，敲诈浅虫家。这下子，野草的儿子更确信父亲和花田医师是遭浅虫家谋杀。要是握有浅虫家杀人的证据，到手的利益可就不止一千，搞不好一半家产都能入袋呢！看来时来运转啰！野草的儿子暗自欢喜。但是对一个没侦探经验的人来说，要调查到杀人证据谈何容易。

总之，先敲他一笔再说。野草的儿子立刻冲到浅虫家大吼大叫，直嚷着是浅虫家杀了父亲和花田医师。

只见杉子怒斥：

“你说我们害死你父亲和花田医师，有何证据？再在这里胡闹，休怪我不客气!”

野草的儿子听见寡妇如此驳斥，顿时傻眼了。但财迷心窍的他可不会轻易罢休，只见他声嘶力竭地怒吼：

“混账！这种事还用得着证据吗？他们知道你们家有遗传病，分明就是你们想杀人灭口!”

“我们家确实有遗传病，这和杀人又有何干？你给我马上滚！再敢到这里撒野，绝对让你吃不了兜着走！癞病遗传是我们家逃避不了的宿命，所以从未害怕过！你以为诬告我们杀人，就能说说算了啊？走！一起去警局说个清楚！”

“哼！谁要跟你去啊！浅虫家有遗传病，可是你亲口说的哦！你最好记住你说过的话，明儿个我就把这件事给传出去！”野草的儿子撂下这些话，转身离去。

“等等！”杉子叫住他，“以前我每个月给你父亲千元的封口费，这你应该知道吧？要是能像你父亲那样保守这秘密，我每个月也给你一千，这交易如何？”杉子随即拿出千元钞，递向野草的儿子。

“算你识相！你都这么有诚意了。我当然不会四处乱说。我的口风一向很紧啦！”野草的儿子喜出望外。

他将一千日元塞进怀里，一脸得意地离开浅虫家，不料一出门就被警察逮住。因为这名警察在警局见过他，想说他来浅虫家肯定不怀好意，当场盘问，从他怀里搜出千元钞，当场将其带回警局。

“什么？勒索？您看我像这种人吗？这钱是浅虫家女主人给我的。您要是不信，去问问啊！”野草的儿子强辩。

警察询问杉子。杉子表示这钱是她给的没错，并无勒索一事。

不过警察可不是省油的灯，还是觉得这事大有文章。野草的儿子说过，两个人打架怎么可能引发岩石崩落？这事可得好好打探一番。

* * *

浅虫家好歹也是大户人家，万一出了什么乱子可不好交代，警局遂决定请结城新十郎帮忙。于是，新十郎和泉山虎之介、花乃屋因果一行人来到悬崖进行现场勘查。崩落的岩石只有四块，其他岩石均无松动迹象。

现场勘查完后，又逐一调查浅虫家的成员，以及与浅虫家有关的人。有遗传病癞病，老爷权六发疯自杀，一干子事全都查清楚。这一家子也挺可怜，但若是涉嫌杀人，也就不足同情了。

调查告一段落后，却见新十郎眉头深锁。一行人策马前往区公所，因为新十郎想调查五年前浅虫家用人的身份资料。

“我想逐一走访五年前在浅虫家帮佣的人，你们想跟着我吗？”新十郎说。

“那些人跟这件案子有何关联啊？”虎之介愣头愣脑地问。

“现在还无法确定，不过说不定能从他们那里查到什么蛛丝马迹，或是与这案子有关的秘密。总之，花田和野草都握有浅虫家的把柄，所以怀疑浅虫家有杀人灭口的动机是合理的，但毕竟只是推测。无奈当时在浅虫家干活的用人现在都不在了。不过就算有什么线索，对方也不一定会爽快透露。”新十郎说。

只见花乃屋频频颔首，“嗯”了一声说道：

“睿智啊！从此处着手是最妥当的，再辛苦也奉陪到底！”

花乃屋都这么说了。虎之介自然不能落于人后，也只能发发牢骚，硬着头皮跟随上路。虎之介心里明白要是省略这道程序，出什么错就麻烦了。

总算找到七名女佣中的四人，可惜没有得到什么新线索。当时浅虫家有三名男佣，除了野草通作之外，还有一个花匠和车夫，但怎么找都找不到他们。

新十郎从几个女佣的证词中，发现有一点和目前掌握到的线索不同。他都会这么逐一问她们：

“浅虫夫人和菊子小姐每个月买多少东西啊？”

“这个嘛，我也不是很清楚。有时在一家店就会花上五千到一万，金银首饰就更不用说了。”

“听说账单上标注一半都是偷来的？”

“什么意思？”

“听说夫人和小姐都有偷窃癖。”

“什么？偷窃癖？怎么可能啊！夫人和小姐不可能偷东西！”

“是吗？可是夫人和小姐有偷窃癖一事，在东京可是尽人皆知呢！”

“我可从没听过这种事。怎么可能？不可能、不可能！”

新十郎已经询问过四名女佣，四个人倒是都勉为其难地承认浅虫家确有癞病一事，但对主人有偷窃癖一事倒是坚称不可能。

新十郎想找到另外两名男佣，无奈没人知道他们的下落。

听说车夫离职后，用杉子给的钱开了一间小酒馆。当时连女佣都能拿到一千多日元的遣散费，他当然能拿得更多，够他开间店了。但性好杯中物的他竟然喝垮自己开的店。从他并未向浅虫家敲诈一事来看，怕是知道的事也没那四名女佣多，应该也不可能知晓权六的死因。

幸好浅虫家还有一个认识车夫的用人，只见那人蹙眉说：

“他在家中三兄弟里排行老幺。这家伙一喝起酒来，可是不要命啊！三年前见过他一次，后来就没消息了。我还真有点担心他呢！”

“他今年多大了？”新十郎问。

“应该有四十好几了吧。他结婚了，五口之家都靠他养家，老婆、孩子也是可怜啊！对了，他老婆之前也在这里帮佣，是个很老实的人，听说现在住在东京贫民窟，靠打零工养活三个孩子。唉！命苦啊！”

“两人离婚了吗？”新十郎又问。

“没。听说他还会向老婆要钱，拿了钱又消失不见人影。”

新十郎虽然寻到车夫老婆的娘家，可惜毫无所获。

至于花匠，就更难寻了。听说他老家在秋田，于是新十郎一行人又千里迢迢去寻人。

花匠老家的人搔着头，说道：

“没人知道这家伙跑去哪儿了。他十三岁就跟东京的花匠师傅学手艺。二十一二岁那年，师傅介绍他去浅虫家干活，一做就做了五六年吧。后来听说他离开浅虫家，没听说他娶妻生子，大概还是个王老五吧。好歹也三十出头，也该成家了。还真没人知道他的下落。”

不过，花匠这边的消息比车夫好一些，至少打听到他师傅住在哪儿。

新十郎一回到东京，立刻去拜访花匠的师傅。只见他搔着头说：

“这小子真没良心，从没想过来看看我这个师傅。我也不清楚他人在哪儿。他啊，手艺不赖，别人做不来的，到他手上一下子就能搞定，也就特别骄傲啦！要是看不顺眼别人修剪的花木，他拿起剪子就剪，也因此得罪不少人，没半个朋友，仇家倒不少，没准儿早就被人砍了。”

看来这两名男佣是很难找着了。新十郎只好去找剩下的那几名女佣，好不容易找到一个名叫津根的女人，年方二十五，长得挺标致的，嫁进神乐坂的商家。

“我从报上看到这消息，心想果然出事了。”根津说。

她和其他女佣不一样，挺能说会道的。

“有想起什么吗？”新十郎问。

“那么吓人的事，哪忘得了啊！那时跟我一起在后面厨房干活的女佣叫小野舞三，已经三十五岁了。记得是初春下午三点多时，我听见关门声，瞧见夫人正在关门，菊子小姐站在走廊上把风的样子。小姐瞧见我，命令我快去找花田医师。花田医师赶来后，小姐严令我们谁也不准靠近那里。那晚，夫人他们都没吃饭，直到午夜十二点，家里始终静悄悄的。后来半夜，所有用人被叫醒集合，夫人告诉我们老爷因为察觉自已得了癞病，发疯自杀了。夫人叮嘱我们绝对不能将老爷发疯自杀一事传出去，至于要走要留，自行决定。当下我们都表示要辞职，她要求我们等丧礼结束后再走，还发了一大笔遣散费给我们。”

“没人帮忙处理后事吗？”

“只有男佣野草和花匠甚吉被叫进去，但一直没看到他们出来。车夫马吉将棺木运来，也只是搬到走廊，没进去。那时正司少爷和一也少爷都还是小孩子，也没进去。我们几个女佣聚在一起，担心不已却帮不上忙。丧礼结束后，还是没看到野草和甚吉，大概是怕他们泄露秘密，先打发他们走了吧。我离开浅虫家时，女佣已经走了大半，那天还瞧见野草偷偷回来。野草和花田医师勒索浅虫家也是意料中的事。其实老爷根本不是自杀，而是遭人杀害。”

“是谁下的手？”

“这我就不知道了。”

津根面露微笑，意有所指地说：

“我还知道一个秘密呢！那时菊子小姐竟然怀孕了。一直待在房里，根本不太出门的她怎么可能怀孕呢？只有我和小野舞三晓得这件事。”

“菊子小姐肚子里的小孩怎么处理的呢？”

“我离开时，小姐还没堕胎。反正有花田医师照看着。”

“你认为谁最有可能是那孩子的父亲？尽管讲，没关系。”

“这我就不晓得了。能够出入最里面房间的男人也只有老爷、大少爷博司，还有花田医师……实在想不到还有谁啊！”

“博司的朋友呢？”

“博司的朋友不可能随便出入的。”

还真是个意外收获。最关键的博司人在国外，还有唯一知道浅虫家秘密的花匠甚吉下落不明。既然没办法去找博司，眼下只能设法找到甚吉了。于是，新十郎一行人再次造访甚吉的师傅。

“您上次来，不是说过了吗？那小子自视甚高、目中无人，同行的人都很讨厌他，所以他也没朋友。女人的话，也许有吧。但花心如他，总是定不下来。要是说那小子一两句，马上就给你摆个臭脸。我老婆也很讨厌他，稍微对他好一点，马上就摆起臭架子，被他气得半死。”师傅说。

“方便和您夫人谈谈吗？”

“当然可以。”师傅倒是爽快允诺。

花匠的老婆是个约莫五十岁、气质优雅的妇女，不太像是花匠之妻。

“我也没听说甚吉有什么朋友。他啊，就是喜欢端个架子，人家哪愿意和他做朋友啊！他把别人都当笨蛋，脑子里不知道在想什么。附近有个武士家的千金看上长得还算俊俏的他，人家虽然家道中落，以前可也是静冈年俸百石的武士呢！再怎么样也是高攀武士家千金。甚吉这小子却看不上人家，你说气不气人？成天说什么自己读书识字，想上洋学堂，还会看西方人教种花的书。难道不怕牛皮吹破吗？”

“他去了浅虫家，还会常回来看你们吗？”

“偶然吧。自从他离开浅虫家，一次都没回来看看我们。”

还是打听不到甚吉的下落。新十郎无奈地说：

“算了，寻人之旅就此结束吧。”

只见虎之介马上打了个大哈欠，说道：

“哎呀！这下子可是做了无用工。既浪费时间又花钱，却连只老鼠也没见着。人要是犯了糊涂，就会干些白费工夫的事。出发前，我就料到会是这般结果，被我猜中了吧？”

“此行可是有重大发现呢！绝对不是白跑一遭。”

“你是说菊子怀孕一事，是吧？这种事哪儿瞒得住啊！女佣们怎么可能不知情。”

“甚吉下落不明也是一大发现，而且很重要呢！你想想，寡妇和菊子是从什么时候开始偷东西，就是从权六自杀之后啊！”新十郎微笑地说。

“明天去一趟浅虫家！明天就是揭开花田和野草意外身亡之谜的日子。”

听到新十郎这么说，虎之介和花乃屋都怔住了。因为他们想说这件案子颇棘手，怕是一时半刻解决不了。

两人怔怔了一会儿后，虎之介开口：

“我懂了！我知道杀死花田和野草的人是谁！就是浅虫一家！对吧？不过，权六自杀一事还是个谜，是吧？”

“不见得哦！明天所有谜题就会揭晓。我看明天恐怕是个令人郁闷的日子啊！明天见啦！”

* * *

听完虎之介的叙述后，胜海舟习惯性地用小刀放血，沉默了半个钟头。两人才刚用完早膳的样子，因为虎之介面前的桌上散放着他用来包食物的包袱巾。

胜海舟总算开口：

“浅虫家的女主人堪称女中豪杰啊！处事果断又细心沉着，几乎没露破绽，了不起啊！佩服！”

虎之介没料到海舟竟会夸赞寡妇杉子。海舟说完后喘口气，话锋一转：

“浅虫家根本没有癞病遗传这回事，他们宁可背上癞病这个臭名，也要掩饰更丑恶的事实。显然，浅虫权六并非自杀，而是他杀，凶手就是他的长子博司。比起杀死生父一事，什么癞病啦，发疯自杀啦，都是小事一桩，只要能掩盖博司的罪行。虽然告知众家仆老爷因为得了癞病而发疯自杀一事很没面子，但在那种紧急情况下，也只能出此下策。

“寡妇杉子很精明，她明白用这招可能有点夸张，所以得想办法掩盖癞病一说，毕竟要是这件事传开了，博司杀父一事也会暴露。于是，她想到以偷东西这行为来转移世人的注意力，亦即以毒攻毒，这是犯罪者惯用的手法。足见她不但精明，心思也很缜密。无奈花田和野草知道博司弑父一事，毕竟当时十万火急，她一个妇道人家也没办法独自处理。反正浅虫家有的是钱，但被人握着把柄，总是不好受。就算菊子嫁到花田家，也只能堵花田的嘴，堵不到野草的嘴，所以除掉这个人才能安心。不过杀一个人也是杀，杀两个人也是杀，索性一并解决。至于杀人过程也不怎么难理解，一也不是有台相机吗？谎称要给他们俩照相，让他们站在事先动过手脚的悬崖边就行了。就算下方的人家上门通报，但浅虫家占地万余坪，待对方登门，动过手脚的痕迹早就处理干净了。”

海舟了如指掌般的娓娓道来，解决了这起谜一样的案子。

虎之介对这番推理佩服不已，顿时豁然开朗，信心满满地直奔离这不远的高级住宅区芝山内，站在浅虫家门口，等待新十郎到来。

虎之介得意扬扬，简直雀跃得快飞上天了。

* * *

“用犯罪掩饰犯罪，这是犯罪者惯用的手法，这件案子啊……”

虎之介说得口沫横飞，发表自己从海舟那里听来的看法。

新十郎制止虎之介继续说下去，一行人跟随用人走向浅虫家后院。来到杉子的居所，新十郎请古田巡警在外头守着，自己走进房里会见母女俩。

“夫人，能让我瞧瞧您家的仓库吗？”新十郎开门见山地问。

“那怎么行！我家仓库哪能让外人随便瞧。”母女俩断然拒绝。

“我明白。但我不是要看您五年来辛苦偷来的东西，而是您放那些赃物之前，就藏在里面的一样东西。您装成惯偷，把偷来的东西都堆在仓库里，制造不让别人随便进入的借口。您努力掩饰的东西，也就是只有您和菊子小姐能在这个房间里用餐的理由。”

新十郎说着，眼神也变得温柔。

“对您苦心筹谋的这一切，我深感佩服，也由衷同情。我并非警察，您放心。”

新十郎又说：

“我第一次来府上，便察觉有个人在仓库里躲了五年，那就是您丈夫。只是当时我还不知道遭毁容、代替您丈夫被埋葬的人是谁，也不明白您为何这么做。后来为了查明这两个问题，我忙到昨天总算明白了。不过，您放心。这世上除了我之外，无论是他的亲人、师傅师娘，没有人怀疑甚吉的行踪，就连警察也不知情。”

新十郎越说越放松，不禁笑道：

“夫人的手段真是高明，佩服您想出佯装癫病和偷窃这招。当然，想出这一招也需要点智慧，您最厉害的一点就在于让甚吉彻底消失，却又不让人起疑。您让用人们误以为甚吉和野草同时被叫进去帮忙善后，所以他们肯定知道老爷发疯自杀的秘密，所以铁定会被先打发走。然后您又让野草于丧礼后回来露面，才打发他走。这样女佣们就会认为他们俩都被打发走了。这招高明啊！我们在调查过程中，都没有疑心其中的蹊跷。”

寡妇闻言，也笑着回道：

“这是花田医师想出来的高招，他可是帮了大忙呢！处处维护我们。菊子嫁给他儿子一事也是为了报恩，再者他的儿子医术高明，万一他有个三长两短，还有他儿子可以帮我们。正如您所知，仓库里住着五年不见天日的病人。”

杉子平静地继续说：

“您都知情了。我还能说什么呢？当初那么做也是事出有因。菊子有一天在庭园里散步时，甚吉突然蹿出来勒住她的脖子，来个霸王硬上弓，结果菊子有了身孕。某天夜里，菊子羞愤得想自杀，被我及时发现制止。其实我早就觉得她不太对劲，一问之下才知道有这回事。我家老爷知道后，气愤不已，一把拉住正好经过这里的甚吉，就这样杀了他。花田医师闻讯赶来，帮忙出了这主意。他毁了甚吉的容貌，伪装成我丈夫因病发疯自杀的模样，赶紧埋葬。如您所言，我丈夫从此一直躲在仓库里。博司生来胆子小，受不了家里出了这种丑事，我们便送他出国了。希望他在国外过得平安。”

新十郎起身，向杉子欠身行礼，说道：

“今天下午三点，警方会过来逮捕杀害花田和野草的凶手，届时还要借府上玄关旁的会客室一用。当然，我和警察都不会进这间仓库。您呢，还是继续佯装惯偷吧。菊子小姐很快就要嫁人了。您也可以少准备一份饭菜了。遗憾的是，还是必须逮捕杀害花田与野草的一也少爷。”

新十郎说完，转身离去。母女俩怀着感激之情，目送他离去。

新十郎一边走，一边悄声嘟哝：

“一也这孩子一点也不明白母亲的苦心，这下子全成了泡影。他想护这个家周全，却将这个家的恩人给杀了。也只能怪那个连儿子都不能说的秘密，才会发生如此憾事。只能说，一也成了无辜的牺牲品。”

* * *

“什么?！我认为被杀的竟然成了杀人的，我认为已经死了的人竟然还活着?！”

胜海舟哈哈大笑，看来他被浅虫家女主人的高招骗得捧腹大笑。

“新十郎假装不知道权六就躲在仓库里？所以知道浅虫家秘密的人，只有新十郎、花乃屋、虎之介和我啰。那咱们还不赶快和野草一样，也去敲诈一番。”

虎之介听到新十郎这番话，胸口像是挨了一记闷棍，浑身直打哆嗦，猛冒冷汗。

“怎么啦？阿虎不敢去吗？看来你这辈子想有番作为，难哦！”胜海舟笑道。

虎之介这才明白是一番玩笑话，总算松了口气，安心不少。

血溅珍珠

明治十六年（1883）一月，东京的船厂新造一艘一百八十吨、名为“升龙丸”的货轮首航，开往澳大利亚。当货轮行经那些当时连日本这国名都没听说过的港口时，当地人觉得十分新奇，莫不热情迎接这艘来自陌生国度的船。“升龙丸”不幸于澳洲北部的木曜岛附近触礁，船体严重受损，只好在这处岛屿停靠一个多月，进行维修。

当时的木曜岛十分繁荣。明治十二年（1879），这里成了著名的珍珠产地，聚集了来自各国的采珠船与商人，珍珠交易越发鼎盛，岛上甚至开设银行。明治十八年（1885），就连日本的潜水员也前往木曜岛采珍珠，这些都是后话。“升龙丸”的船员们在岛上逗留期间，闲来无事便去观看采珠作业，也就摸熟了这行的作业流程。

船长畑中利平出生于房州（今千叶县）南部小凑，曾在日本近海采过小颗珍珠，所以观看采珠作业时，认真地学了一些诀窍。没想到他学到的这些经验，竟导致他日后遭遇不幸。

“升龙丸”整修完毕后，再度起航，从新加坡沿着海岸线航行，行经夹在婆罗洲和西里伯斯岛之间的望加锡海峡，北上进入苏禄海。没想到船在婆罗洲北端再次触礁，整整两天动弹不得，直到涨潮才脱困。船员在那难熬的两天，意外发现这一带的海里有着比木曜岛珍珠来得大颗、数量又多的白蝶贝、黑蝶贝等珍贵贝类。

日后，苏禄海成了举世闻名的珍珠贝产地，但“升龙丸”搁浅当时，这里还是一处不为人知的宝库。据船长畑中与翻译员今村善光等人的日记内容，这个宝库尚未被开发，亦即迄今尚无人知晓。

之后“升龙丸”便一路平安无事地返抵日本。货轮停靠码头时，船长畑中曾对船员们说：

“我们在木曜岛停靠时，有幸参观采珠作业，后来我们又搁浅在婆罗洲北端，意外发现那里的海底是处尚未开发的宝库。我认为这是冥冥之中，神明指引我们的一条发财路。我的老家房州小凑的海边有两位潜水名人，一位叫八十吉，另一位名叫清松，他们的潜水技术都比木曜岛那些人高明多了。木曜岛那边水深约二十寻①到三十寻，而且十寻到十五寻的浅海处有很多一尺多长的老贝。如果我们去那里开采珍珠，绝不会被发现，顺便找我老家的两位潜水高手，大伙一起去发大财，如何？不过务必得严守秘密，不能透露半点风声。”

畑中是个经验老到、豪气十足的行船人。他并非为了发财，而是想来一趟冒险之旅。因此，当他在跟大家提这件事时，心里早就在擘画出航一事。

这些在木曜岛亲眼目睹采珠交易繁荣景象的船员们，无不被船长的这番话煽动。他们本来就很钦佩畑中，听了他的话更是个个心怀憧憬、跃跃欲试。众人也听从船长的叮嘱，将这秘密深藏心中，若无其事地回国。登陆后，立即整修船体，等待畑中召集。

畑中来到政府单位申请再次出航，谎称要调查经由印度洋前往孟买的航路，申请很快便核发。他拿到许可后，悄悄回乡去找八十吉和清松。

八十吉今年二十八岁，清松二十六岁，家中代代都是靠海吃饭，个个都是捕鲍鱼的高手，不戴潜水装备便能轻松潜至三十米深的海底。以往用的潜水装备是英国进口的头盔式器具，直到明治五年，月岛某家民营企业才研制出日本特有的潜水装备。那时的潜水装备主要是用来捕鲍鱼。

① 寻，水深计量单位，明治时代日本政府规定1寻=6尺≈1.8米。

阿拉伯人堪称世界上最优秀的潜水员，再来是冲绳人。自古以来，位于波斯湾阿拉伯诸国沿岸就有许多世界著名的珍珠产地。采珍珠是不少阿拉伯人代代家传的祖业，潜水技巧高超的他们不用潜水器具便能潜水采珍珠。

虽然八十吉和清松也是优秀的潜水夫，但无法不佩戴潜水装备潜至那么深的海底，不过他们都是捕鲍鱼的能手，能在三十寻到四十寻的深海作业达一个钟头，也不会罹患潜水夫病。不单是因为他们身强体壮，也是因为意志力强、行事谨慎，面对大海丝毫不敢轻怠。

正值血气方刚的两个年轻人可说生在大海，长在大海。这次畑中利平邀请他们去的是魔鱼、毒蛇栖息的南洋深海，采集天然大珍珠。畑中说得天花乱坠，很快就激起两人的雄心壮志，答应同行。这两名海底勇士可说艺高人胆大，夸口可以不戴器具潜至十寻到十五寻的深度。毕竟是未知海域，还是应该佩戴齐全，注意安全才是。

两人进行深海作业时，都会在身上绑上安全绳，然后由他们的妻子在船上控制安全绳。照理说，一般是不会让女人担任这项重责大任的，但他们的妻子从小就是深谙水性的海女，可以透过手上的绳子，了解丈夫在海底作业的情形。这般默契绝非一朝一夕可以养成，更不是旁人能够取代的工作，所以他们势必要带着另一半同行。

除了另一半必须同行之外，还要带一名驾驶潜水船的船老大。这名船老大必须根据船上控制安全绳的要求，迅速操控判断，所以必须是和他们长期配合的人才行，当然也得用长期使用的潜水船。

此外，若是水深超过二十寻，还需要十五六个年轻小伙子帮忙输送氧气的。总之，八十吉的妻子阿金、清松的妻子阿德，还有操控潜水船的船老大竹造以及潜水船，无论如何都得同行。

于是，一行人听完畑中交代的事宜后，便向家人谎称要去土佐湾干活，跟随畑中利平一起登上“升龙丸”，扬帆出航。

* * *

在那年代，女人上船可是一大忌讳，所以让他们的老婆上船一事，让畑中始终很不安，但只有她们熟谙控制安全绳一事，也只能硬着头皮干了。

在海上航行几天，越来越靠近目的地时，畑中心里的忧虑越发明显。以往出航时，船上的气氛从未像这次紧绷得叫人喘不过气来。船员们一看见这两个女人，就丑态百出，露出充满欲望的眼神，掩饰不了欲火焚身的兽性。

阿金和阿德都是二十三岁的妙龄女郎，不仅是会帮丈夫控制安全绳的贤妻，还是经常潜入海底捞海草、采海贝的海女。身材曼妙匀称，容貌姣好，个性又乐观，也就更让人觊觎了。

船上的厨师名叫大和，也是船舱里的老大。从小就以海上为家的他，性格犹如深海鱼，阴险恶毒。少时曾偷渡上一艘外国船，此后便在外国商船、捕鲸船上当船员，游遍七大洋，航海经验可说十分丰富，甚至比船长还熟悉国外航路。船在国外港口补给物资和燃料时，船员想要买便宜又好喝的酒，就得靠大和出面才行。

厨师一职并非船长任命，而是大和自己说要干的。其实他的厨艺并不好，只是想在船上称老大、享特权，所以自封厨师，掌控船上的经济大权。他做饭靠的是一张嘴，总是拎着酒瓶，醉醺醺地指挥别人干活。要是船员想多喝点酒、多吃点菜，就得用钱或东西和他交易才行。

大和最看不惯的人，就是负责翻译的今村善光。今村原本不是船员，而是“升龙丸”初次出航去国外时，需要有人负责翻译，便找他来，所以今村是船上唯一比较有学养的人。

这次出航是去盗采珍珠，根本不需要翻译随行，但申请出航的名目是调查从印度洋前往孟买的航路，没有翻译人员随行也很奇怪，只好又把他找来了。其实这么说也不对，因为对于盗采珍珠一事最热衷的人恐怕就是今村，因为他始终忘不了木曜岛上珍珠交易的繁荣光景。原本不为人知的海边，因为珍珠瞬间便成了热闹市集。南洋当地的潜水夫在那里成家立业，商贾、船东、银行家等有钱人，身旁跟着仆人，抽着高级雪茄，风光地走在路上。皮肤白皙的西洋美女，还有肤色黝黑、容貌却很秀丽的雅利安美女一身白色衣裙，坐在树荫下乘凉。窝在帐篷里，有年轻漂亮的女佣伺候着，一天到晚参加宴会的富豪，还有为了一颗珍珠，甘愿奉上自己身体的美女散发着诱人性感的目光。

日本近海的珍珠是采自海螺的，而且比较小颗。大珍珠多采自白蝶贝，这种贝能长到直径达三十厘米，也只有这样的老贝才能生出大珍珠。因此，一旦发现就会吸引采珍珠船蜂拥而至，抢攻尚未被发现的海域。

“升龙丸”发现海底栖息着许多在木曜岛根本没看到过、直径达一米的老白蝶贝，还聚集着二三十厘米大的巨型黑蝶贝。从黑蝶贝采集到的黑珍珠，可是价值连城的极品。

今村是个冷静的务实主义者，可说是个与浪漫梦想无缘的男人，所以在木曜岛上时，他并没有对眼前的繁荣景象动心。但是当他再次随“升龙丸”出航，朝着当今世上最有价值的珍珠贝栖息地前进时，内心深处的欲望与热情也跟着冒出头。甚至觉得将那些神秘美丽的亚利安女人弄到手，也不是什么问题。

今村听到两个女人要跟着上船一事时，比畑中还不安。他向畑中提议：

“毕竟只有她们会控制安全绳，也是没办法的事，但我认为应该解雇那个自以为是的大和，他就像一尾有剧毒的深海鳗鱼，占据着船舱，若再加上两个女人，势必会出事啊！”

“我不是没想过这问题。但常言道，甲板下方就是地狱。既然一起出海过，就是生死之交，形同家人。因为有女人要上船，就抛弃兄弟情，这种事我实在做不出来。虽然我也有一种不妙的预感，但事到如今，一切就交给我这个船长来处理吧。”

今村毕竟不是船员，听到船长这么说，也不好再多说什么了。

“升龙丸”驶离东京湾时，畑中叫大家集合，严正训话：

“这次出航有别于以往，所以我必须和大家约法三章。总之，船上绝不容许赌博。赌博可是犯了出航的一大忌讳，以往就算把薪水都给赔上，顶多也就是白白出航一趟。但这次你们得到的将是这辈子也花不完的钱，所以这次绝对不能赌！如果把好不容易到手的珍珠都赔上，不但损失不小，也失去了这次冒险出航的意义。因此，第一铁则就是不准赌博！”

畑中这么训斥时，始终盯着大和。因为大和这家伙不但是个老千，还是围棋高手。他在赌场上善用各种伎俩骗钱，好比有时明明能赢，他却故意小输，吊足对方的胃口后，再狠赢一把，总之最后的赢家往往是他。不过，他也会适度地给别人一点甜头尝，所以不少人都自愿上钩。

航行几天后，船员们开始觉得无聊，尤其这次还有两个年轻女人随行，却只能远观而不能亵玩，越发觉得无趣。

于是大和开始怂恿大家：

“船长不让咱们赌，是怕我们把珍珠都给输光。这好办啊！我们只赌薪水，不赌珍珠，这样船长就没话说了吧。”

船上生活沉闷难挨，忍了好一段时日的船员们听到大和这番话，着实难敌诱惑，果然又赌了起来。这事传到畑中耳里，谁知他才训斥了几句，便有人反驳：

“我们赌的是薪资，又不是珍珠。”问题是，一旦开赌可就没完没了了，谁又能保证真的只赌薪资呢？看他们记的账，早就透支了。

更让畑中苦恼的是，潜水夫清松是个好赌之人，从小跟着当潜水夫的父辈们，早就熟知赌博。潜水夫这工作必须保持好体力，所以不能沉迷酒色，况且嫖妓容易染病，一旦得了花柳病，下海工作可是会丢了小命的。此外，也不能贪杯，所以禁酒色可是潜水夫的铁则。问题是，像清松这般海上豪杰，要是不近酒色的话，如何发泄他那过人的精力呢？所以他就迷上赌博，觉得赌场是展现男人豪迈本色的战场。

“清松！你可别因为有女人跟着，就重色轻友啊！听说你也是赌场豪杰呢！”

大和不断诱惑清松。

清松原来就好赌，禁不起大和这么诱惑，实在心痒难耐，立刻加入赌博行列，而且一赌就是一整夜，让妻子阿德、八十吉，还有负责驾船的竹造担心不已。三人一起劝他别再赌了，无奈清松根本听不进去。畑中叫清松到船长室，好言相劝：

“我能理解你的心情，船上生活确实无趣难熬。但你千万别和大和赌，要是欠下一屁股赌债，可就后悔莫及了。现在收手还不迟啊！”

“不明白您在说什么。那家伙可是输给我很多钱呢！”清松反驳。

“那是他为了让你越陷越深，故意输给你的。我当了那么多年的船长，肯定比你见多识广。大和那小子可是个狡诈的老千。很多人都是抱着侥幸心态，想说输了那么多次，总该会赢他一次吧。结果到头来还是输得一塌糊涂。趁现在还没深陷，快住手吧！别再跟他赌了。”

“哈哈哈！我们这种成天和海搏命的人，上了陆地也不怕什么豺狼虎豹，更甭说那家伙了！”

生性胆大的清松听不进畑中的劝告。大和则是摸清了他的脾性，暗自偷笑。大和知道这小子肯定越陷越深，倒也不急着收网，但有个叫五十岚的大块头男可就忍耐不住了。他要的不是钱，而是清松的妻子阿德，每每遇到时都差点压抑不住心中欲火。五十岚曾试探清松：

“喂，我拿这次能分到的珍珠都抵上，换你的老婆，如何啊？”

这种玩笑话还一天说个两三次。清松倒也不当一回事，其他船员可就紧张了。因为他们也很觊觎船上这两个女人。只有大和听闻，还是一派轻松。

“你啊，真是色性不改。潜水夫和他老婆可是鹣鲽情深，你可不能破坏人家夫妻关系。万一小两口闹翻，我们可就没珍珠可拿了。劝你以后还是收敛为好！”

大和数落五十岚后，又对清松说：

“这个色狼跟其他混蛋都一个样，见到女人就像恶狼扑羊。

你可得看好你老婆，外头可是有一大群色狼垂涎她呢！你也真是的，怎么带着老婆出远洋呢？”

大和即便喝醉了，脑子还是很清醒。托他的福，船一路顺利驶抵目的地，没起什么大风波。

* * *

今天是试捞作业的第一天。正式进行采珠作业之前，必须潜入海底探察。八十吉和清松都没见过白蝶贝，也不熟悉海底岩礁分布清况，所以得先勘察。

地貌净是崇山峻岭与森林的婆罗洲，看上去一片黝黑。正值退潮时，在“升龙丸”和陆地之间有一块黑色礁石冒出，上次船就是在这里触礁搁浅。船员们合力将竹造的潜水船放下去，竹照、八十吉和清松也下到船上。这时，众人无不双眼圆瞪，倒抽一口气地愣住。

原来是阿金和阿德走过来。她们一身白色短衣沙滩裤的装扮，头发用布巾包住，显得英姿飒爽。她们今天不是要在船上操控安全绳，而是跟着丈夫一起勘察海底，以便了解要如何操控安全绳。

只见她们爬着绳梯下到船上，修长身形顿时一览无余，更加诱人。白皙小腿美丽迷人，纤细腰际缠着束腹，更显胸部丰满，小腹微凸，引起男人的遐想。

畑中也上了潜水船，一起察看采贝现场。两对夫妇戴上潜水镜，将匕首衔在嘴里，依序潜入海底。海底犹如一望无尽的草原，迎面不时游来鱼眼闪着光、不知名的大鱼，看着这几个不速之客。被礁石围绕的是一片广阔沙地，散布着许多像是两只大盘子，贝口张开的白蝶贝。有人一靠近，贝口就会迅速合上，因为开口缝隙有许多须根相连，徒手根本扳不开，必须先用小刀切断须根才能撬开。虽然海底暗潮汹涌，但没有魔鱼、毒蛇，是个美丽多彩的世界。

几个人在十米深的海底勘察一段时间后，抱着拴着绳子的铅块下降到二三十米深的海底。下降途中一片昏暗，视线很差，到了海底就明亮许多了。这一带是预定采贝的据点，白沙地上散布着巨大的白蝶贝。

四个人足足潜了四个多小时。两个女人一浮出海面休息时，船员们无不目不转睛地直盯着她们。“升龙丸”和潜水船相距五百米，所以两名女子的脸看上去也只有茶杯大小，根本连眼鼻都看不清楚，但船员们仍死盯着，脑中无限遐想，还不时探头。

翻译员今村也和大家一样，有着满腔欲火。刚满三十岁的他还没尝过女人的滋味。从事翻译这工作，生活还算优渥，但还没见过让他如此心动的女人，甚至以为自己身处梦中。一向务实的他觉得自己仿佛走进龙宫，那两个女人就是宫女，不过这样的幻想只是为了压抑内心高涨的情欲，足见他是一匹比五十岚、大和都要厉害的色狼。

四个人回到“升龙丸”。两个女人一上船，男人们立刻一拥而上，个个浑身颤抖地盯着她们。有个三十三岁、名叫金太的船员竟然搓着手，像个醉汉似的扑上去抱住阿金。只见他才刚摸到阿金的臀部，全身筋骨像被抽掉似的瘫软倒地，冒着欲火的双眼满布血丝，死盯着阿金的翘臀。

男人们失了魂似的看着这一幕。阿金赶紧逃离，众人叹气，沉默不语。金太个性憨直，在船上也算是较年长的船员，没想到连他也把持不住。

今村看到这光景，很是惊吓，不是因为金太这失控模样，而是他伸手要摸臀这个冲动的行为。瞬间，今村的双眼、心脏，像是有无数条小蛇蹿遍全身，整个人心神不宁。

第二天开始正式采贝作业。八十吉和清松轮流潜入海底采珠，畑中则是在船上坐镇，指挥十五名船员压气泵。而且为了避免出什么差错，畑中本来要大和和金太留在“升龙丸”上，但金太坚决要帮忙压气泵，因为这样可以亲近阿金和阿德。

正如畑中料想，这一带的海底栖息着无数巨大的白蝶贝与黑蝶贝。木曜岛上的潜水员一天顶多采到三个老贝，但八十吉和清松不费吹灰之力便收获颇丰。傍晚时分收工，将采到的贝搬至“升龙丸”，清点数量后，隔天早晨再公开开贝取珠。

珍珠在贝里成形的位置可说决定了它的质量，粗略分为袋珍珠与肌肉珍珠。在外膜周边组织里形成的袋珍珠，不但颗粒大，而且颜色和光泽都比较漂亮，所以质量较优。相较于此，肌肉珍珠无论是形状还是光泽都比较差，卖不到什么好价钱。

不过，并非所有老贝都采得到珍珠，但就算没珍珠可采，白蝶贝本身也是能卖到好价钱的装饰品（以现今市价①来说，一个大概可以卖到一千五百至两千日元）。

“升龙丸”发现的海底珍珠贝，不但贝形大，含珠率高，高质量珍珠的概率也很高。当畑中初次捏着一颗银白珍珠，举起来给大家看时，众人无不高声欢呼。

一上船，畑中就宣布如何分配采到的珍珠。先放进保险柜统一保管，再平均分配。所谓平均分配就是将所有珍珠摊放在大家面前，每人挑选一颗，所有人都轮过后再挑一颗。依序是畑中第一个挑选，再来是八十吉、清松、竹造，最后是船员们，船员们依照级别决定顺序。今村虽然不是船员，但他身份特殊，被排在级别较低船员的第一名，就整体顺序来说，属于中间顺序。阿金与阿德则是排在最后。畑中认为这样的安排十分公平，其实这样的方法有着很大争议，因为每颗珍珠的质量不一，价差也很大。不过因为办法制定时还没见到珍珠，也就无人提出异议。

采收时间拉得越长，高质量的大颗珍珠数量也跟着不断增加。一开始船员们还想说这么好的大珍珠，自己要是能轮上一颗就很满足了。但现在可是想着要多多益善，船员们也就更善待潜水夫们了。

采珠作业进入第四十五天，清松采集到一个像怪物般巨大的

① 现今市价，20 世纪五六十年代，日本米价每千克约 20 日元，普通工薪阶层月工资为 10000 日元左右。

黑蝶贝。翌晨，畑中拿起这个巨大的黑蝶贝，对大家说：

“这可是黑蝶贝之王啊！要是里头没有珍珠，搞不好会迸出妖怪呢！”

说完，他撬开黑蝶贝。当他触到外膜时，有点紧张，环视众人后说道：

“好大啊！不会吧！竟然有这么大颗的珍珠。”

他小心翼翼地用刀子撬开蚌肉，手指伸进去。只见他紧闭着嘴，面部扭曲，那模样就像闯空门的窃贼。不一会儿从巨大的黑蝶贝中取出一颗璀璨无比的巨大的黑珍珠，比迄今采到的最大颗珍珠足足大上五倍，重量达三百谷①，堪称世上最大的黑珍珠。

清松凑上前，目不转睛地看着畑中手上的大黑珍珠。虽然名叫黑蝶贝，但迄今采到的都是银白色的，所以还是第一次出现黑珍珠。要如何形容它的光泽呢？像是一弯新月，黑泽的光亮中透着阴森冷意，仿佛能摄人魂魄，如此深不可测，如同无垠宇宙。

“想不到妖怪似的老贝里头藏着这么珍贵的宝贝啊！这个黑蝶贝是我采到的，这宝贝应该归我吧？”

从那天开始，清松采贝的兴致越发高涨。他思忖着，分配珍珠的时候，他是第三个挑选，若能捞上三个同样的珍宝，自己总能分到一个吧。好！我一定要找到！化不可能为可能，这片海底世界还藏着许多老贝呢！

---

① 谷，英文单词 grain 的音译，英美最小的重量单位，原为谷粒的平均重量，1 谷是 64.8 毫克。

于是，清松在海底死命地找老贝。他物色着怪物中的怪物，潜水的时间比之前更久了。又过了四十五天，也就是第二个四十五天。或许四十五这数字是个不可思议的巧合吧。这天，清松费了好大的劲儿，采到一个巨大的白蝶贝。

“呦！这回是白蝶贝之王啊！”

畑中嘟哝着，但当他瞥见清松时，顿时噤声。因为清松的脸色非常难看，宛如死神之影般阴郁，而且这股阴郁感传遍全身。

结束采贝作业，返回“升龙丸”的清松对畑中说：

“不好意思，我太想知道这白蝶贝里的珍珠有多大，可以现在撬开看看吗?”

“这样啊，这个的确是白蝶贝之王。毕竟是你采的，迫不及待想撬开来看，也是人之常情。”

畑中召集大伙到甲板上，当着众人的面开贝取珠。没想到里头是一颗比巨大的黑珍珠足足大上一倍、银光闪闪的白珍珠，足足有五百三十谷。这绝对是世界上最大的珍珠，就连古代传说中也不曾出现过的大珍珠。

将珍珠拿在手上直盯着的清松冷汗频冒，双眼布满血丝，觉得快喘不过气来了，周遭人也愣愣地瞧着他这模样。清松默默地将珍珠还给畑中后，整个人就瘫倒在甲板上。

“啊！”

清松的妻子阿德、八十吉、阿金和竹造同声大叫，奔上前察看。

“他得了潜水病！”

八十吉紧张告知，大叫着：

“趁现在太阳还没下山，海面也没浪，快把他沉到海底去！再慢就没救了。快啊！快放下潜水船啊！”

清松为了找到大珍珠，潜入深海的时间过长，以至于得了潜水病。当时唯一的治疗方法就是将病人沉入深海，再缓缓抬起，如此反复多次。要是症状没那么严重，便能复原。这是日本潜水员发明的疗法，有其科学道理。

幸好，清松的潜水病症状算是轻微的，经过三天治疗，除了从肩膀到双手，还有膝盖以下部分还有些麻痹的感觉之外，已经没那么痛苦了。

日子一久，船上的粮食和水量也是令人担心的问题，但为了治疗清松的病，畑中说服大家再等个几天。五天后，清松感觉只剩肩膀还有点麻痹，不必沉入海底了。于是畑中下令，明天起航回国。

当天晚上，大伙聚在一起喝庆功酒。

“明天我们就来分配珍珠吧！我们的收获是木曜岛那些人无法想象的。回国途中经过广东、杭州等中国港口时，你们要是想把珍珠换成钱，就尽量换吧。我看至少也能换个三四万。每个人都能拿到一两颗世界级的珍珠。珍珠一颗也没少地躺在保险柜里，今晚大家就开心喝酒，等着明天分配珍珠吧！”

船上举行盛大酒宴。畑中特地把八十吉夫妇、竹造和今村叫到船长室，五个人一起聚餐。清松因为尚未痊愈，不能喝酒，所以和妻子阿德待在房里休息。八十吉因为顺利完成任务，可以放心喝得酩酊大醉。这时，五十岚突然跑进船长室，瞪着醉眼嚷嚷：

“船长！今晚是特别的宴会，你怎么能独占女人呢？让那娘们也去陪我们喝几杯啊！”

畑中为避免生事端，一开始就把两对夫妇安排在离其他船员比较远，也不能随意进去的房间。“升龙丸”的船长室分为前后两个部分，后面的部分和船员待的大船舱相连，前面部分除了船长室、厨房和厕所之外，还有三个房间。两对夫妇各住一间，今村以前是自己住一间，现在是和竹造同住。因此，船员们不经过船长室，根本到不了那三个房间。如果畑中将连接大船舱的门锁起来，便能完全隔绝。畑中四处闯荡多年，又是练家子，还有一把手枪，所以就连五十岚这种力大无穷的家伙也不是他的对手。

“什么独占女人啊？她们是我的客人，可不是来陪酒的！这不是你能招惹的，就当这船上没女人！”

五十岚却对畑中的警告充耳不闻，还是凑向阿金。只见畑中一把揪住他的衣领，将他推出门外。五十岚跌坐在地，挣扎着站起来，愤怒不已地吼道：

“还敢跟我动手啊！你以为可以永远独占吗？给我走着瞧！”

撂下狠话，转身离去。

“他一喝酒就闹事。今天让他们喝个够，明天可就要下禁酒令了。那家伙肯定还会过来胡闹，你先回房休息吧！别忘了锁门。”

阿金听从畑中所言，几个男人继续喝酒。毕竟畑中也是男人，身旁坐着只能看不能碰的女人，心里一样也发痒。阿金先离开也好，这样才能痛快畅饮。

阿金离开后不久，走廊又起骚动，原来是五十岚偕同四五名船员又回来闹事。畑中迅速从抽屉里取出手枪，以应状况。

“老子我当船长也不是两三天的事，还是头一回碰到这么爱惹事的家伙！再胡闹，休怪我不客气！”

五十岚瞧见手枪，脸色骤变。

“又不是来找麻烦，只是想叫那娘们儿陪我们喝几杯，这样也不行吗？”

“你给我睁大眼睛瞧瞧，这屋子里有女人吗？”

“哼！难道我们几个不能过来喝几杯吗？”

只见今村起身，对五十岚说：

“没人说不行啊！但那女人已经睡了，只剩我们几个男人，也很无趣吧？干脆，我们过去你们那边喝，如何？八十吉、竹造，咱们过去和他们喝几杯！船长室塞不下这么多人，咱们就过去吧！”

今村就这样安抚了五十岚，和八十吉、竹造过去大船舱喝酒。

竹造是个不折不扣的酒鬼，喝起来连命都能豁出去。他只记得自己经过昏暗的走廊，走进大船舱，然后在只点着蜡烛的大船舱里喝酒。还记得睡得迷迷糊糊时醒来过一次，周遭鼾声四起，所以他翻个身继续睡。隔天一早醒来，才知道自己身在何处。他揉着惺忪睡眼，走出大船舱，瞧见阿金面色惨白，默默地指着船长室。

竹造走进去一看，赫然发现船长畑中遭人杀害。畑中坐在扶手椅上，低着头像是睡着了。他的胸口插着一把鱼叉，刺穿心脏，牢牢地插在椅背上。船长室里的保险柜被撬开，巨大的黑珍珠和白珍珠不翼而飞。

阿金说她昨晚睡得很熟，醒来没瞧见丈夫八十吉。那时天色已亮，她想出去瞧瞧，还是没看到丈夫，却惊见畑中惨遭杀害。

* * *

听到畑中被杀的消息后，大和脸色大变，不是因为船长骤逝，而是那些珍珠。他赶紧带人跑进船长室察看保险柜，除了那两颗大珍珠不见之外，其他的一颗也没少。

“哼！就算有人把那两颗吞进肚，回日本之前，我也要把它们找出来！不然谁也别想下船！”

大和环视众人，冷笑道。

将畑中水葬后，船长室打扫干净。

“回日本之前，我就是代理船长！有谁不服的，说啊！”

大和说着，从抽屉里拿出那把手枪。

“既然没人有异议，那就开始全面清查船上！凭我大和的眼力，肯定会搜出那两颗大珍珠！”

于是，从今村、竹造、清松和八十吉等人的房间开始搜起，连身上也检查了，并没搜到。之后又逐一搜索所有船员的行李和身上，依旧没有任何发现。大和不死心，继续搜查船上每处地方，仍然遍寻不着。

“怎么可能找不到？不是今天搜查一次就没事了。反正还要好几天才回日本，之后还是会搜查。谁要是杀了人，不想吃牢饭，就赶快把珍珠放回保险柜。反正我在乎的不是杀人案，而是那两颗珍珠！所以绝对饶不了偷走珍珠的家伙！”

“我看你才是最可疑的吧！所有的地方都搜了。就你身上还没搜！”今村挺身而出，这么说。

“有意思！就给你搜呀！”

大和撩起上衣，一副放马过来的样子。今村也不跟他客气，仔细搜遍全身，又搜了大和的行李，还是没着落。

“证明不是我偷了吧。谁都逃不掉，以示公平。”

大和笑着说：

“好了。咱们该来分配珍珠了。这东西放在我这里，我还得担心自己命也会丢了哩。要是早几天分一分，就不会闹出这种事了。不过要小心可别被偷了哦！”

大和叫大家到甲板上坐好，然后铺上一块白布，上头放着一个装满珍珠的大托盘。

“我在旁边监视，大家依序走到白布前坐下。看准哪一颗后，用夹子取，不准用手。每个人只能夹一颗，就算后悔也不能更换，所以一定要看准了再出手。”

大和说明完后，又说：

“我是代理船长，当然是第一个选。第二本来是八十吉，但他闹失踪，所以由他的老婆阿金代替。接下来就照先前讲好的顺序。我先来示范一下，大家看仔细了。”

大和走到白布前坐下，双手置于膝盖上，伸长脖子看了一会儿后，用夹子夹了一颗。

接下来是阿金、清松和竹造。清松的双手还不是很灵活，所以由妻子阿德代替。就这样轮了二十几圈，总算将珍珠分配完了。

没想到当大和要搬到船长室住时，冲突发生了。

没想到带头反对的居然是金太。这个憨厚的老实人，不知为何突然心生不爽地怒呛：

“你不能这么做！”

只见金太双眼怒瞪，几乎都快翻白眼了。被南方太阳晒得黝黑的额头，青筋暴突，龇牙咧嘴。一副就算把他的脑袋砍掉、脖子扭断，他也不会答应的模样。

“绝对不容许你这么做！”

众人就这样看得目瞪口呆，因为金太说出了他们的心里话。瞬间他们齐声对着大和叫嚷：

“你不能这么做!”

“你有种就搬啊!”

看这情势，大和要是敢妄动的话，众人势必会把他揍个半死。他只好苦笑道：

“哼，是吗？你们这群色鬼，一见女人就流了五升的口水。我大和也是个识相的人，既然大家反对，那我就不搬了。”

大和想了想，指着今村，说道：

“你也要搬出来，和大家一起住！你和我们本来就不是同路人，谁知道你在想什么。你要是占着那房间，只会让大家不服气，平添乱子罢了。”

大和这番话赢得众人的附和。今村只好在大家的催逼下，当场收拾行李，搬到大船舱。

阿金和清松一点也不在意船上这些事。阿金是因为丈夫下落不明，所以没心情理会别的事，清松则是仍旧活在死神的阴影下，病体尚未痊愈。但是比病痛更折磨他的是那两颗下落不明的大珍珠。随着“升龙丸”逐渐北上，也没机会再采珍珠了。

唯独大和一直很有耐性。他每天都在船上搜寻那两颗珍珠，仔细观察船员们的一言一行，无奈还是没有任何线索。船都已经驶到可以望见日本的山了，大和还是没有放弃。

“升龙丸”先到房州，将清松、阿德和阿金送上岸。这几个人下船之前，大和又搜了一遍他们的行李和身上。船回到横滨，大和向上头报告船长畑中因病亡故，所以船并未抵达目的地便折返。上头倒也没有怀疑他们，所有船员返家。

* * *

这件事结束后过了三年。

某天下午，有名女子造访结城新十郎位于神乐坂的家，这女子就是八十吉的遗孀阿金。碰巧花乃屋、虎之介和梨江都在新十郎家。新十郎对阿金说：

“您来得正好，这三位都是我的助手，有话请尽管说，我们会帮助您。”

毕竟，她是听说新十郎的名气才前来，但看到有外人在场，多少有些顾虑，后来才慢慢敞开心房：

“其实这件事要从四年前说起，不然怕您会搞不清楚前因后果……”

阿金说出三年前“升龙丸”上发生的命案，又说：

“我今天要拜托您的事，是我返家后的事，同样的情形已经发生五次了。我不在家时，总有人悄悄潜入我家，但什么都没偷，只是四处乱翻，连米缸都翻倒。我想，可能是有人怀疑我偷了那两颗珍珠。我问过阿德和竹造，他们家都没发生这种事。我不明白为什么只有我家会遇到这种事，要是我丈夫还活着，来我家翻箱倒柜还可以理解。但我丈夫迄今生死不明，按理说，最没嫌疑的应该是我家啊！”

阿金从和服腰带里掏出一封信，递给新十郎。

寄信人是大和，信上说为了找出当年的凶手，大家要在新桥的某间旅馆开会，希望阿金出席。出席者有今村、五十岚、金太、清松、阿德、竹造和大和自己。从外地赴会的人会补贴车马费。明天就是揪出犯人的日子了。

“我一周前便收到这封信，只是一直在犹豫到底要不要参加。我决定来找您，是因为我家多次遭人入侵，再也无法忍受。如果我丈夫是遭人杀害，我想借此机会揪出凶手。不过就这封信来看，就这么几个人赴会，根本不可能找出真凶，所以就来找您。”

“清松和竹造确定会出席吗？”

“我近来没和他们往来，所以不清楚。”

“都已经是四年前的事了。要想揪出凶手怕是难了。如果有外人在场，怕他们不方便开口。这样好了，我先预约隔壁房间，到时躲在里面监听你们开会的情形。您千万别说漏了嘴，好比为了让我们听清楚，请他们大声点之类的，这么做只会坏事，还请您注意。”

阿金离开后，新十郎赶紧前往大和在信上提到的那间旅馆，旅馆老板一看是名侦探大驾光临，爽快允诺。新十郎审视一番，选定房间。

第二天，新十郎一行人提前抵达旅馆，一边享用茶点，一边等待那些人聚在隔壁房间开会。五十岚、金太、清松、竹造、阿金等人陆续抵达，但等了半天，今村、大和还是迟迟未现身。五十岚忍不住怒吼：

“大和那小子还很亲切地说要告诉我，凶手是谁。我要是知道凶手，肯定先去敲他一笔竹杠，要不要报警日后再说。问题是都过了两个钟头，还是没见到那小子。算了，我们几个就先聊聊吧！”

五十岚思忖片刻，说道：

“我就直接问了。你们认为谁是凶手？”

无人回应。

“没人知道，是吧？我也是没啥头绪。我再问个问题，你们认为大和觉得谁是凶手？”

五十岚这么问，金太开口：

“这种事实在不好启齿，大和曾一直追问我，我也只好回他了。你们都晓得我酒量很差，那天喝了好几杯后，难受到不行的我上到甲板透透气，后来就迷迷糊糊地睡着了。半夜突然被什么声音惊醒，睁眼一瞧，看到有两个人在甲板上，好像刚从大船舱里出来的样子。忽然，其中一个‘啊’地惨叫，就这样坠海了。我没看清楚他是被谁推下去，还是自己不小心跌下去。因为那晚天色实在太黑了。根本看不清楚那两个人是谁。因为八十吉失踪了。所以我想坠海的那个人应该是八十吉，至于另一个人是谁，就不知道了。”

“你还不明白吗？很明显啊！那个人就是今村！”五十岚说。

“不可能啊！我隔天早上醒来，看见今村和大家一起睡得很熟，竹造也是哩。”金太说。

沉默片刻后，清松非常气愤地说：

“这话是什么意思？只有我不在大船舱，所以凶手是我啰？那天晚上我可是滴酒未沾地在房里睡觉，根本没出去过！有人看见我出去吗？你们去找目击者啊！”

“没人说你是凶手啊！”五十岚试着安抚清松，“大和这家伙太狡猾了。因为他现在穷困潦倒，而我们当中最有出息的就是今村，人家现在可是开了一间贸易公司呢！不过，大和把我们叫来这里，说明他手上并没有确切证据，敲诈不了今村。”

“这就怪了。我确实看到八十吉回房啊！”清松不解地说。

“那时没那么晚吧。应该是晚上九点半或十点吧。金太看到八十吉坠海是在凌晨吧？”五十岚说。

“不对！我隐约目睹八十吉坠海后，便回大船舱了。那时只有一半的人喝醉，另一半可闹着呢！所以那时应该是九点半或十点。”金太说。

“那时今村在大船舱吗？”五十岚问。

“我没注意。因为我那时醉得有点难受，便找一处角落倒头睡了。”

“看到有人坠海，你居然还睡得着？难怪大家总说你傻！”五十岚语带嘲讽。

“我以为走掉的那个人是去向船长报告，我管那么多干吗？当然是睡我的觉啰。”

这时，清松问阿金：

“阿金，十点左右八十吉不是回来过一趟吗？我绝对没记错。”

“没有，他没回来过。如果真有回来，就算我睡着了不知道，隔天早上醒来也看得出来他到底有没有回来过。”

“可是我的确听到有人走进你们的房间。”

“我看你是搞错房间了吧。”

“怎么可能。我隔壁是船长室，对面住着你们夫妇，今村和竹造住在你们的隔壁，竹造的对面是船长室，一共就这四个房间，不可能搞错。”

“你这么说让我心里发毛。到底是谁进入我们的房间呢？我睡着了，真的什么都不知道。”

“这就怪了。如果那个人是今村的话……到底是怎么回事啊？”

“那个人进我们的房间到底要干什么？”

“这就不晓得了。因为那个人进了你们的房间后不久，我就睡着了。不过我听到那个人下了甲板后，先进去船长室，待了约三十分钟后才进去你们的房间。”

“那个人去船长室干什么啊？”

“不知道。因为我没听到什么说话声，也没有任何声音，难不成是在杀人吧？”清松语带含糊地说。阿金倒是激烈反驳：

“杀人总该会发出声音吧？怎么可能听不出来？只隔着一片木板耶！”

“就是听不出来啊！难不成是鬼魂走进你们的房间？我哪知道啊！”

“别吵了！”五十岚劝阻阿金与清松的争执，“这样争执下去可是没完没了。我看大和和今村不会来了。我要走了。大和那家伙居然耍我们！”随即起身离去。其他四个人也不晓得要谈什么，正准备起身离去时，新十郎推开拉门走进来。

“各位请留步，我是侦探。明天中午请大家再过来一次，我帮大家揪出真凶。”

起初众人显得有点慌张，听了名侦探的自我介绍后，也只好接受了。新十郎逐一询问每个人今晚投宿的地方。

只见清松不太高兴地质问新十郎：

“为什么只留下我们四个？为什么让五十岚先走？”

“因为我知道他要去哪儿，肯定是去勒索今村。”

“哼！既然你连这都知道，那就赶快揪出凶手啊！”

“五十岚知道的情况还不足以勒索今村。明天我会把五十岚、今村、大和都叫来。请你们也务必出席。”

新十郎语毕，目送他们离开。阿金倒是十分机灵，丝毫没有表现出早已见过新十郎的模样，跟另外三人一样道别后随即离去。虎之介不解新十郎为何自信满满地表示会把凶手揪出来。

“我已经大致明白了。”

“找得到大珍珠吗？”

“这就难说了。大和说自己是火眼金睛都没找着，所以难说啰。先行告辞。”

“咦？你要去哪儿？”

“我要去查一下关于潜水夫的事。先走了。”

* * *

翌日早晨，虎之介一如往常带着用薄竹片包的饭团来到胜海舟家。因为胜海舟不太出门，所以一早来肯定能见到他。

胜海舟是日本近代航海技术的先驱者，年轻时可是靠海吃饭、通晓海事的专家。不过，他听了“升龙丸”的怪谈后，很是惊讶。听完虎之介的说明后，他换手拿小刀，暂时止住血。

“阿虎，那个叫阿金的女人长得标致吗？”

“就海女来说，算是美女，身材堪称完美。”

“船长畑中也是个很有冒险心的豪杰，但是他也挺沉迷女色，尤其黄汤下肚，更是把持不住。如果他当时能克制，也许就不会发生这些事情了。一起在船长室喝酒的几个男人去了大船舱后，畑中色欲熏心，闯进阿金的房间霸王硬上弓，却也给自己惹来杀身之祸。八十吉是个心思细腻的潜水夫，跟那些粗鄙船员合不来的他先行离开大船舱。当他回房时，刚好和从房间走出来的畑中撞个正着。起初八十吉并未疑心，因为畑中平时一本正经，不像其他人那样没品位。但是畑中很害怕，生怕恶行暴露，于是将八十吉哄骗至甲板上，趁他不注意，将他推下海。当然，我没有亲眼目睹，也许与事实有点出入，但大致应该是这样的情形。畑中将八十吉推下海后，回到房间里继续喝酒，喝着喝着就在椅子上睡着了。阿金是个相当聪明的女人，她晓得畑中杀了丈夫，于是趁他熟睡时，拿鱼叉将他刺死。海女啊，可是很会用鱼叉呢！熟练得就跟阿虎你用筷子一样。她杀了畑中后，从保险柜拿走那两颗大珍珠，回到自己的房里睡觉。清松听到的怪声，其实是阿金杀人又盗走珍珠的动静。回到日本后，清松察觉是阿金偷了那两颗大珍珠，遂趁她不在家时，多次潜入找寻那两颗稀世珍宝。清松认为总有一天一定会找到。西方有许多像这样围绕着珍宝而起的怪事，可这件事却着实有趣多了。我们本来就很少有这等怪事，谁叫我们国力弱，看来这个故事有可能成为日本怪谈的始祖呢！”

* * *

虎之介在海舟家待了很长一段时间，离开时都快中午了。幸好海舟家离新桥不远，虎之介叫了辆黄包车，匆忙前去昨天那间旅馆。众人到齐后，会议即将开始。虎之介来不及将海舟的见解告诉新十郎，只见他像个孩子似的边喘气，边擦汗。新十郎从口袋里掏出一张纸。

“除了今村，大家都到齐了。我待会儿会说明今村缺席的理由。这张纸上写着一些请大家作答的问题，只要大家如实回答，便能揪出凶手。”

新十郎瞥了一眼手上的纸，问阿金：

“你昨天说案发当晚，并没有人去你们的房间，可是我问了今村，他说那晚十点左右悄悄溜进你的房间，这件事是真的吗?”

阿金本来想否认到底，但见新十郎一派冷静从容，似乎掌握了所有真相，不禁难为情地低头。过了一会儿，才抬头说道：

“确实如此。但我当时睡着了，没发现那人不是我丈夫。后来我察觉有异，才惊觉是别的男人。但我始终不晓得那个人是今村，只知道那个人不是我丈夫……我……”

新十郎制止阿金继续说下去。

“行了。别再说下去了。所以清松的确听到有人进你的房间，但是那个人不是八十吉，而是今村。不过今村坦承是他将八十吉推下海，但他回自己的房间时，发现畑中惨遭杀害，保险柜也被撬开。昨天清松说他没有听见什么奇怪的声音，也没什么好奇怪，因为今村回房间时，畑中早已遭到毒手。如同清松所言，今村确实在船长室待了半小时左右，他要干什么呢?当然是找那两颗大珍珠。问题是，畑中被杀了，大珍珠肯定被偷走，所以得努力找出偷珍珠的人，因为偷走珍珠的人就是杀人凶手。然而他在搜索时，却意外发现那两颗大珍珠分别藏在畑中穿的鞋子鞋跟里。畑中断气时一蹬脚，鞋跟就脱落了。注意到这件事的今村发现那是一双特制鞋，鞋跟部分是双层底，大珍珠就藏在两层之间。想必是起航前，畑中特地去鞋铺定制的。今村虽然发现那两颗珍珠，却没马上放进自己的口袋，而是塞回鞋跟，还帮死去的畑中穿好鞋子。为什么呢?因为要是被人发现那两颗大珍珠在他身上，就得背上杀人罪名。因此，必须等畑中的死讯传开，再趁别人不注意时，偷偷拿走。于是他吹熄蜡烛，步出船长室。眼下船长死了，也没什么好怕了。于是他偷偷溜进阿金的房间，强奸了她。当然，这也是他将八十吉推下海的动机之一。酒醒后的他突然对自己的恶行很害怕，不敢回自己的房间，而是跑去大船舱睡觉。后来大和当起代理船长，还主持了畑中的水葬，今村也因此失去拿到那两颗珍珠的机会。也就是说，那两颗大珍珠随着畑中的遗体回到海底。”

新十郎微笑地环视众人。

“各位，如同我所言，杀死船长的凶手为的就是那两颗大珍珠，但结果呢？他并没得手。他打开保险柜，赫然发现珍珠不翼而飞，不禁大惊失色。想说难道有人抢先一步偷走吗？但想想又觉得不可能，因为畑中没离开过船长室，不可能有人在杀死船长之前便偷走珍珠。也就是说，那两颗珍珠本来就没有放在保险柜里。当然，凶手不是当下就想到这一点，而是之后冷静下来才想通的。”

新十郎又微笑地环视众人。

“现在我们知道那两颗珍珠已经回到海底了。但直到今天，除了今村以外，没人知道，所以在大和仔细搜查却毫无所获的情况下，任谁都会觉得是有人将珍珠藏起来带回了家。那么是谁呢？只有一个人能推敲此事，就是杀死畑中的凶手！凶手冷静下来后，想到那两颗珍珠可能藏在船长室的某个地方。凶手杀人后，离开船长室，后来只有一个人进去过，那就是今村。今村在船长室待了半小时，为的就是找那两颗大珍珠。但是凶手并不知道在船长室逗留的人是今村，一直以为是八十吉，认为是八十吉找到了那两颗珍珠。所以回国后，他趁阿金不在时，五次潜入八十吉的住家，翻箱倒柜地找。各位，会把今村误以为是八十吉的人就是清松！”

清松起身想逃跑，却被出其不意绕至他身后的花乃屋一把揪住。花乃屋是个粗人，这时倒是挺机灵。新十郎平静地看着清松：

“大家分配珍珠时，你谎称双手麻痹，叫阿德代替你，根本就是从一开始就装病。”

觉得一切都已无所谓的清松回道：

“看着放在手上的珍珠时，确实出现潜水病症状，但主要是因为深感委屈，胸口闷得难受，结果就晕倒了。后来经过治疗，两天便痊愈。我却继续称病，伺机谋害畑中，那时的我活脱脱就是鬼迷了心窍。”

阿金向新十郎表达感谢之意：“没想到那个顽固的今村竟然吐实。”新十郎闻言说道。

“我只是先巧妙虚构了清松的自白，结果今村还真的上钩，被我全盘套出。不过，昭和二十三年① （1948）以后便禁用这招审案就是了。”只是新十郎未能对阿金说出上述这些话。

* * *

海舟听完虎之介的陈述，轻轻颔首。

“是喔，今村杀了八十吉，清松杀了畑中，还真叫人意外。清松杀害畑中，却没找着那两颗大珍珠；今村因为色欲熏心，杀死八十吉，却也无缘得到珍宝，眼睁睁看着它们回到大海。不晓得这件事的清松还在拼命寻找大珍珠的下落。这一连串的意外，以及关于珍宝的所有奇事还真让人开眼界啊！不过最令人匪夷所思的，就是那两颗只能看、不能吃喝下肚的小圆球竟然值好几百万。这世上大概没有比这案子更让我啧啧称奇了。阿虎甘于清贫，不追求荣华富贵，这才有益身心。可千万别做什么拥有金山的白日梦啊！”

面对海舟这番醒世训诫，阿虎除了洗耳恭听之外，别无他法。

---

① 昭和二十三年，指1948年日本最高法院制定的《刑事诉讼规则》中规定检方不得向嫌疑人提带有诱导性的提问来迫使对方自首。本书设定新十郎一行人活跃在明治年间，1948年对当时的人来说是未来的事，这里是作者开的一个玩笑。

石之下

“我是六段①，嘿嘿。”

甚八笑嘻嘻地抓了一把白子②。神田的甚八堪称江户城数一数二的赌棋高手，本业是木匠的他下起棋来，在围棋爱好者的圈子里可是打遍天下无敌手。他曾夸称要是本因坊③让他两手，也不见得是他的对手，是个自大的男人。今天特地来川越下棋的他

① 围棋段位中，从初段到九段中第六级的段位。

② 中国古代与日本围棋都是“执白先行”，即白棋先下。初次对弈，抢过白子先行的甚八，其行为是十分失礼的。

③ 本因坊，日本最大也是最有影响力的围棋世家，江户时代围棋四大家之首。1936 年，第 21 世本因坊秀哉认为“本因坊”之名代表日本围棋最强之人，遂将其赠给日本棋院。此后争夺“本因坊”头衔成了日本围棋界七大赛事之一。

当然要好好露两手。

甚八今天的对手是武州川越（今埼玉县南部）的千头津右卫门，也是全国知名的业余围棋高手。他经常以厚礼向职业棋士请教，实力自然飞快精进，目前已是五段。各地围棋高手都会特地到东京向他讨教，大部分人都是铩羽而归，不是他的对手。津右卫门的实力和那种只是为了消遣而下棋的老爷棋士不一样，他是名副其实的五段高手。二十年来一直维持不坠声名的他，绝对是乡下地方的第一把交椅。但是甚八可不怕，毕竟他和在江户城也是赫赫有名的业余棋士下棋时，不但让对方三子，还让对方懊恼地趴在棋盘上，不停喘气。对方可是有专业棋士的二段实力呢。

在甚八眼里，津右卫门不过是个用钱买了个五段资格的乡巴佬棋士，所以败在他手下是必然的。那些乡下的业余棋士都是些不懂下棋的笨蛋。津右卫门虽然名气不小，但都是用钱堆出来的，我甚八可不一样，可是身经百战才练就这等本事，所以就算让你两三子也还是能赢，哈哈哈！甚八在心里耻笑对方。看我怎么收拾你这个乡巴佬！甚八毫不客气地抓了一把白子。津右卫门对他的傲慢没有一丁点儿反应，反而不禁笑了出来：

“我偶有听闻江户城的事，但没听过甚八六段这名号。硬是先抢了一把白子的人，不见得是高手吧。我年轻气盛时也没这么做过。既然你特地大老远地来一趟，想拿白子就拿吧。不过你要是第二盘输了，可就该我拿白子了。要是再输，我就让你二子，还是输的话，就让你三子、四子……”

大概是怕惹恼甚八吧。津右卫门也就不再说下去了，拿起黑子。这家伙竟然敢瞧不起我！我今天非得杀你个片甲不留！甚八在心里暗暗咒骂。

没想到一比之下，立见真章，甚八的白子被吃个精光，彻底惨败。甚八只好拿起黑子再战，本想为骗对方疏忽大意而嘟哝着“没意思”，还是败下阵来。接下来那盘津右卫门让甚八二子。原本局面有利于甚八，但他内心过于急躁，最后也还是输了。没想到让三子也输。就这样对弈到让四子这盘棋时，甚八果然还是有些实力，棋盘上几乎没几个白子。就在他看到自己的黑子有赢的希望时，津右卫门的白子竟然进攻角落的黑子，这是一招活棋。

“哟，怕是输了。急啦？”

甚八鼻哼苦笑。这时津右卫门的妻子千代送来茶水。

津右卫门的前妻于五年前身故，年方二十一的千代是续弦，虽然称不上美女，却非常聪明。婚后跟着丈夫学棋，实力日增，和乡下那些自称围棋高手的家伙也能来个平分秋色。千代坐在一旁，问道：

“让了几手？”

“四子。”

甚八一听，十分气恼。什么四子？给我好好看看棋盘！明明是你硬攻活棋，这是让对方四子的能耐吗？可恶！应该我持白子才对！

“哼！蠢货！让对方四子还想赢，门都没有！明明是一招活棋，还往死里攻，根本是不知死活的家伙！还有脸持白子！”

甚八鼻哼一声，想都没想就下了一手。考虑什么啊！怎么看都是活棋啊！但就在他下完这一手后，脸色骤变。

“啊！怎……怎么可能?!”

甚八猛然跳起，直瞪着棋盘，因为他一直以为那是招活棋。这个乡巴佬也太厉害啦！我这个江户城的赌棋高手竟然没想到这一招，看来那个黑子死定了。

津右卫门看着颓丧坐下的甚八，微笑道：

“天色已晚，就下到这里吧。您看您的眼都红得成了兔子眼了。这样对身子可不好啊！”

“我天生就是红眼，我们江户人可是下棋下通宵！”

“是吗？那就吃了宵夜再战吧。”

喜欢下棋的人家都有准备宵夜的习惯，于是端来热腾腾的手打乌冬面。

“甚八先生，先用个宵夜吧。”

“还请趁热吃。”

千代也这么说，但甚八好像没听进去似的，直盯着棋盘。他总觉得角落那一子并没死，却又想不出破解之道。津右卫门看出那是个死棋，只是甚八不愿放弃。

津右卫门端起碗，却将碗搁在膝上，没动筷。只见他的头越垂越低，脸色变得越发苍白，身子一动也不动，面就这样打翻了。

“呜！”津右卫门发出痛苦的呻吟，痛苦地揪着胸口往前倾，整个人像虾子一样蜷缩，抓着榻榻米。当时千代和女佣都在场，甚八根本没有毒杀津右卫门的机会。对于这种突然暴毙的情形，当时的医学只有病死或毒杀这两种判断。至于是否为毒杀，要看现场状况以及是否有被毒杀的原因，还真是奇怪的判断方法。因为津右卫门连一口面也没吃，面全泼在榻榻米上，所以甚八没有嫌疑，可能是心绞痛或脑溢血致命了。

“……”

津右卫门痛苦不已时，似乎在找妻子千代，想要说什么似的，却发不出半点声音。他的右手动作有点奇怪，像是在表达什么意思，但痉挛和痛苦让他无法表达。

他的手好几次伸向棋盘，指着同一个方向。千代心想丈夫一定是要说什么，否则不会反复做这只伸出一根食指的动作。

人的执着蕴含着可怕的力量。当津右卫门最后一次指着棋盘时，浑身剧烈痉挛，就这样没了气息。从病发到死亡仅仅十分钟。丧礼结束后，前来送津右卫门最后一程的人纷纷离去，只剩下近亲。千代的父亲安倍兆久，和大儿子也就是千代的哥哥天鬼，问千代：

“听说津右卫门死之前一直指着同一个方向，你带我们去那房间，指出是哪个方向。”

“你们过去看就知道了。那方向什么也没有啊！”

“莫非他指的是跟他下棋的甚八？”

“不是，不是这样。他痛苦得跪地时，身体的方向一直未改变。痛苦得抓着榻榻米时，一直指着棋盘那边。”

“这就怪了。”

千代带着父兄走进当时两人对弈的房间，并按照当天情形摆好棋盘。从津右卫门倒下的地方，朝着他指的方向看去，还真的没看到什么，拉门外就是庭院。并不是什么很气派的庭院，死者手指的方向也瞧不见有什么特别。千代的哥哥天鬼眺望庭院，摇头说：

“真是太奇怪了。”

接着把棋盘拿起来瞧。

“怪了？妹夫到底想指什么呢？”

只见他重现死者死前模样。

“喂，是像这样吗？”

“对，就是这样。”

“喂，认真点！要是有什么不一样的地方，要告诉我。是倒在这里，像这样子吗？”

千代简直看傻了。天鬼模仿得还真是认真，痛苦地咬牙，脸歪嘴斜，目露凶光，完全重现丈夫死前的模样。

“够了！别再模仿了。”

“笨蛋！”

天鬼耐不住内心的焦虑，继续模仿。千代只好愣愣地看着哥哥像一只大虾般蜷缩身子，双手抓着榻榻米，挣扎着朝千代爬来。

天鬼痛苦呻吟，在榻榻米上挣扎地爬着，还不时指着棋盘方向。

“是这样子吗？”

“对。”傻住的千代敷衍响应，天鬼继续忘情模仿。

“喂，到底是不是真的是这样啊？”

“真的是这样啦！”

千代真的很害怕，因为哥哥的样子跟津右卫门死前一模一样，只是津右卫门痛苦得说不出话。

千代突然担心哥哥莫非被先夫的鬼魂附身？天鬼指着棋盘的瞬间，那眼神专注得骇人。那个方向到底有什么呢？为何丈夫死前拼尽全力指着那方向呢？

千代的父兄在庭院、院外山里整整搜寻了两天，第三天才返回秩父老家。

* * *

那时，萨长同盟军①正在攻打江户。乡下地方也是流言四起，人心惶惶，害怕军队会攻过来。农民无法安心耕田，有钱人也害怕自己的财产被充公，毫无宁日。津右卫门身殁后一个月，以上野宽永寺为根据地的幕府军败退，战火开始从关东蔓延至奥州

---

① 萨长同盟军，日本萨摩藩（今鹿儿岛县、冲绳县）与长州藩（今山口县）之间缔结的军事同盟部队，成为推翻德川幕府的主力军。

（今日本本州岛东北部）。

兆久与天鬼来给津右卫门做第三十五日的法事。

“军队可能马上攻进这里，就算没被攻陷，战败的士兵也会变成土匪，四处劫掠，到那时要逃可就来不及了。津右卫门过世后，这家只剩下妇孺，没有身强力壮的男丁，所以很难保住家里值钱的东西。我打算找来两三百人连夜打包，将这家里的财物全都送到咱们老家，你就回娘家住吧！反正这个家迟早会被土匪洗劫，不如趁早逃离。你要是舍不得这座宅子，就用老家的别墅和你换，如何？”

兆久说得天花乱坠。千代也很害怕战火袭来。毕竟津右卫门过世后，家里除了用人之外，没有男丁。津右卫门的前妻只生了两个女儿，而且和母亲一样都患有肺疾。大女儿生乃明知有隐疾还嫁人，已经病故。小女儿玉乃今年十九岁，因为身体不好，时常卧床，连走路都显踉跄。

千代生了儿子东太。儿子的出生让津右卫门又惊又喜，但东太才三岁，虽然是个健康的孩子，却也称不上是身强力壮的男丁。

如此无依无靠的情况下，千代的日子的确不好过，所以早就想找一处避风港，父亲这么一提倒是正好。

千头家有一条奇妙的家规，但外人不知具体内容为何。千代嫁进来后，津右卫门告诉她有这么一条家规。

千头家的长子长大成人后，父亲会告诉儿子一件代代传下来、外人不知道的事。而且这件事除了父亲与长子知道之外，不准告诉任何人，包括妻子和其他手足。这件事只能口传，不能写下来。

千头家并非当地人，而是德川幕府初期，第三代将军德川家光执政时搬迁来此。搬过来后买下大片山林地，奠定了现在的家业。能买下腹地广阔的土地，足见千头家十分有钱。据说千头家是没落的平家武士后代，还有人说千头家是丰臣秀吉的远亲。

迄今当地人仍然深信千头家出身高贵，先祖带着堆积如山的金银珠宝迁居至此。但是搬过来之后，生怕钱财显露便埋了起来。父亲就是告知长子，祖传财宝的埋藏地点。之所以有这样的推测，是因为如果是其他事情，大可写在纸上，不必为化为文字担心泄露，规定只能口传。

不过也有人说，之所以不用文字记录，倒也不是担心别人知道藏宝之地，如果千头家是丰臣的子孙，那么家谱也是不能外泄的秘密。

也有人认为其实千头家并非望族出身，只不过是逃难于此的基督徒，所以埋藏的不是金银财宝，而是基督教祭祀用的器具。人们之所以这么说是有根据的，德川幕府视基督教为邪教，大肆打压，第三代将军家光掌权时，已经被镇压得差不多了。千头家恰巧是那时迁居此地，所以箱子里装的可能是祭祀用品。

津右卫门曾告诉千代：

“外头有各种关于我们千头家的谣传，其实我们家没有外人说的那么了不起。当然，是跟他们猜测的人有点关联，但没有血缘关系，真正跟千头家有关的人，先祖一直不肯透露，但其实也不是什么大不了的事。我爷爷已经将此写进家谱，东太长大当家后，我会拿给他看。”

“那就不用口耳相传啰？”

“不，还是有必须口耳相传、不能写下来的事。”津右卫门笑着说。

千代当时听闻这些话，并没有放在心上。到底是谁跟千头家有关，她也没探听。津右卫门过世后，她甚至忘了这件事。

但是她现在突然想到父兄之所以怂恿她搬回娘家，想要把这屋子弄到手，肯定有什么企图，两人可能知道什么秘密。东太还小，父亲根本不可能跟他说什么，所以津右卫门临死前的确有什么话要说，否则不会一直用右手指着什么，看来就是在暗示什么。

天鬼之所以那么卖力模仿津右卫门垂死挣扎的模样，肯定是有什么目的，不然干吗那么认真地模仿呢？天鬼肯定认为津右卫门指的方向，就是外面谣传埋藏宝物的地方。他们之所以花了两天在山林里打转，虽然当时什么都不知道，但回家后商量一番后，觉得宝物应该是埋在这个家的地基或是庭院某处，所以才劝我搬离。

这么一想，千代的当家本能苏醒。我是东太的母亲，也是这个家的女主人，已经不是安倍兆久的女儿，也不是天鬼的妹妹了。千代抬起头，一脸严肃地看着父亲，说道：

“父亲这番话也太无情了吧？我好歹也是津右卫门的妻子，我丈夫过世才一个月，‘断七’的法事都还没做全，我怎么能离开这个家呢？我们孤儿寡母的当然怕战乱，但不给先夫做全法事，我宁可被土匪杀死也要死守这个家！唯有如此，津右卫门在九泉之下才能安心。请父亲以后别再劝我离开这个家了！”

千代说得斩钉截铁，丝毫没有商量的余地。但是这对父子可没这么好打发，每天在房间、庭院四处走，找遍每个角落，还是没有任何发现。终于在千代的严厉斥责下，灰头土脸地回秩父老家。

父兄离开后，千代总算松了一口气。自此之后，千代发誓一定要弄清楚津右卫门死前拼命想交代的事情，并且将代代相传的事告诉东太，视此事为毕生使命。

千代走进佛堂，拿出藏在佛像内的家谱，那是一本从庆长年间便传下来的家谱。

家谱上只有一行应该是津右卫门祖父写的字，但这排字也看不出来有什么重要性，那行字是这么写的：

“千头家迁居此地之前，没有什么必须记录下来的血统，第一代津右卫门长女贞子。”

这行文字还好，接下来就让人摸不着头绪了：

“人左川度，金运奉行，斩首。当家大明神大女神也。”

千代思忖良久，实在想不出个所以然，便将这行文字写在纸上，然后将家谱放回原位。千代经常思考纸上的文字，还是看不懂。

给亡夫做第四十九天的法事日子到了。来了不少亲戚朋友。有个来自江户，曾和津右卫门下棋的棋友也来参加，他说：

“我听说他是在下棋途中骤逝的，而且让了四子给神田甚八，还赢了。夫人能写下当时的棋谱吗？”

千代也觉得亡夫留下这样未完的棋局，真的很遗憾。但事发突然，她也没心力去记棋谱。

“我也觉得很遗憾，只在将近结束时瞄了一眼，没能记住。”

“甚八可是江户有名的业余棋士，有时与人对弈让个三子也能赢，职业二段棋士也不见得是他的对手。所以津右卫门让甚八四子还能赢，实在很难想象啊！没记下棋谱实在太遗憾了。”

“我瞧见白子的情势并不妙，黑子充分压制白子，眼看就要赢了。没想到黑子疏忽了角落上一招致死的棋，结果形势逆转。”

千代边说，边回想当时看到的情形。这时，她脑中突然闪过一个想法，顿时脸色骤变，就是那一招啊！她拼命忍住想大叫的冲动。过了一会儿，才起身冲向自己的房间，感觉双脚不是自己的，整个人飘飘然。

“啊啊！”

她冲进房间，掩上门，整个人跌坐在地。津右卫门死前指的不是什么方向，而是棋盘啊！他之所以挣扎地爬着，就是要爬向棋盘啊！毕竟当时在房间里除了棋盘之外，什么都没有。

甚八疏忽的那一招，就是以二子取了对方的白子后，却被白子打断了活路，成了一招死棋。甚八这种高手之所以没注意到，肯定是他一心想赢、心浮气躁的缘故。这个绝妙之招，以围棋术语来说，就是“石之下”①。

“石之下！”

津右卫门想说的就是这句话。要是有人们传言中的金银财宝，肯定就是埋在石头底下。

从那天起，千代又开始思索、寻找。问题是，不解开谜题，又如何判断是埋藏在哪个石头下呢？千代终于放弃了。想说待东太长大成人后，她再告诉他，让东太自己去找。

转眼过了二十年，又发生了新事件。

* * *

二十年后，甚八已经是位有名的木匠师傅，却还是很喜欢下围棋。虽然外表看不出来是个聪明又敏锐的人，但江户的业余棋士没有人是他的对手，让他不免怀念起津右卫门。

“那家伙是个可敬的对手啊！普天下能赢我的业余棋士就只有他了。可惜啊，他刚赢我就吐血死了。看来他八成是向鬼神借

---

① “石之下”，中文是“倒脱靴”，又称作脱骨或提后再断，是围棋中一种很特别的攻防技巧，通常使用于在双方两块棋在边上互杀时，常可造成双方死活的大逆转。使用“倒脱靴”的一方先让对方提取自己已成为凝形的数个子（常见的有正方形四子、曲四形），然后在提子的空位下子，倒提对方的子。而日语原文“石之下”即表示在要下子的地方原来有被对方提掉的自己的棋子。

力吧。为了赢我，和鬼神做了灵魂交易。若非如此，那天应该是我赢！”

还是不改骄傲自负。某天，有两个说是千头家差来的男人来找甚八。中年男子说自己叫安倍地伯，是津右卫门遗孀的亲弟弟。年轻男子则是地伯的妻子比良的弟弟，名叫和具须曾麻吕。原来是要为津右卫门举行二十年忌日的法事，邀请与津右卫门骤逝一事有关的甚八出席。毕竟津右卫门突然死去时，正和甚八下棋，也算是有缘。或许这说法不太妥当就是了，但毕竟已经过去那么久了。听他们这么一说，甚八也很怀念那时。

“都已经二十年忌啦！时间过得好快啊！我也挺怀念那场棋局呢！既然你们特地跑一趟，我当然要去向他致意。”

甚八立刻收拾行囊，跟着两人前往川越的千头家。村子里的建筑物没变，倒是人们的模样变了。当年初来这里时，甚八和路上行人都是顶着被称为“丁髷”① 的发型，但现在已经看不到这种发型了。当年牵着千代的手的三岁东太，现在应该是二十三岁的年轻小伙子了。

千代的弟弟地伯住在这里还说得过去，但地伯的妻子娘家比良一家人也都住在这里就怪了。父亲和具志吕足、弟弟须曾麻吕、妹妹宇礼，父子三人也都住在这里。和具志吕足自称是山神使者，专门给人治病驱魔，占卜吉凶祸福，所以不少山神信奉者

① 丁髷，日本封建时期老年男性的发型，前额剃光，发髻向前弯曲，类似现在日本相扑运动员的发型。

都来找他。甚八心想："还真多傻子啊！"津右卫门前妻的女儿，罹患肺疾的玉乃已经是三十九岁的老姑娘了。但她好像成了志吕足的情妇还是妾的样子。

因为是二十年前的事，甚八也不记得哪天是津右卫门的忌日，离开东京时还以为隔天就要举行法事，没想到来了之后，才知道是一个礼拜之后的事。

"怪了。不会出什么事吧？"

赌棋圣手甚八忍不住在心里直嘀咕，心头有着一股不祥的预感。

*　*　*

地伯之所以投靠姐姐是有原因的。父亲兆久十五年前就过世了。安倍家在秩父也算是有头有脸的有钱人家，但是兆久是个工作狂，又是开凿矿山，又是烧制陶器，结果赔了不少钱。加上他老爱往江户跑，很快就将祖产挥霍光了。

至于安倍家的长子天鬼遗传了父亲的利欲熏心，又是个不折不扣的吝啬鬼，连一个铜板都不愿分给弟弟。兆久去世后才过二十天，他便对地伯说：

"父亲还来不及分家就往生了。我查了一下父亲的遗产，没有半毛钱留下，所以没有现金、土地能分给你。幸好长山的森林还保留着，长山有平地可以开垦，你要靠自己的力量开辟荒地，到四月底开垦的土地全归你所有。你明天就可以回家了。不过我话说在前头，不准假手他人，你只能得到四月底以前开垦的地。”

时值三月初，离四月底还有一段时间。地伯接受哥哥的厚爱，从第二天就风雨无阻地干活，虽然很累，但一想到开垦的土地归自己所有，也就更卖力开垦了。没想到才过了两个月，有官员来找他，将他送进牢里。原来他开垦的土地不是安倍家的，而是别人家的土地。

地伯向官员哀求，说是天鬼叫他这么做的，不信可以去问问他。官员将地伯的话转告天鬼：

“哪有这种事啊！那个天杀的家伙！就算我告诉他，长山已经不属于我们家了。他就是不信，还说我骗人，非要跑去开垦。还请大人您好好治他的罪！”

这是天鬼的回答。地伯还算幸运，只被判刑一个月。出狱后返家的他还没踏进家门，就被天鬼痛骂一顿。他只好来投靠姐姐千代。

千代可怜地伯，便留他住下，叫他负责管账。后来千代想，玉乃虽然身体孱弱，但只比地伯年长一岁，若是两人结为连理，也能帮助自己扶持东太。

无奈俗话说，好事多磨。千代家拥有的大片山林地，有一座海拔四百五十米高，名为棚云山的高山。山入口处有一座鸟居①，亦即这座山有山神镇守，问题是走进去后，根本没见着什么小

① 鸟居，日本神道教中类似牌坊的建筑物，为人世与神境的分界线。

庙，所以没人知道山神到底奉祀何处，也许山神在山顶上，也或许整座山就是山神的化身吧。棚云山没有登山道，要想到山顶，不但得涉溪，还要攀岩，以前的山都是这样。自从登山成了一种休闲活动后，有名的山可不止一条登山道，但一般无名小山还是只有通到半山腰，利用伐木工人在走的山径而已。

自古以来就有人信仰棚云山的样子，所以在入口处盖了座鸟居。这座鸟居年湮代远，没人知道建于何时。所有关于山神的信仰活动都是在暗夜举行，所以鸟居大概也是深夜时分盖的吧。无人知晓，也没人在意这种事，自然也就没人追究了。

某天，在川越附近经营酿酒业的男子，将酿好的一桶桶酒在众人面前打破，酒渗进棚云山的土地。

“我们和具家代代侍奉山神，承袭神的血统。酿酒只不过是为了忍耐到这时的一种障眼法。我叫和具志足吕，我的长女名叫比良，长子是须曾麻吕，次女叫宇礼。这些名字都是山神给我们取的，是神族的名字！神要我从今天起负责山神祭祀的一切事宜！”

有人说志足吕是因为欠了一屁股债，被逼急了而发疯，也有人说他是装疯。

不可思议的是，他还真的会治病，而且医术不错，于是不少人远道而来找他看病。他的占卜也很准，就这样成了小有名气的山神使者。

津右卫门的女儿玉乃也去找他看病，果真治疗了一段时间，体力、气色都好多了。玉乃视志足吕为活神仙，十分崇敬。不仅如此，还有一件事让千代十分心痛，就是东太是个低能儿。父亲是知名业余棋士，母亲婚后也跟着丈夫学棋，东太三岁时，就已经能和业余棋士对弈了，所以两人怎么可能生出智商不足的孩子？他应该是属于大器晚成型的人，所以千代对于东太的教养还是很用心，无奈东太就是没那个脑子。千代十分痛心，有时悲痛到真想和孩子一起同归于尽。另一方面，玉乃在志足吕的治疗下，整个人变得很有活力，于是她劝后母带着东太去找志足吕，千代想想没什么不妥，也就听从了玉乃的建议。

志足吕亲迎千代母子，很满意地点头说：

“我早就知道你们会来找我。因为东太得罪了棚云山山神，所以遭到报应。因为你们的祖先买下棚云山，所以报应就落到东太身上。不过我是山神的使者，可以替你们解除山神的咒缚。你们家自古就被指定是山神的神殿，所以我必须住进你们家。东太的咒缚会在给津右卫门做第二十年的法事时，顺利解除，成为正常男人。”

于是，志足吕举家搬进千头家。毕竟这是一线希望，千代很难拒绝。这已经是十年前的事了。

后来，千代看不出东太有何改善。志足吕的说法是，等到津右卫门的忌日那天就能解了。千代也就不敢抱怨了。这个人真的是山神使者吗？就在千代日夜苦思时，还有几分姿色的玉乃成了志足吕的情妇、妾室。就连地伯也很信奉志足吕，还娶了比良为妻。这下子，地伯根本不是帮千头家管账，而是成了山神的看门狗。千头家上上下下全成了志足吕的信徒，偌大的宅邸里，千代连个贴心知己都没有。

千代很害怕，想找天鬼商量。但跟那个心术不正的山神使者相比，这个大哥也好不到哪儿去，似乎也不是可以依赖的对象。不过天鬼很势利，眼神锐利仿佛能看透人心，或许能制衡一下志足吕。于是千代决定找哥哥商量，只见天鬼苦笑，答应去千头家待上一个多月，仔细观察这个自称是山神使者的男人。

“反正有信心，就有希望。人啊，只要心情好，病就会好。不过要起死回生是不可能的，所以那个志足吕是个大骗子。虽说东太很可怜，但也不能引狼入室啊！真是干了件蠢事。这下子可没办法撵走他了。看来只能等法事时再摘了他的面具，你也只能忍了。东太就跟着我回秩父吧。我不敢说能把他教得多聪明，但至少会尽量教导。”天鬼说。

千代一想到孩子要离开身边就很难过，但想想，东太跟着亲舅舅，总比处在现在这种环境中来得强，也就接受了天鬼的提议。没想到志足吕得知后，非常愤怒，竟把千代叫到山神明灯前，须曾麻吕、比良、宇礼、地伯等一干信徒将其团团围住。

“东太就是被山神降罪的罪人。我之所以将神殿移到这里，就是为了日夜替东太求山神原谅，等待彻底消弭报应的那天到来。东太一旦离开这里，不但报应无法消弭，还会被山神带走，打入地狱，你要他变成这样吗？”

千代听到这番话，吓死了，赶紧告知天鬼。

“哈哈哈！亏他还扯得出如此漫天大谎。二十周年的法事要是消除不了报应，他可就有借口了。你身边全是他的信众，怕是生活得不安心。我看这样吧。我认识一位中医，夫妇俩都是见多识广之人，请他们过来帮忙。你准备厚礼，拜托他们教导东太。”

天鬼果然依约请一个名叫入间玄斋的人过来，夫妇俩都是文雅之人，学养很好。夫妇俩兴趣广泛，阅历丰富，可惜五十多岁了，还膝下无子，不过他们倒是挺乐观，煎制草药给人治病。由这样的人来照顾东太，确实令人放心。千代自然很开心，遂安排他们住在别馆，千代和东太也搬过去，四个人一起生活。天鬼不时会来探望，待个几天。千头家就这样一分为二，等待津右卫门办的法事之日到来。

二十周年忌即将来临时，志足吕传达山神的神谕。

第一，当天津右卫门会显灵，传达一些事，所以他骤逝那天在场的人都要出席。

第二，东太当天要和志足吕的小女儿宇礼（十八岁）结婚。婚礼结束后，东太的报应自然消除。

说到津右卫门骤逝当天在场的人，除了甚八与千代之外，还有玉乃，女佣阿银、阿苑，男仆文吉、三次，全都还在千头家当差，也是志足吕的信徒。

天鬼得知此事，笑着说：

“这家伙的点子还真多啊！我就知道他要在法事上耍花招。

有意思，哈哈哈！津右卫门会显灵啊！不知他打算说什么呢？不管他说什么，我都很感兴趣。”

无论津右卫门的灵魂说什么，都与天鬼无关，因为事发当天他不在场。他该不会说是千代毒死他的吧。

“没事、没事，你别担心。不管鬼魂说什么，我都会剥掉那个人招摇撞骗的面具。但比较叫人头疼的是，东太和宇礼结婚一事吧！亏他想得出这招。”

只要东太成了自己的女婿，就能和千头家结成亲家了。志足吕也就可以为所欲为。这么一来，要揭穿他的阴谋可就没这么容易。

其实天鬼最在意的是谣传埋藏在邸内某处的金银财宝，或许志足吕也是在觊觎这个。毕竟附近的人都晓得这个传说，津右卫门临终前指着棋盘方向一事也早就传开了。

天鬼之所以经常来千头家探访，并非关心东太的身体状况，而是怀疑志足吕早就有所行动，但目前似乎看不出有何动静，毕竟在这么大的人家，要避人耳目不是件容易的事。

天鬼听到东太要和宇礼成婚一事，诧异不已，因为他也想过同样的事。天鬼的女儿小舟与宇礼一样十八岁，虽然有表亲关系，但不是问题。天鬼计划着在法事当天揭开志足吕的真面目，然后将他和一干信徒全都撵出千头家，如此一来，千代就会感谢他，也就能促成东太与小舟的婚事了。这么想来，天鬼忽然觉得二十年前自己和父亲在邸内猛找实在很蠢，因为只要让东太这个智能不足的小子和自己的女儿结婚，加上当家女主人是自己的妹妹，千头家自然就落入自己的手里。

东太与宇礼成婚一事，志足吕也是算计着同样的目的。因为智能不足的东太没办法当家，到时当家权自然落到女家手上。志足吕之所以至今还没有任何寻宝行动，无非就是因为早就打着这么个如意算盘。

怎么说呢？因为从没见到他在庭园四处搜寻。毕竟村里谣传千头家埋藏着金银财宝，住在千头家已经十年的志足吕不可能不动心，却一次都没有搜寻过，可见他心里早就有一套计划。这下子连天鬼也有点不知所措了。难道就没什么好办法吗？天性狡猾的天鬼开始盘算着。

* * *

对这些事情一无所知的甚八来到千头家，不过直觉敏锐的他也嗅到千头家不太对劲。心想自己可不能吃什么暗亏，所以他假装要出去散步，去村子里打探消息，不愧是赌棋高手。

“原来如此啊！法事当天津右卫门会显灵告知什么事啊！我可是一点都不知道有这种事呢！看来得小心那些家伙才行，这次怎么样都不能下错一步棋。他们找我来，肯定有什么目的，要是不明究理被别人摆了一道，可就吃不完兜着走了。可怕！太可怕了！”

下棋时，要是不好好研究对方下的每一手棋，便无法准确回击。要想识破和具志足吕的阴谋，就必须摸清千头家的情况。甚八没有丝毫犹豫，马上挨家挨户调查千头家的事。

“哦？是吗？千头家的先祖是丰臣秀吉的将军？也可能是基督徒的重要人物？光是金银财宝就装了几十辆大马车？什么？还有父子口耳相传、不能外泄的秘密。原来如此啊！哦？津右卫门临死时挣扎地指着什么？是啊。是指着什么呢？是指金银财宝埋藏的地方！”

甚八的脑筋动得快。只见他突然瞪大眼，看着告诉他这些事的村人：“有人找到那些金银财宝了吗？”

“应该还没吧。毕竟连他死前到底在指什么都没人晓得啊！”

“那倒是。”

虽说已经是二十年前的事，但那盘棋依旧令人印象深刻，怎么也忘不了。“石之下”！那是不该犯的奇耻大辱啊！没错，就是“石之下”！

对了！甚八陷入沉思。

“这事可不得了啊！那时我看得很清楚，津右卫门拼死指着棋盘方向，但棋盘暗示着什么呢？只是一盘还没结束的棋局啊！只是杀了我的黑子，一招‘石之下’啊！莫非不只是‘石之下’的意思？不懂棋的人根本不知道的事……所以普天下只有我晓得这个秘密！只要我不说出津右卫门是用什么招式打败我，就没人能解开这个谜。”

但甚八不晓得千代也是下棋好手，早就识破这秘密。甚八的心里满是寻宝的念头。

“呵！有意思！”

甚八内心狂笑。

“虽然搞不懂志足吕为何找我来，但我可以卖个消息给他们，借此捞一笔。不过眼下最重要的事，就是确定财宝是否埋在石头下方。”

甚八果然和千代行事风格迥异，属于行动派。他决定先调查那些有名的石头和当地人熟知的石头。至于屋子下方的地基石，甚八也想过可能埋藏在那里，但甚八是工匠，对建筑一事相当熟悉，除非把盖这座宅子的工匠杀了，否则无法掩饰那么大的秘密。问题是，千头家并没有传出什么杀死工匠的旧事。总之，甚八发誓要将千头家的秘密查个水落石出，找到那些宝藏。

他仿佛看到眼前有着堆积如山的珍宝，内心雀跃不已。但有一点令他十分担心，那就是为何他们要找他过来呢？

“离法事还有七八天，你们干吗那么早把我找来？”

被甚八这么一问，地伯索性装傻不回应。稍微年轻一点的须曾麻吕冷冷回道：

“我们去东京买东西，顺便去找你，不然还得特地跑一趟，哪有这空闲啊？”

“对你们来说是顺便，但也要考虑别人是否方便吧。我可不是什么闲人，还得带好几个徒儿呢！”

甚八没好气地说。须曾麻吕也含糊其词，不晓得该如何响应。甚八还以为对方会强烈反驳，没想到反应非常冷淡。再者，他在千头家受到的待遇很差，住在仆人房的隔壁，连吃的东西也和仆人一样，给他送饭的女佣只说了一句“法事那天会请你吃宴席料理”，放下饭菜便走了。甚八向女佣要酒喝，结果对方一脸不悦地给了一瓶后，就没下文了。明明宅子里还空着好几间气派一点的房间，所以甚八要求搬到好一点的房间，却得到这样的回答：

“那天会有很多比你身份高贵许多的亲朋好友，都是山神的客人，所以你住这里就够啦！”

甚八思忖着。这分明是故意气我啊！问题是，惹恼我，他们能得到什么好处呢？他们到底在算计什么呢？甚八想了半天还是想不出个所以然。如果我一气之下跑回东京，会对法事有何影响呢？还是摸不着头绪。甚八赌了一辈子的棋，早就练出过人的眼力，却怎么想还是想不透，也没理由一直闷在房间里。

“畜生！天下还有什么人能唬得了我甚八吗？老子我可是来自神田的甚八！你们这群混蛋，竟敢如此待我！别以为我会就这么走人！我要让你们现出原形，把埋在石头下方的财宝全带回神田，哈哈哈！”

甚八这么下定决心后，开始四处打听石头的事，还有千头家先祖的事。

某天，甚八走进川越的一家小酒馆，也许这就是命运的安排吧。

“我可是东京赫赫有名的工匠，有位老爷托我找石头盖房子。如何？这一带有没有什么有名的石头啊？”

小酒馆的老板是个熟知当地事情的老者，机敏地问道：

“这个嘛，石头有很多种，是要用于造庭园吗？”

“是啊！这位老爷可不是一般的有钱人。别人不敢做的，他都敢。他要用比盖大阪城更大更好几百倍的石头，所以要我找寻天下的名石，而且大小不拘。”

“这一带可没什么有名的石头啊！”

“山上也好，河边也罢，只要有很多石头的地方就行了。”

“这样啊！要说石头多的地方，那就是山神吧。那也能用于庭园吗？”

甚八压抑内心的激动，问道：

“哦？山神？是出产石头有名的地方吗？”

“这附近有一座棚云山，山上有山神，客人可能不清楚乡下事，这座山本身就是神体，当然有名石了。”

“在山的哪里？”

“别激动嘛！我也没见过啊！只听说人们把石头当神庙，拜石头就是拜山神，不晓得算不算名石就是了。可能只是一般石头吧。要去看看才知道。不过你想带回东京，恐怕没这么容易。”

志足吕这家伙！石头下的秘密只有我甚八知道。我甚八可是从津右卫门指的棋盘猜想到的，你又怎么可能知道呢？你要是知道的话，早就挖出来啦！

翌日，甚八偷偷独自走过鸟居，走进棚云山。明明是从山下看，似乎马上就能登顶的小山，没想到连能通行的山路都没有，而且两侧都是悬崖峭壁，根本很难登顶。通过茂密的森林，视野越来越差，万一在山里迷路可就惨了。

“看来这事没想象的那么简单吧。几十辆马车的金银财宝，哪能轻易掩人耳目呢？就算我神田甚八拥有好眼力，也不可能轻易识破这件事吧。这座棚云山还真不是普通的山啊！但想想我是谁，我可是神田的甚八！只要给我十天拼尽全力干，就连江户城都盖得出来！”

问题是得找到登顶的路。进山以后就望不见山顶了。如何知道自己的正确位置也是个问题，况且有森林，又是峭壁，看来就算花个两三天也不见得能登顶。

明天就是津右卫门的法事了。甚八只好放弃登顶，傍晚时分回到千头家。精疲力竭的甚八刚要休息，一名用人过来问他要不要过去别馆小坐。甚八跟着用人过去，瞧见天鬼、千代、入间夫妇都在。

“今天还是初次和师傅照面，我是千代的长兄天鬼。这位是入间玄斋和他的夫人，大家都是自家人。这次邀请您来，想必您也觉得很唐突吧？”

“呵呵。”

“有些事情我就不细说了。哈哈！哎呀！现在村里的人都知道您了。您还真有本事啊！挨家挨户地打探消息。既然您对解谜这么感兴趣，是否能帮我解个谜呢？这张纸可还没给别人见过。”

天鬼笑着从怀里掏出一张纸，摊开后推至甚八面前。千代一看，大惊失色。

那不是写在家谱上的那句话吗？那张藏在佛像体内的家谱，除了千代知道之外，应该没人知晓。不愧是天鬼，竟然神不知鬼不觉地识破家谱的存放处，还抄下那一段谜一般的文字。千代觉得好悲哀，因为她早把这件事忘了。时光飞逝，千代本想等东太长大后再解开这谜，弄清楚津右卫门临死前到底想说什么。然而，自从发现东太是个有缺陷的孩子后，她便放弃了。曾多次想说干脆先杀了东太，再自尽。没想到自己竟然完全忘了这件事，不如把所有的事都忘了，和东太一起傻傻地度过余生。

问题是，天鬼是何时找到家谱的呢？而且还一直隐瞒此事，实在太可怕了。二十年前，天鬼模仿津右卫门死前痛苦挣扎的模样，之后就再也没做过了。原以为他早就忘了这件事，没想到他一刻也没忘记千头家的秘密，还能装作一副若无其事样，大哥实在太恐怖了。

啊啊！我真是犯了大错。千代想。为了东太的智能不足而悲伤、盲目，没有下定决心断了千头家的秘密，看来这一切都是天谴。如果这秘密被别人解开了，我哪有脸见千头家的列祖列宗，不，我哪有脸面见东太呢？千代的面色顿时苍白如幽魂。

天鬼看千代的模样，笑着问：

“你的脸色怎么这么难看啊！还没解谜啊！你要是解了谜，

脸色就不会这么难看了。甚八先生，这是藏在千头家家谱里的秘密，天底下知道这个秘密的只有千代和我。你就不必去村子打探了，你拿着这张纸，好好研究一番吧！”

天鬼咯咯笑，说道：

“师傅啊，不过要拿走这张纸，可是有条件的。你四处向村人打探哪里有名石，肯定有什么原因吧？可否说说呢？”天鬼目光锐利地盯着甚八。其实他看错对象了，要是他这时看的是千代的话，肯定会发现千代的脸色比方才更难看。只见她全身紧绷，不停发抖，心脏都快跳出口。如此紧张的人不是甚八，而是千代。

甚八咽了口水，说道：

“哎呀，没什么特别原因啦！只不过是有位老爷要盖别墅，托我找一些庭院用的石头。”

“哈哈！少糊弄我。只为了找一些庭院里用的石头，你会冒险进山通过森林、行过山谷吗？你就说实话吧。”

“说就说啊！我是不清楚他指的是哪个方位啦！但的确指着棋盘，想说应该是指制作棋子的石头吧。也许找石头能理出个什么头绪，所以就到处找石头啦！结果一无所获。”

甚八一五一十地说出，天鬼颔首说道：

“原来如此。”

原来还有这么回事啊！天鬼还是没瞧千代一眼，如果他看到妹妹的表情，肯定能领悟到什么。千代忘情地沉思着，想想二十年了，竟然忘了自己要尽的义务，就这么浑噩度日。没想到甚八才来了六七天，这个秘密就被识破了。不过甚八并未说出“石之下”这个词。问题是，没说出来比说出来更叫人害怕，因为他已经去过一趟棚云山，不是吗？在山里发现了什么呢？太可怕了。他肯定知道不少事。如果天鬼知道“石之下”这招数，甚八肯定也很恐惧吧。千代就这样茫然思索着。家传秘密竟然就这样被外人知悉，难不成要眼睁睁看着先祖留下来的财宝落入外人之手吗？究竟如何是好呢？千代已经慌得脑子里一片空白了。

* * *

甚八回房，打开天鬼给的字条，沉思着。

“人左川度，金运奉行，斩首。当家大明神大女神也。”

甚八瞧着瞧着，眼睛一亮，拍了一下膝盖后起身。

“哦？是吗？果然有宝物啊！而且肯定是相当庞大的一笔财富。是指那个佐渡金山奉行吗？‘斩首’又是什么意思？当家大明神、大女神？搞不懂是什么意思。不过佐渡金山奉行应该是暗示金银财宝才是。”

甚八虽然不熟历史，但他没猜错。

不过就算熟悉历史，光凭这谜一般的文字也得不到正确的结论，因为家谱里还有一行更让人猜不透的文字。

“千头家迁居此地之前，没有什么必须记录下来的血统，第一代津右卫门长女贞子。”

要是不明白这行字的意思，也无法正确推断出什么，因为这行字下面记载着第一代津右卫门长女的身殁年是庆长十八年（1613）七月二十日。看到这日期，熟悉日本历史的人应该就解释得出来。

通晓日本历史的读者应该明白了吧。文中说的佐渡金山奉行，指的就是大久保长安。

在德川家康重用过的家臣中，大久保长安可说是一号传奇人物。据说他原本是甲州地方的太藏太夫（能剧演员），因为表演出色，被家康延揽成为能乐师。后来他建议主公开挖金矿，先是在伊豆北山挖掘到大量金矿，又在佐渡开凿金山。大久保的经营手腕高明，除了统领各地金矿之外，还兼任佐渡金山奉行，受封得到八王子①作为领地。拥有无尽财富，光是妾就有好几十个的他长年巡视各地，每晚夜宿当地时，总要找来好几个女人侍候着。他也是日本史上开凿金矿的开山祖师，而且他开采的都是原矿，一生斐业让其得以名留青史，病逝于庆长十八年四月。

长安临终前，给妻妾们各写了一封分配遗产的遗书，同时也给长子藤十郎留了遗言，严令他务必按照遗言分配遗产。就这一点看来，长安在当时算是相当尊重女性的男人。

但是长安病逝后，藤十郎并未按照遗言分配遗产给父亲的妾室们，自然惹恼了这帮女眷。她们拿着长安的亲笔遗嘱告官。家

---

① 八王子，日本东京郊外的区域名，1917 年设为八王子市。

康遂下令查封长安的宅邸以及分布各地的仓库，结果查出他拥有富可敌国的财富。

再者，还查到长安信奉基督教的证据，以及他和外国勾结、准备谋反的罪状。这是当时的谣传，并未确切证实，但当时的人都相信确有此事。长安一族从此背上叛国的滔天大罪。

藤十郎全家惨遭凌迟，同情藤十郎一家遭遇的众妾室也被治罪，处以“斩首”。时值庆长十八年七月二十日。

看身殁年与家谱记载的文字，第一代津右卫门的长女贞子应该是长安的一个小妾。

根据上述史料可以这么推测，生前为小妾的贞子得到一大笔财富，于是她偷偷带回娘家藏起来。幸好这些财宝没被官府发现，就这样成了千头家的祖传财产，贞子也就被尊为“当家大明神大女神”。

甚八并不晓得这么个来龙去脉，但他推断那些财宝肯定和佐渡金山奉行有关，而且埋藏在石头下方。

明天就要做法事了。结束后就没有理由留在千头家了。所以甚八打算明天、后天投宿川越的旅馆，找到那些埋藏在石头底下的金银财宝，再回东京找两三个精壮小伙子来搬运。甚八相信一切计划都会很顺利。

没想到甚八刚躺下睡觉，须曾麻吕就过来找他。

“做法事的时候到了，为了让津右卫门顺利显灵，快起来准备。”

“法事不是明天吗？”

“甚八先生，你忘了二十年前的事了吗？那时你和亡者一直对弈到隔天凌晨。今晚就是要重现二十年前的光景啊！到时津右卫门一定会显灵的。”

“哈哈哈！原来如此。可是谁和我下棋呢？难不成是和津右卫门的鬼魂？”

“你过去就知道了。大家都准备好了，就等你了。”

“是吗？那我准备一下就过去。”

原来如此。原来把我叫来，是要叫我当显灵用的道具啊！这倒是不难理解。甚八一直思考那谜一样的文字，没注意到已经三更半夜了。

甚八简单准备一下后过去，走到厨房一看还真惊讶。只见女佣阿银和阿苑都换上二十年前小姑娘的装扮，千代也在。可能是被特地指示吧。她也穿上二十年前穿的那件和服。

阿银坐到甚八面前，打招呼。

“啊，怎么装扮成这样？”

“二十年前就是穿成这样啊！还是我带您上去二楼的起居室呢！”

阿银和二十年前一样，带着甚八上二楼，那里和二十年前一样摆放着棋盘，东太坐在津右卫门的座位，天鬼陪在一旁。

天鬼笑着对甚八说：

“你也该换上二十年前的装扮啊！和你对弈的年轻人是当年

才三岁的东太，由他代替亡父和你一起重现当年的情景。如你所见，东太困得眼睛都睁不开了，所以由我从旁协助，两人一起代替津右卫门。”

“原来如此，所以是显灵在这孩子身上啰？”

“不是、不是，不是东太，是借志足吕的女儿比良显灵。东太连自己都无法顾及，怎么可能担此重任。”

时辰到来。志足吕坐在上座，比良坐在下座，负责主持法事的须曾麻吕坐在中间，各就各位。

只见须曾麻吕大声宣布法事开始，然后以严肃的眼神斜睨甚八：“时辰已到。甚八，摆上四子！”

不是很喜欢这个年轻人的甚八，瞪大眼反问：

“你叫我什么？竟敢直呼我的名字？你要是有神力让亡者显灵，也能把老子的灵魂叫出来，就有本事让棋子自己上棋盘！我倒要看看山神的神力是不是有此能耐！”

甚八再怎么样也是神田的赌棋高手，当然不容许别人轻蔑自己。须曾麻吕气得嘴唇发颤，不发一语地斜睨半空中。

“喂！你是木头啊？看来山神也怕我这个凡人嘛！这回该轮到木头他爹上场了吧？”

志足吕倒是露出事不关己的表情，看着眼前光景。甚八又看向比良，她也是沉默旁观。甚八苦笑道。

“怎么？都吓呆啦！老子我可是神田的甚八！可恶！你们这群天杀的家伙！有本事就快让津右卫门显灵啊！老子我可是性急

得很!”

“哎呀！师傅，别这么急性子嘛！唤亡灵出来也不是常见的事，总得耐心等等啊!”

“这倒也是。不过要等到何时啊?”

“应该有个确定的时刻吧。时刻一到，乌冬面就会端上来，到时津右卫门就会显灵啦!”

“还真是有趣啊！现在这时候是干什么来着？记得是白子的情势不利。”

这时，千代端着茶水现身。甚八苦笑。

“没错。那天也是夫人送来茶。从这时局势开始逆转，我竟然没注意到那手棋。”

再也没有比这更叫甚八深感懊恼的事了。对方不过是业余五段，竟然被对方让了四子还输得很惨，简直是一辈子的奇耻大辱。甚八一口喝光茶，喘一口气。

“要是夫人那时没出现的话，也许我就不会输了。当时觉得自己赢定了。没想到却输得那么不堪，果然当时年轻气盛啊!”

“谁都有输棋的时候啊！实力相当的人对弈，本来就难定输赢，这是下棋的人都有过的经验，是吧?”

“那天是在夫人的面前输棋。除了那一夜，我还真不记得自己输过谁。”

这时，阿银端着热腾腾的乌冬面现身，将面放在甚八和东太的身旁。阿苑提着水壶过来添茶水。

“乌冬面终于端上来了。看来津右卫门要显灵了。”

“直到他咽下最后一口气，还有十分钟吧。”

众人七嘴八舌一番后，又回复静寂。这是千代一回想起来，就很痛苦的一段时间。甚八也清楚记得当时情景，只见他脸色不太好，闭着眼，低着头。突然，他面色蜡黄，额头汗珠频冒，张开本来握拳的手，猛抓着胸口，整个人向前倾，趴在榻榻米上。

“呜、呜……”

不断呻吟着。只见他挣扎着往前爬，往前伸的手打翻了面碗，撒得到处都是。甚八只是痛苦地爬着，只见他似乎没了气力，趴在榻榻米上不动，不一会儿才又挣扎着向前爬。

众人怔怔地瞧着眼前光景，认为是津右卫门显灵了。但天鬼觉得不太对劲，因为实在太逼真了。他不相信志足吕的妖术能制伏得了这个大老粗。

“不对啊！”

天鬼避开汤汁地走向甚八，抓着他的衣襟，窥看他的脸。

“喂！这不像是亡灵附身啊！也不像是得了急症，该不会是中毒了吧？快把入间先生叫来！”

入间随即赶至，他察看甚八的脸色，又翻了一下他的眼皮，说道：

“看来他应该是中毒了。得赶快让他把毒吐出来才行。装一大碗酸梅汤过来！”

可惜太迟了。甚八连吐的力气都没有，就这么断气了。

从东京请来医师诊断，确定甚八遭到毒杀。甚八死前除了喝那杯千代端来的茶之外，没有碰别的吃食。沏茶的人也是千代，先将茶叶放进大茶壶，倒入热水，再开火煮成口味浓一点的茶，这是千头家煮茶的习惯，喝之前再加少许盐。

千代被视为犯罪嫌疑人，遭警方逮捕。当地警方因为人手不足，便请结城新十郎帮忙。

新十郎带着熟知乡下风土民情的花乃屋，还有虎之介，来到川越。

* * *

新十郎并没审讯千代，而是花了五天时间搜集一些事证。新十郎对于甚八的行动特别感兴趣，探访了所有和甚八有接触的人，向他们请教一些问题，充分掌握甚八死前的一举一动。

新十郎晚上走回下榻处，又看了一会儿书，然后指着千头家的家谱给花乃屋和虎之介看，说：

“写在家谱上的这些文字很有趣呢！根据这些文字，可以判断村里的谣言有些应该是真的。第一代津右卫门长女贞子就是大久保长安的一个小妾，长安不但藏了大笔财富在她这里，还向她坦白自己是基督教徒。”

熟知乡下风土民情的花乃屋笑着说：

“若是这样的话，我认为埋藏起来的应该是基督教的祭祀用品吧。什么金银财宝，只是以讹传讹的幻想吧。要是基督教的东西，凭我这万事通的眼力肯定一下子就能看出来。”

虎之介闻言大笑。

“你啊，就算再过个好几年也成不了万事通啦！你仔细看看上头的文字，这句‘当家大明神大女神也’是啥意思？”

“意思就是当家贞子是基督教的开山祖师。”

“哈哈！这里哪有和基督教有关的东西？”

所有的调查结束后，新十郎传讯千代。千代面色苍白，十分虚弱。新十郎请她坐在椅子上。

“茶是你沏的，没错吧？”

“是的。”

“茶沏好后，把茶端到二楼的时间是你指定的吗？”

“不是，是宇礼小姐。宇礼小姐也是个巫女，可以传达神的旨意。她一直都坐在我们面前，指使我们做这做那。”

“听说你的棋也下得不错？”

“没有。”

“不必谦虚。有位老棋士告诉我，你至少有初段的实力，应该有看到你丈夫让甚八四子的那盘棋的终盘吧？”

“我只看到终盘。”

“是怎么样的局面呢？”

“这个嘛，甚八的黑子本来居上风，但最后关头，没注意到一角的黑子是死棋，就这样翻盘了。”

“黑子看漏了一招，是吧？”

“好像是。”

“那招是叫‘石之下’是吧?”

新十郎突然拔高声调。千代吓得别过视线，没有回答。

“甚八好像在村子里四处打探，询问这一带有没有名石，或是珍奇的石头。”

千代依旧沉默。

“他在川越的一间小酒馆听闻棚云山山顶有祭祀用的石头，第二天就上山去找。”

新十郎不管千代有无响应，继续说道。

“甚八对你哥哥天鬼说，他去找石头是因为看见津右卫门死前指着棋盘上石头做的棋子，没错吧?”

千代还是不回应。

“你把沏好的茶端到二楼后，先给谁上茶?”

千代一脸诧异，苍白的脸总算有点血色。

“记得是先给甚八先生上茶。”

“放在哪个位置?”

“他的膝盖旁。”

“第二杯茶呢?”

“东太的膝盖旁。”

“不是你哥哥的面前吗?”

“不是。虽然也算是摆在我哥面前，但是我哥坐的位置离东太有两尺远，所以我特地放得比较靠近东太这一边。”

“为什么特地这么做?”

“因为要重现二十年前的情景，况且那杯茶不是给我哥，是给代替先夫的东太。”

“二十年前那两人都喝了茶吗?”

“我不记得了。”

“东太有喝茶吗?”

“没有。”

“你倒是记得很清楚。”

“那时东太在打瞌睡，根本不知道身旁放着一杯茶吧。阿苑给甚八先生添茶水时，东太那杯茶还是满的。”

“没错，阿苑也是这么说。后来如何呢?”

“后来的事就不记得了。”

“在茶里加点盐，是从何时开始的习惯?”

“我嫁进来时，就已经有这习惯了。”

“你有看到甚八一口气喝光茶吗?”

“好像有，又好像没有。”

“你现在最挂心什么事?”

“东太这孩子。”

之后新十郎问了一些关于东太的事，无论是他小时候还是现在的事，问了几十分钟后，结束审讯。

新十郎又回到千头家，将阿银和阿苑叫来，命令她们仔细回想千代泡茶时的动作，两人如实重现一遍。

“没有什么可疑、奇怪的行为吧？”

“没有任何不寻常之处。”

“把那个装盐的罐子拿来我看看。”

新十郎接过女佣手上的罐子，调查了一下内容物，抓了一点盐尝尝。只见他马上吐掉。

“没错，的确是盐。最近这盐的分量有减少吗？”

“这倒没注意。”

“好了。谢谢二位。”

新十郎调查结束。

“走吧！回东京吧！”

他对两个同伴说：

“我们先回去一趟，两三天后再过来。让真凶先逍遥个几天吧。”

新十郎窃笑地看着两个同伴。

* * *

隔天，虎之介恭谨地坐在胜海舟面前。今天他难得没带用薄竹片包的饭团，因为他觉得没必要。反正还有一两天才要去川越，所以不用急。

“看阿虎你慌张时，也是一脸傻样；沉着时，也是一脸傻样。真是少见的面相啊！肯定能长命百岁吧。”

海舟一边放脏血，一边调侃虎之介。只见他放下小刀，拿起一张纸挤出后脑勺上的血。

“凶手肯定不是千代。千代负责沏茶、端茶，要是她下毒的话，早就被发现啦！况且千代那么聪明，绝不会干这种蠢事。正如新十郎的调查，千代的棋艺也不差，所以她领悟到津右卫门临终前暗示的是‘石之下’。当然，也可以说这是她之所以毒杀甚八的动机。问题是，她不能抛下无法自立的东太不管，犯下杀人大罪，所以她绝不认罪，推说自己什么都不知道。凶手其实是千代的哥哥天鬼。他是个犯罪鬼才，也是个没血没泪、铁石心肠的贪婪家伙，从他对待弟弟地伯的态度就看得出来。天鬼视甚八为眼中钉，若让甚八活下去的话，迟早会被他早一步找到千头家的财宝，所以必须早点铲除才行。天鬼让甚八知道家谱里的文字，目的就是要甚八去找宝物，松动他对自己的戒心。虽然那几行谜一般的文字没有什么太大的帮助，但甚八确定财宝就藏在石头底下，所以决定单独行动。天鬼看穿甚八的心思，计划除掉这个眼中钉，以上都是显而易见的事情啰。肯定是天鬼偷偷地将毒药加进盐罐子。毕竟他也可能喝到茶，所以不会有人怀疑是他下毒的，计划称得上缜密。”

海舟的推理巧妙戳破天鬼的诡计，真是好眼力啊！虎之介由衷佩服。

* * *

新十郎在千头家再次重现当天情景。东太、天鬼坐在棋盘的一侧，志足吕坐在上座，比良坐在下座，须曾麻吕则是坐在中间，代替甚八的是微笑捻胡须的花乃屋，和那天的情景一模一样。走廊上有穿着制服的警察，也有穿着便服的警察，大家都想看看新十郎怎么破这个案子。

这时，千代在楼下厨房煮茶。宇礼坐在那里负责指挥，阿银和阿苑也坐在她旁边。千代将茶叶和盐巴倒进茶壶，倒入热开水，将茶壶放在火炉上，煮沸后倒了两杯茶，用托盘端着上二楼。

接下来按照宇礼的指示，开始煮乌冬面。面煮好后，由阿银端上楼，阿苑则提着茶壶跟着上楼。现在一楼只剩宇礼，还有坐在她对面的新十郎，以及几个身穿便服的警察。

新十郎待女佣离去后，催促宇礼。

“好了。换你了。请照你那天做的做一遍吧。”

宇礼怔怔地瞧着新十郎。新十郎朝她走了三四步，坐下来。

“做啊！你那天怎么做，现在就怎么做。”

新十郎直盯着宇礼，但绝对不是恶狠狠的眼神，只是看着对方而已，说不上强势就是了。实在很难形容。但是那眼神仿佛有一种黏着力，促使对方难以承受。视线仿佛成了一根木棒，逐渐戳入对方的眼睛。宇礼的脑子顿时变得好沉重。

“该你了。那天怎么做，现在就怎么做。”

宇礼的神情是求饶、绝望，还是向新十郎下战帖？实在难以判读。只见她摇摇晃晃起身，拿起盐罐子走到外头的洗碗槽，将罐子里的盐倒掉，又用水刷洗干净，然后走回厨房，从大瓦瓮抓了两大把盐放进罐子。

就在这时，阿银和阿苑下楼来。她们重现那天甚八中毒后，跑去叫入间玄斋的情景。

一楼的宇礼，二楼的志足吕、须曾麻吕、比良等三人分别遭逮捕。

新十郎苦笑着向警方说明。

“宇礼是个巫女，也是个容易接受暗示的女孩子，所以我用了这方法。因为找不到什么证据，只好使出这一招，能够顺利成功实属万幸啊！”

新十郎说这话时，口气带着几分无奈。

“这案子的关键是为何要找甚八过来，只要抓住这一点，其他问题便能迎刃而解。按照志足吕的计划，一开始就要陷害千代成毒杀甚八的凶手。如果成功，千代也会被视为是二十年前毒杀亲夫的犯罪嫌疑人，这么一来，千代就只有死路一条了。碰巧甚八和千代都识破‘石之下’这个秘密，这就更陷千代于窘境，很难坚称自己是清白的。志足吕特地找来甚八，却让他住在用人房，和用人吃一样的伙食，刻意营造甚八是个没大脑、随时说走就走的大老粗，还真是一招大胆又高明的诡计。此外，要须曾麻吕惹恼甚八这一招也很巧妙，毕竟人生气时，根本没心思慢慢品尝，势必一口喝光。”

*　*　*

海舟听了虎之介的报告，只是静静颔首。

什么也没说。

过了一会儿，叫用人拿来围棋。

“阿虎，你会下棋吗？”

“随便玩玩，下得不好就是了。”

“一看阿虎这对侦探眼，就知道你的棋艺不怎么样。你晓得什么是‘石之下’吗？”

“不知道。真痛恨自己没悟到这一点。”

“所谓石之下，就是这一招。”

海舟摆棋。我就来代替他，向读者说明一下吧。

[白先结果如何]

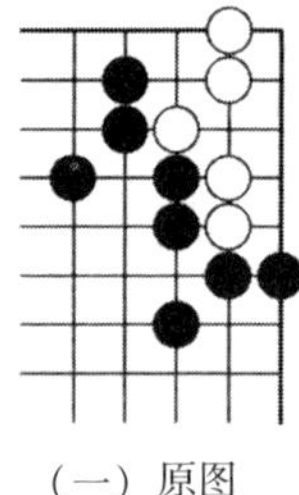

（一）原图

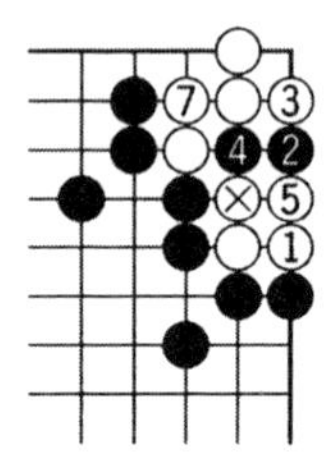

（二）解答图

⑥在 4 的位置打入

⑧通过在 2 的位置落子而吃掉四颗子

⑨通过在⊗的位置落子活棋

解答：通过石之下活棋

蒙面继承人

堂妹一枝的话在光子的脑海里萦绕不去。

“我们去偷看一下风守少爷的房间嘛！一下子就好。”

“不行，别说房间，连别馆都不能靠近。”

一枝冷笑着说：

“大家不是都这么说吗？那里可是个牢房，而且啊……”

说到这里，她停顿了一下，越加诡异地笑着说：

“风守少爷根本没生病，说他发疯也是骗人的。为何要谎称他生病，将他幽禁在那房子里呢？”

一枝眼底闪现有如巫婆诅咒时的光芒，脱口而出这么一句话：

“没妈的孩子像根草，有妈的孩子像个宝。”

然后叹了口气，便走了。

就是最后这句有如咒语的话，盘旋在光子的脑海中。

虽说是兄妹，但哥哥风守没有母亲，光子与弟弟文彦却是有母亲疼爱的孩子。风守的母亲早逝，光子和文彦是继母所生。外头谣传为了让同父异母的弟弟文彦继承家业，所以才把风守当疯子幽禁起来，这种谣传当然也传进光子耳中。纵使不在意外头的流言蜚语，但是听到堂姐一枝的那句话，光子还是心如刀绞，浑身僵直。

她在史籍中常读到，朝廷与藤源氏、将军家之所以屡起纷争，十之八九都是为了继承一事。那时国家分裂成两派，战事一触即发。毕竟连亲兄弟都会为了继承一事起纷争，更何况是异母兄弟。虽然小说和童话中也有描写异母兄弟感情和睦的故事，但只是美谈罢了。即使是不解世事的光子，也能从阅读史书中了解如此残酷事实，当然也是因为所处环境让她对这种事特别敏感。

虽然风守与光子是同父异母的兄妹，但在户籍上，风守是过继给多久家嫡系的养子，是多久家的继承人，所以名义上他们不是兄妹。这件事得从二十三年前，风守出生前开始说起。

位于日本中部八之岳山脚下的多久家，是从神话时代传承绵延至今的古老家族，比号称诹访神社大神子孙的大祝家①历史更

① 诹访氏，神氏，传为日本诹访神社供奉建御名方神的后裔，代代世袭诹访神社神官。这样的豪族在日本各地受当地民众信仰，多奉行嫡长子继承制。

久，而且是有别于诹访神社完全不同系统的神明后代。族长在武士当权的时代，顽固得连领主也拿他没辙，因此多久家在当地的地位更胜领主，如同神明般崇高。如此豪族体系仍保有古代族长制度时的情感羁绊，嫡系与旁支分得一清二楚，即使是亲兄弟，嫡系长子与分出去的旁支次子的地位有着天壤之别，从出生那天起，长子是作为神来培养的，他的弟弟将被培养成他的随从，可说阶级分明，一生必须严守。

多久家的当家主人多久驹守，当年是个八十三岁的高龄长者。听说他年轻时，曾抓住狂牛的牛角与它对峙，堪称盖世豪杰，当然并非一般人都有此胆量。虽说是神明后代，就算有神明做后盾，也得具有相当怪力才做得到。

他有三个儿子，分别取名为稻守、水彦和土彦。“守”字只有嫡系继承人才能袭名，非继承人则是“彦”字，这是多久家世代相传的家规。

长子稻守英年早逝，得年三十岁，没有留下一子半女，所以从两个弟弟水彦和土彦的孩子中挑选一个当多久家的继承人。那时水彦有个儿子名叫木木彦，新婚不久的土彦还没有小孩。

水彦排行老二，加上只有木木彦这个独子，理当由木木彦过继多久家嫡系当养子，驹守却决定将此事延后。再怎么说，驹守可是徒手擒牛的英雄，生来就被奉为素盏鸣尊、大国主①的转世

① 素盏鸣尊与大国主，日本神话传说中的人物。前者是斩杀八岐大蛇的勇猛之神，后者是向世人传授符咒、医药的济世之神。

神人，众人皆敬畏其三分。所以没有被“活神仙”驹守看中的木木彦，注定一生遭村人嫌弃。

一年后，土彦的长子出世，过继多久嫡系成了养子，也就是风守。

谣传之所以选择还看不出有什么特殊能力的风守继承人，倒也不是否定木木彦的能力，而是因为既然身为神的传人，就不能以凡人风俗习惯养育，因此选择刚出生的风守，而舍弃从小在旁支长大的木木彦。

至今村人们私下还流传一种说法，那就是驹守不喜欢水彦。不，应该说他十分溺爱老小土彦。倘若稻守是在土彦分家之前去世，驹守肯定毫不犹豫立土彦为继承人，不巧土彦是在稻守过世前分家，所以才得等土彦的孩子出世。总之被神格化的族长家要是在一年内，不，一个月内没有确立继承人的话，可是非同小可的事。毕竟身为一族支柱的族长家没有子嗣，族长又有个万一的话，全族不但顿失依靠，也失了族魂。村人认为立嗣之事之所以拖了一年，等待土彦的长男出世，全是因为驹守坚持非得由土彦的孩子继承不可。水彦因此觉得颜面尽失，抬不起头。

随着风守出生，原本分家的土彦夫妇也跟着搬回多久家，打算照顾风守直到断奶。四年后，风守母亲意外辞世，这又是另一个禁忌谣言，谣传风守的母亲并非病逝，而是自杀。

为何有此谣言？因为风守患有癫痫，不是个适合继承多久家的孩子。癫痫分为好几种，风守患的是认生性癫痫，一接触陌生人就会紧张得发作。身为族长的继承人，怎能有此缺陷呢？要是威严的族长在接见族人时突然发病，可就伤脑筋了。虽然有人说这是因为驹守忤逆天意，违背长幼次序硬是选择风守，所以老天爷予以惩罚。但毕竟驹守是一部分村民公认的“活神仙”，对他们来说，与其说相信驹守遭天谴，宁可相信患有癫痫的风守是神指定的人选，至于天谴就得由母亲承受。这就是悲哀的家族制度与习俗，所以风守的母亲才会自杀。村民相信她是自杀的，也宽恕了她的罪，就连风守患的癫痫在他们心中也变得神圣高贵起来，亦即所谓的“业病即身成佛①”，业病即身成神是也。

士彦在原配死后也没有离开，继续待在多久家，后来又续弦，也就是光子与文彦的母亲系路。

患有隐疾的风守遭到隔离，只有奶娘良枝、随侍女佣政乃，以及与风守同龄的菩提寺②住持的三儿子英信获准陪伴在他身旁，出入其居所的其他人，包括连血亲光子也不许靠近他。对英信而言，被选上与身份如此特殊的年轻神人相伴，与其说是一项殊荣，不如说是件恐怖差事。因为玩伴不仅是个患有麻烦疾病的病人，又是神的传人，所以英信被下令除了风守之外，不得与其他人为友，也不准向任何人提起有关风守的事，所以相当于连他也被一并隔离。菩提寺紧邻着多久家，英信总是由庭院后门进入宅邸，再走到后院最里面的房间。在英信身上感觉不到任何小孩该

① 业病，佛教所说因果报业之病；即身成佛，无须改变现在的肉体就能成佛。
② 大族人家为供奉祖坟、举办丧礼建立的寺庙，“菩提”意为“祈求冥福”。

有的天真无邪，他那一切被秘密化的身影凝聚着昏暗无尽的悲伤。

最悲痛的恐怕是亲自选择风守作为继承人的驹守了，但他并没有因此怨恨患有怪病的风守。相反，驹守反而将孙子的悲伤当作自己的悲伤，并且当作自己的罪过承担起来。于是他与人接触时，开始用黑布蒙面，因为风守非得与别人接触时，也是用黑布蒙面，而且他的面罩没有开眼洞，就是为了不让他见到外人。至于驹守，因为遮住眼睛便无法走路，所以他戴的是开有眼洞的面罩。

光子第一次看到哥哥（户籍上则是堂哥或叔父）是在她十二岁时，风守则是十八岁。那时他们一家人，包括祖父、父母和兄弟全都悄悄搬至东京的别墅，理由是乡下地方无法让子女受到良好教育，况且身为族长不需要常住家乡，只要每年固定几次回乡参与例行节庆活动即可。

蒙面的祖父骑马离开村子，看起来就像魔王出巡似的，威严模样令人望而生畏。同样戴着垂至胸前面罩的风守则是坐在轿子里，因为怕风夹带病毒吹进轿子里，所以窗子紧闭。这是光子唯一一次瞧见风守哥哥。

位于小石川山崖上的东京别墅占地约两万坪，房子和庭院都是新建的，还特地为风守盖了幢别馆。别馆离主楼有一段相当距离，四周筑墙刻意隔离，看起来就像另一户人家。奶娘良枝与老女佣政乃一同住进别馆，服侍风守。光子则和父母住在本馆。

约过了一个月，风守唯一的朋友英信也来到东京就读佛教学校。住在别馆的他几乎不曾造访主屋，背负着巨大秘密的英信表现得十分优秀，博得师长赞赏。

光阴飞逝，六年后光子十八岁。一枝对她说过的那句像咒语一样的话，越加让光子切身体会到多久家隐藏着一种阴暗而又恐怖的东西。

* * *

一枝是水彦的女儿，她与长子木木彦之间还有个嫁作人妇的姐姐，所以她是老小，与光子同年，两人还是同班同学。自从木木彦失去继承资格后，水彦自觉再在当地待下去也没什么意思了，于是比多久家还早迁居东京。虽然他们一家也住在小石川，但离多久家的别墅有段距离。

不是块读书料的木木彦虽然学过三弦曲和日本舞，但他既没兴趣也没恒心，学不了多久便放弃，已经二十六岁的他身无一技之长，既无心找工作，也没人要雇用他，成天不是看戏就是流连风月场所，浪荡度日。

虽然多久家在家乡是响当当的大族，但在东京则默默无名，更何况旁支本来就不如嫡系，财力根本无法让木木彦逍遥一辈子。更要命的是父亲水彦是个不懂世事的乡巴佬，自以为来到东京，别人还会买多久这个名门望族的账，没想到根本没人想要和他打交道。自以为是的他非但不知收敛，反而越来越自命清高，眼睛长到头顶，非但不努力赚钱，还养出木木彦这个不成材的纨绔子弟。他反倒认为富家子弟正应如此尽情享受，所以他内心特别想要钱，想一夜暴富，因为他比谁都清楚，自己迟早要坐吃山空。

但是水彦并没有一夜暴富。最使他窝心的是，木木彦失去了继承人的资格，由弟弟一家成了当家主，住在偌大别墅享受荣华富贵。怀恨在心的水彦因此经常口出恶言，说风守的隐疾是老天爷的惩罚。虽然以前他总是这么四处说嘴，但自从土彦的续弦又生了个男孩后，明明没发病的风守却被幽禁，他又开始四处散播这一切都是土彦夫妇的阴谋，想让后妻的孩子继承多久家。没想到戏言竟然成真，这才是真相。

光子对此深有所感，该说是少女的一种直觉吗？涉世未深的纯洁灵魂往往料中许多事，光子以前就有很多次这样的经历。

光子于去年夏天初次回乡。平生第一次闲逛老宅各处，当她看到风守的房间时，不禁惊呼。通往房间的走廊装有粗大坚固的橡木栅栏，显得有些诡异，四面厚墙和牢固的橡木栅栏让房间活像一间禁闭室。

光子不由得浑身发颤。禁闭室内有气派的壁龛，也有交错的置物搁板与壁橱，还有一些看起来像是风守小时候玩的玩具和用过的学习用书，负责教导风守的是英信的父亲英专与祖父，因为除了他们之外，村子里没有博学之人。

风守从小到迁居东京为止，念过的书籍全都完整地保留着，字迹也还很清晰。他在光子这个年纪迁居东京，那时也是十八岁的他念的全是些光子难以理解的深奥典籍，字迹也秀丽得令光子惊羡不已。房里摆着几本纸捻穿成的稿册，还有署名，应该是风守创作的诗文，上头还有应该是祖父用红笔批阅的字迹。看落款的日期，应该是风守从十一二岁到东京之前的作品。即使是十一二岁时写的作品，光子也无法完全理解，但从能够理解的部分便能感受到风守的不凡才气。

“疯子怎么可能写得出这种东西？”

光子转念一想，癫痫这种病，除了发作以外，平时应该皆与常人无异。风守到底是祖父看中的继承人，即便罹患癫痫这种业病，老天爷还是赐给他不凡才气。可是为何没发作时，也得将堪称天才的他幽禁于此呢？而且还特意隔离在不许任何人靠近的后院。明明宅邸有那么多外人看不到、进不去的空房，为何非得将他幽禁在这间禁闭室呢？

“为什么要让风守住在这样一个像禁闭室一样的房间呢？”

光子问菩提寺的住持英专。只见老和尚刻意掩饰苦闷的神情，沉默半晌才回道：

“这个嘛……近来有种病称为梦游症，就是人在睡梦中起来做各种事。因为他得了这种怪病，所以必须让他待在那里。东京那里的房间不也一样吗？要是照到强烈的日光就糟了。一旦强光入眼，病人会出现心悸等症状，影响身体健康，所以才会在栅栏外挂上遮光黑布幕，让白天也能像晚上一样幽暗。平时风守只能靠缝隙里透进来的微弱的光亮起居生活，真是个可怜的孩子。”

英专显然不晓得格子窗外的黑布幕均已撤掉。英专以为光子也对黑布幕好奇，才将之前的情景解释给她听。

村里有位名叫伊川良伯的中医，也随多久家一起迁居东京。他家先祖历代都是多久家的家医，当然得跟随主人脚步。风守迁居西医兴起的东京，却依然是由乡下的中医把脉问诊，未免有些可怜。现在也只有祖父和风守这对蒙面的祖孙档会让良伯把脉诊治，光子的父亲、光子和文彦都是看西医。有次光子去看诊，还顺口向内科医师三田先生请教：

“梦游症是一种很难医的疾病吗？”

“这个嘛……近来流行一种叫催眠术的东西。这病症就像天生被施了催眠术般，患者会在睡梦中四处闲晃。”

“那么，会做出什么不好的事吗？”

“这要看当事人而定，只要是人类清醒时会做的事，梦游的时候都有可能做。”

“那是不治之症吗？”

“精神方面的疾病普遍都难以根治，所以才会让病人住进疯人院，终身隔离。”

医生的回答让光子十分沮丧。那时的疯人院有位于小松川的疯人院，还有巢鸭医院。后来疯人院改名为小松川精神病院，之后又更名为加命堂。

光子现在只能接受把风守囚禁起来的事实了。但是，有一件事则是她无论如何都无法接受的。而这也是她听了一枝那句咒语般的话而顿时怔住的原因。

文彦出生后不久，父母便对光子说，千万不能将他视为自己的弟弟。因为长孙要继承家业，女儿则要嫁人，所以就算光子身为姐姐，也不能将长子文彦视为低自己一等的弟弟对待，甚至要称呼他“文彦少爷”。因为从小就被如此教导，光子早就习惯那么称呼弟弟，丝毫不觉得奇怪，但看在旁人眼中肯定很不寻常。自从进入东京的学校就读，光子才了解到别的女孩子在自己家里也多少有这样那样的束缚，不禁感慨身为女子的悲哀。

就连亲生父母士彦和系路，也称自己儿子为“文彦少爷”。水彦家也有个长子木木彦，木木彦上面没有姐姐，所以不知姐姐怎么称呼他。但至少水彦并没有称自己儿子为“木木彦少爷”，看来家规并无规定称呼长子时必须加上尊称。虽然现在是个崇尚西风的开化时代，水彦伯父那么崇洋也最多不会直呼儿子大名，更突显自己的父母尊称儿子一事不合常理。光子从小就容易注意些不合理的怪事，所以一听到一枝那句咒语，就先联想到此事。

也因此她每天都过得很不自在，为什么呢？每次听到父母喊“文彦少爷”时，就觉得浑身不对劲。不仅如此，甚至在街上听到别人家父母直呼自家孩子大名时，就会羞愧脸红，无地自容。要是连水彦都这么随随便便直呼长子木木彦大名，光子搞不好会昏倒。总之，她非常在意这件事。

难不成将天才风守当疯子般软禁起来，是父母为了让文彦继承多久家的阴谋？不可能，因为风守早在文彦出生前就已被幽禁。村里谣传是因为风守得了不治之症，所以他的生母才会自杀，加上严厉的祖父也默许此事。若这一切都是父母的阴谋，祖父应该不会同意，况且若非祖父的意思，风守也不会一直被隔离在禁闭室吧？

就算如此自问自答，也无法安抚心情；虽然没有任何明确证据，总觉得其中必定隐藏着什么秘密或阴谋。可怜的风守少爷啊！光子想起六年前到东京途中隐约瞧见蒙面的风守，就觉得胸口隐隐作痛。她只有在途中每个歇脚的地方才能看到进出轿子的风守的身影，他不仅戴着面罩，还裹着长长的黑斗篷，而且身子虚弱得要被别人抱着进出，实在可怜。长年生活在挂着黑布幕、看不见天光的地方，身子虚弱也是理所当然吧。那宛如活尸的兄长，失去母亲疼爱的孩子，就注定如此不幸吗？“没妈的孩子像根草”，一枝的咒语始终在耳畔萦绕。虽然不相信这一切是父母的阴谋，但又为何如此不安呢？光子心里觉得自己的疑虑是正确的，而且她似乎快要触摸到真相。

虽然住在同一处宅邸，光子却几乎没见过英信。就算偶尔叫他去主楼用餐，英信也总是低着头，只动手和嘴巴而已。

英信以优秀成绩完成学业，而且他一直跟着老师学习，已经习得更深奥的学问，他却希望前往京都进一步学习。毕竟并非长子的他不需继承寺庙，却志愿成为佛学专家，一生献身佛学研究。他甚至打算去西方留学，学习在日本还很少有人掌握的梵语和巴利语，穷究原典深奥义理。但也许是理想一直难以实现的缘故吧，英信看起来日渐阴郁，常说些让人摸不着头绪的虚幻言辞。

某天光子在邸内散步，瞥见英信独自坐在藤架下，似乎在发怔。凑近一瞧，英信膝上放了一本书，书本却合着，好像没有在看的样子。光子忍不住向他搭讪。

“风守少爷每天都怎么打发时间啊？一定很无聊吧！”

在这个家是不允许提到风守的私人生活的。光子明知这条规矩，还是忍不住想问，因为在她心中，风守的事始终是个大大的问号，话说出口后才意识到自己问了不该问的问题。

英信面对突如其来的询问，竟然若无其事而又肯定地回道：

“他生病了，估计没救了。离死期不远了吧。”

英信用平静的语调说出这番别有意味的话，平静得甚至让光子没能立刻理解他的话。反应过来的光子不禁吓了一跳，英信竟然如此平静地预言风守将死，残酷得仿佛宣判别人死期的地狱使者。

倘若风守生了重病，家医良伯应该会住进别馆，祖父和女佣们也会频繁出入，但邸内气氛并无异样。

英信那不带情感的口气，还有若无其事的面容，以及浑身散发的阴郁的气场，总觉得像是凶难将来的前兆，沉重得令人不寒而栗。光子脸色骤变。

“他生了什么病？”

“我不清楚。”

“为何说风守少爷离死期不远?”

英信别过脸。

“生者必灭是世间常理。”

英信神情有些哀伤地喃喃道。

光子不由得发怒:

“你还真是个彻头彻尾的和尚啊!你就以为你已经看透了一切,自以为了不起,是吧?”

英信一脸厌烦地站起来,说道:

“活着简单,死亡却很难。”

虽然嗓音低到听不太清楚,但他确实是这么说的。只见他瞧也不瞧光子一眼便走了。

原本光子想将这件事当作秘密藏在心中,却偏偏偶遇中医良伯,只能说一切都是命运吧!虽然这位中医不像英信那个和尚一样看破尘世,威严也不足,就连医术似乎也不怎么高明,不过他是个开朗又很有活力的人,似乎再难搞的人都能对他敞开心扉。光子见除了良伯以外没有他人,就放下戒备心问他:

“听说风守少爷生病了,很严重吗?”

“风守少爷老早就生病啦!”

这种避重就轻的敷衍回答令光子微愠。

“我是担心得不得了才问你的,你却回答得这么敷衍,真是卑鄙。听英信先生说,风守少爷的死期不远了。”

总是爱装傻的良伯神情有些狼狈，只见他的八字胡像一只快飞起来的小鸟的翅膀一样，吧嗒吧嗒地上下拍动。

“英信那小子！什么时候说的？那个疯子！不对！一定是你听错了。那小子再怎么样也不可能说这种话。”

连这个总爱装傻的良伯也如此断然否认，光子的疑心越加重了。光子心想刚才就不该来问良伯，他只会一味装傻，对风守的事只字不提。

既然话已经说了一半，光子怎能忍受得了对方如此打马虎眼，当然死命追问：

“我刚才在藤架那边听英信先生说的，我可没听错。”

光子眼神锐利直盯着对方，良伯又重新冷静下来，说：

“原来如此。他有说风守先生是因为生什么病而死期将至吗？”

“这就是我要问你的事啊！”

“你别用那么可怕的眼神瞪着我嘛！被美丽的小姐用这么可怕的眼神盯着看，我良伯可是会吓得变成石头的。也许我这么说很奇怪，难道英信那小子的判断会比我更可靠吗？依良伯我所见，风守少爷好好的，什么死期将至，根本是胡说八道。常言道‘和尚的头是圆的，不代表心也是圆的’，难不成那小子打算兼差当医师？山寺住持身兼掌握生死大权的医生，看来那小子的野心挺大嘛！他要是当医生的话，肯定会医死病患。对了，他还说了些什么？”

“他别过脸，说了句：‘生者必灭是世间常理。’”

“这小子真是可恨！兼差当个半吊子医师，还想得出这一招。唉！真是服了他，实在高招啊！”

良伯高声笑着这么说。光子心想，看来和这种装傻功夫一流的人再周旋下去，也问不出个所以然。最令光子在意的是英信离去前的喃喃自语，和一枝那句话一样，总觉得是句咒语，隐含着令人不寒而栗的暗示。

光子等良伯笑完后，

“这种事有这么好笑吗？英信先生他还说：‘活着简单，死亡却很难。’”

良伯顿时傻眼，整个人怔住。过了一会儿才嘻嘻笑了起来。

“英信那小子肯定疯了。患了中医医书里所说的忧郁型疯癫症，与此病相对的则是发热型疯癫症，大概就像我这德行吧！”

良伯企图以苦笑掩饰，两人对话到此告一段落。

那天晚上，光子难得被祖父叫至客厅，隔着一对烛台，与这可怕的蒙面人面对面，仅仅这样就让人心寒了一半。之所以叫光子前来，是为了追问英信说的那番话。虽然祖父的口气没有责备之意，但听起来还是威严无比、不许嬉皮笑脸的样子，光子的身心仿佛冻住般，完全失去了自由思考的能力，一五一十道出那天的经过。因为祖父戴着面罩的关系，完全感受不到他的喜怒哀乐。

“关于风守的事，今后务必谨言慎行。”

祖父听完后，如此训诫。光子心想应该就此告一段落，其实不然。

“所以你是基于好奇心？为何想知道他的生活情况？说说理由！”

祖父那藏在面罩下的眼神锐利无比，光子连抬头的勇气都没有，感觉像是面对世上最威严、恐怖的东西，不敢隐瞒任何事。

“因为听说风守先生明明没有病，却被当作疯子幽禁起来。”

“谁？是谁说出如此愚蠢的话？”

“一枝堂姐。”

“真是拿这小女娃没辙！她这话到底是从哪儿听来的？”

“我没问。她只说了句：‘没妈的孩子像根草，有妈的孩子像块宝’。”

“什么？”

虽说是八十三岁的老人，身形还是壮硕有如巨岩。只见面前的巨岩微微晃动，发出洪亮的豪爽笑声。

“没妈的孩子像根草，有妈的孩子像块宝。”老人大声复诵一遍，又笑了笑。

“听起来还真像一首诗。不过你们这些小鬼可真肤浅，以后可别被小人的谗言耍得团团转啊！不过也怪老夫不是，没有好好教导身为文彦姐姐的你。你现在给我好好听清楚了。我们多久家不可能由病人继承家业，文彦一出生就注定要取代风守继承这一切。我的遗嘱已经立好，也妥善保管着。只不过现在还不到宣布谁是继承人的时候。总之，今后这件事藏在心底就对了。”

祖父说完后，叫吓得浑身发颤的光子退下。

虽然祖父的话可以消解光子心中所有的谜团，但光子心中的疑惑还是挥之不去，只能说少女的直觉很微妙。那有如巨岩的豪爽笑声，似乎消除了对于一枝那宛如诗般的咒语所产生的疑念，但新的疑惑又悄悄爬上光子的心头，就是英信的那句咒语。当她将这句话告诉良伯时，只见他傻眼，顿时怔住。敏感的光子当然注意到这一点。也许一枝那句咒语和世间其他传闻一样，全是子虚乌有之事，但英信不像是信口开河之人，况且他打出生就是风守唯一的朋友，知道他的所有秘密，所以他的话应该不是凭空臆测之词。良伯听到这句话时，为何整个人愣住呢？英信的咒语只有短短一句：

“活着容易，死亡却很难。”

* * *

事情发生那天是风守的生日。因为只是家宴，所以只邀请也住在东京的亲戚，水彦与他儿子木木彦、女儿一枝这三人。身为多久家的旁支，理当对多久家少爷的生日致上祝福心意。

祖父依旧戴着面罩，一如往常不和大家同桌用餐，其他人则是边享受美食边聊天，气氛很是热络。连英信也难得喝了几杯，满脸通红。用人们另备一桌酒菜，气氛比主人们那桌还热闹。

餐毕，脸红得像熟透章鱼的木木彦大声吆喝：

“最近我学了一种叫作‘笔仙’的玩意儿，想让大家开开眼界。英信先生，这里就数你最博学多闻，想听听你对这套戏法有何见解。来吧！咱们另辟一室，示范给你瞧瞧。”

木木彦硬是邀约英信，光子、一枝和文彦也随后跟上，五人走进另一间房间开始玩起“笔仙”。根本不擅长围棋的水彦和土彦两兄弟则是在另一处房间下棋。

“笔仙”是一种众所周知的游戏，应该不会有读者没听说过吧。双腿盘坐如同坐禅，身体保持不动，双手合掌，力道集中于双手，便能以此姿势蹦跳跃起。这可不是被狐仙缠身，而是只要集中注意力，人体自然做得出这种动作。“笔仙”就是利用这个简单原理吧。只要紧握着笔，笔就会自然地移动，这在现在看来虽然不怎么稀奇，但在那时来说，这玩意儿应该是挺神奇的。

木木彦相当偏好这类事物，不只“守护神”，还有盘腿坐禅、身体保持不动、合掌跳跃等，这种讲求心神专一、昭示法力的手段都是自古修行者的潜修方式。木木彦是当时把这些神术当作招牌的一心教的信徒，据他所说，修炼到了一定境界，指法就能发出光一样的灵波。

只见身体保持不动、双手合掌的木木彦蹦跳起来，从房间自然地跳到庭院，接着又跳上来，众人看了无不惊叹。

“好，接下来就有请‘笔仙’吧！先说明写字的人可不是我哦！我的手根本没动，是立着的笔自己动起来昭示神意。”

他将道具搁在桌上。

“记住，千万不能质疑神明，因为神确实存在。神会在这张纸板上显现神迹，所以绝对不能抱着开玩笑的心态请教问题。好了，要先问什么呢？”

在座众人没有回应，木木彦颔首，说道：

“我这个‘笔仙’和女孩子家玩的那种‘笔仙’游戏可不一样，可是真的能请来神明。既不能问些无聊问题，也不能把神明呼来唤去问好几次，所以只能问一件正经事。幸好有英信先生这位证人在，可证明神的预言是否正确。因为今天是风守先生的生日，就向神明请教关于风守少爷的事吧。连自己的生日都不肯见人的风守少爷，不知现在在做什么？他的病情如何？我们就向神明请教这些事，各位意下如何？”

众人面面相觑，气氛十分紧绷，无人吭声。不过从大家紧张的样子看得出众人对风守都很好奇。只有微醺的英信神色自若，一脸穷极无聊样。风守的生活情况如何？这问题对一直陪伴在他身旁的英信而言，一点也不稀奇。只见他一脸无趣地摇摇头说：

“真是无聊透顶。这种事哪需要问什么笔仙啊！不如问问木木彦先生的未来老婆长什么样还比较实际呢！”

“怪了、怪了。还以为你这和尚不染俗世呢！没想到你对这玩意儿还挺熟悉嘛！不过我请来的这个神明可是与众不同的哦！请看仔细了！”

木木彦指示五个人分别就座定位，一一纠正他们的姿势，然后大家一起将手指轻轻放在桌上。他也用同样姿势跪坐下来，下令众人深吸一口气。

终于，他开始有模有样地召唤“笔仙”，反复唤了几次。随着他呼唤的声音越来越高，众人皆感受到一股鬼气，都不再觉得可笑。随着召唤声越来越激动，木木彦的头发竟倒竖，整个人活像有一股狂傲的妖气。不可思议的是，桌子居然开始晃动，动一下、停一下。激烈摇晃后又静止，随即又像要跑起来似的晃动着，然后逐渐变慢，终至完全静止。然后突然，桌子又动起来了。木木彦呼喊“笔仙”的声音变得病恹恹，呜咽似的喘息着。看起来痛苦万分的他身子扭曲，在座众人不禁汗毛倒立，仿佛都能亲身感受到他的痛楚。随着木木彦那有如垂死挣扎般的声音，原本摇晃的桌子戛然停止。

“啊！啊！”

随着一声尖叫，木木彦整个人突然趴在桌上，上半身不停抽搐，仿佛魂魄从肉体静静抽离似的。过了一会儿，他才缓缓起身，原本红得像熟透章鱼的面色竟变得惨白。只见他吐了一口气，向众人微笑说道：

“笔仙今天仿佛在抓挠我的五脏六腑，十分痛苦。之前都不会这样，看来笔仙觉得今晚这题目比较困难，有点生气吧。我刚才召唤到一半就快挺不住了。好几次都想放弃了。不晓得笔仙是下了什么预言呢?”

木木彦拆掉道具，抽出笔，上面的确写着什么。木木彦拿起纸板，试着辨认上面写了什么，却眉头紧锁，一脸狐疑。

“太奇怪了！怎么会出现这种预言呢？真叫人搞不懂啊！你们看，是不是很奇怪呢？”

他边将纸递给众人看，边说：

“怎么感觉这意思好像是‘今夜必死’。”

木木彦的声音有些颤抖。众人全都瞧着那张纸，上面绘着奇妙图案，若硬要用文字解释的话，只能解释成“今夜必死”，而且是用平假名写的。

“真不可思议，这到底是什么意思？”

木木彦直瞅着英信，问道。英信也直盯着那张纸，过了许久才移开视线，一脸无趣地说：

“拜托！风守少爷今天才不会死呢！看来你招来的守护神也不怎么高明嘛！”

木木彦诧异地斜睨着英信，一脸精疲力竭地说：

“啊！累死我了，我全身快虚脱似的。我得找个地方休息一下，感觉全身血液好像快流光了。”

只见他摇摇晃晃起身，踉跄地走向其他房间。英信把玩着被拆解的笔仙道具，说道：

“要是用这种东西就能召唤神灵，我何必那么辛苦拜师啊！只要将笔倒插在纸板上，随着桌子摇晃，当然会出现像是字迹的图案啊！”

只见一枝抗议：

“我不这么认为。因为桌子真的是自己动了起来啊！”

英信露出鄙夷的神情，不予回应。不可思议的是，光子竟然也附和一枝的说法。

“我也觉得一枝说的没错。随着桌子晃动，我的手也跟着晃动，也就是说，随着我的手晃动，桌子也晃动着；桌子一静止，我的手也跟着停下来。桌子自然地配合着我的手晃动似的，明显感受到一股不可思议的力量让我和桌子同步晃动或静止。”

只见文彦双眼发亮，说道：

“我也这么觉得呢！感觉有一股奇妙的力量自然驱使我的手摇动。”

英信瞪大眼，旋即一脸黯然，露出嗤之以鼻的表情。只见他恢复了往常的阴郁与平静，缓缓地站起来。

“说什么风守少爷今晚会死，根本是胡言乱语，绝不可能。”

英信喃喃几句后，随即离去。之后不知过了多久，但应该不会超过二三十分钟，英信再次回到起居室。平时根本不会特地来主楼的英信，因为和大家没什么共同话题，也从没主动和其他人有什么互动，居然会再度现身还真是稀奇。

“你去哪儿了？”一枝问。

英信不太想理睬地别过脸，回道：

“没去哪啊！只是有点不太舒服，去了一趟洗手间，大概是因为喝了点酒吧！”

“什么嘛！真是无趣。还以为你是去看风守少爷呢！”

“有必要去吗？那笔仙说的……”

英信的双眼突然一亮，有一种难以言喻的诡异。

“不可能有人会死。”

他沙哑着喉咙吐出这句话。虽然没听到什么喘息声，但总觉得他有些喘不上气来，浑身散发一股骇人的气魄。直觉灵敏的两个女孩默默地互瞅一眼，却也没有说什么。

英信一如反常地靠着桌子托腮，样子果然不太对劲。虽然英信总是阴沉沉的，但平常举止也算有教养，绝不会这样邋遢地托腮，所以这样子的确不太寻常。

女孩们疑惑地瞧着他，英信好像不知道女孩子们为什么这样看着他，只是愣愣地回看她们，说道：

“因为喝了酒，所以头有点晕。”

原来如此啊！两个女孩不约而同地颔首。

“回房休息一下比较好吧！啊，对了，木木彦先生不晓得怎么样了？”

“他跑去哪里休息了吧。我哥有时候怪怪的，对某些事会特别执着。”

英信动也不动地托着腮，两个女孩和文彦都觉得不太对劲。女孩们突然站起来，这时不知是谁突然尖叫，随即一阵骚动。不过声音不是很清楚，过了一会儿才听清楚，原来是有人边大喊“失火了！失火了！”边跑向这里。之后便陷入一片混乱。

大家急忙冲向庭院，怔怔地站在别馆前，原来别馆失火了。

从别馆传出刺耳的尖叫声，好像在叫：“救命啊！”无奈就只听到这么一声像是动物的吼叫声，之后便没再听到了。难不成是风守临死前的呼救？众人只是一脸惊慌地四处奔逃，没人知道如何灭火。不消一会儿工夫，别馆陷入一片火海。一时之间火光冲天，亮得犹如白昼，烈焰中的别馆内部看得一清二楚，人们意外瞥见火场里有个人影。

那个人就是八十三岁高龄的多久家当家主驹守没错。那宛如巨石般的壮硕身躯，戴着面罩，一动也不动地站在烈焰中。

驹守不应该在别馆里。虽然身形很像驹守，但会不会是风守呢？毕竟是有血缘的孙子，同样戴着面罩，很难分得清谁是谁。况且风守一向不以真面目示人，根本无法判断。

“老爷！快逃啊！快啊！”

疯了似的大喊的是贴身伺候风守的侍女佣政乃。最熟悉风守的她居然高喊老爷，看来站在烈焰中的不是孙子风守，而是当家主驹守。为何他会现身别馆？又为何不逃呢？

眼看火势越来越旺，驹守就这样被火海吞噬。

火灭了，别馆也烧光了。当消防队赶到的时候，大火已经自己熄灭，现场发现两具烧得焦黑的骸骨，其中一具陈尸在当时驹守所在位置，另一具则是风守住的禁闭室。尸体烧得面目全非，大家只能根据尸体被发现的地点来判断出这是驹守爷孙俩。

然而，意外并未就此结束，还有一件不可思议的事，那就是木木彦就此失踪了。

三天过去了，十天过去了，他的行踪依然成谜。一枝觉得不太对劲，开始对英信起疑。因为大火发生前，英信的言行举止不太寻常。

死于别馆火灾的应该是驹守和风守才是，但也有其他可能性，那就是英信杀了木木彦。虽然英信并非身强体壮之人，但事发当晚木木彦显然精疲力竭，毫无招架之力，就连小孩也杀得了他。

一枝认为这其中一定隐藏着什么重大秘密。不管是木木彦被杀害还是别馆失火，八成是英信搞的鬼，意外发生前他那异于平常的举止就是个最好的证据。

听了一枝所言，水彦决定报警，检举英信是杀人嫌犯。另一方面，驹守与风守的丧礼也决定于十天后回乡举行。

木木彦真的惨遭杀害了吗？这是件疑云重重的难解悬案。因为无法确定是否为杀人案件，英信涉嫌杀人一事也就无法立案，警方只好请新十郎出马解谜。

* * *

多久家的家人全都返回故乡八之岳山麓，还是学生的光子与文彦也得服完丧才能回东京。虽然留在东京的用人全是从老家带去的，却没人进过别馆半步，所以也很难从他们身上寻得什么线索。询问水彦和一枝这对父女以及用人们，充其量也只能问到关于多久家的继承问题，以及风守的病情等简单的情况。

新十郎整理侦讯结果时，发现风守母亲自杀的谣传是一个很重要的线索。

新十郎决定前往八之岳山麓深入调查，而花乃屋和虎之介则执意要跟着去。只见新十郎一脸无奈地对他们说：

“位于八之岳山麓的那个村落将多久家视为神明，你们认为虔诚的村民会告诉我们神的秘密吗？恐怕大家的嘴会像紧闭的贝壳一样，不会张开的，这样你们还想跟着去吗？”

“哈哈哈！反而是只有我这个乡下通才能让贝壳开口吧！”

花乃屋捻着下巴，这么说。虎之介则是一边绑好松脱的腰带，一边说：

“呼吸的缓急在剑术中是十分重要的，习剑者可以通过人的气息判断人情世故。年轻人不会懂这道理的。”

说完，虎之介高声大笑。于是，一行人出发前往八之岳山麓。

即便村民口风很紧，但也有人并非如此，那就是多久家的人。驹守一死，他们似乎被解放似的，可以大方地说出自己的想法，尤其是光子。

虽然她承认火灾发生前英信的举止异常，但她对于一枝指英信是罪犯一事持保留态度。这也是新十郎一行人要调查的重点，新十郎认为这其中隐藏着此次火灾最大的秘密。光子虽然对此事三缄其口，但也透露了其他关于英信的事。

新十郎对于英信在藤架下，和光子的那番对话十分感兴趣。加上听闻这番话的良伯态度有异，尤其是那句让他整个人顿时怔住的话。

“活着容易，死亡却很难。”

这句话宛如谜语。虽然可以解释成许多意思，但每个答案似乎都与此案无关。

光子遭驹守斥责一事，肯定是良伯打的小报告。那个自以为通晓世事却事事装傻的良伯迫不及待地去向驹守报告，足见那番对话隐藏着重大秘密。

驹守明白告诉光子，将由文彦继承多久家，而非风守，难道是因为那番话隐含着什么缘由吗？

“虽然已经预立遗嘱，但不到公开宣布文彦为继承人的时候。”

还不到时候，这说法可真微妙，那什么时候才算是到了时候？

“没妈的孩子像根草，有妈的孩子像个宝。”

一枝这句听起来像咒语的话让驹守高声大笑，还说什么听起来像一首诗，真是愚蠢至极，三两句就粉饰过去，似乎也暗藏玄机。

惨事就发生在笔仙游戏结束后，英信自信满满地反驳木木彦的那句话，为何让人觉得似乎触及了真相？

英信为反驳笔仙的预言，还非常确信地说：

“今天不是那个人的死期。”

英信认为风守的死期“不是今天”。驹守告诉光子：“还不到宣布继承人的时候”。虽然说法不同，却都有“不到时候”的意思，这又暗示着什么呢？这两个“不到时候”似乎都代表着某一个特定的时机。总之，这字眼似乎隐藏着整起事件的真相。新十郎又回想起英信那句谜一样的话。

“活着容易，死亡却很难。”

这句话真是玄妙，尤其是“死亡却很难”这几个字。问题是，驹守和风守不都一下子就死了吗？英信明明说“今天不是那个人的死期”，话音未落风守就死了。似乎是到了时候，实在耐人寻味。

再来是一枝的疑惑。为何英信坚定说出“今天不是那个人的死期”？而且隔了几十分钟才回来，非但行为举止不寻常，神情也甚为慌张。之所以慌张是因为明明“不到时候”竟成了命定之日，才会让他如此慌乱吗？对英信而言，原本应该“不到时候”却成了“到了时候”。此外，关于这个所谓的“时候”，还有件重大的事。英信曾告诉光子，风守生了重病，即将不久于人世，这也是个难解的谜。

新十郎询问光子：

“你可以仔细说明一下你看到风守少爷时的情况吗？”

光子思忖一会儿，神情认真地回道：

“其实也称不上有什么印象，就是离开家乡时，在途中歇脚的地方曾看到他进出轿子而已。”

“没和他说过话吗？或是听过他的笑声、呻吟声之类。”

“没有，没听过他的声音。”

光子突然脸色骤变地大叫：

“不，听过一次！那声音很恐怖，是从火场传来的惊悚的吼叫声。”

新十郎温柔地安慰着激动不已的光子，脸上流露出痛惜的神情，问：

“是什么样的声音？你有听过类似的声音吗？”

“没有，没听过。那叫声真的很恐怖，一想起就令人心里发毛。”

“风守少爷和驹守先生一样，身形也很壮硕吗？”

“不，应该不是吧！虽然长长的斗篷裹着他的身子，看不太出来，但可以想象他应该很瘦弱。”

“刚才你说风守少爷是个天才，为何这么说呢？”

“因为我看过他从十一二岁到十八岁时写的诗文，略微一读就可感受到他的才华。但不是很清楚那些诗文的意思就是了。对了，那些作品应该还原封不动地摆在后院的禁闭室里。”

自觉才疏学浅的光子面有愧色地说。新十郎觉得该问的都问了，便请她带路前往那间禁闭室。果然，那些手稿都原封不动地摆着。

“我想慢慢欣赏风守少爷这个天才的创作，不知能否借阅一阵子呢？我保证绝对不会丢失，也不会有任何损坏。”

“好吧。”

取得同意后，新十郎谨慎地用布包好稿子，仔细环视重病天才的房间。屋龄二十几岁的房间显得陈旧，不过倒没有什么小孩子贪玩留下的刀痕或涂鸦，看起来就像是身体虚弱、行动不便的病人住的房间。

新十郎接着询问了土彦和文彦，但并未得到光子那样充满谜团的线索。

新十郎最后见的是英信。因为木木彦生死不明，无法确定他是否已经被英信杀了，所以新十郎也不好多问什么。

“今后也将继续走研究这条路吗?”

被新十郎这么问，英信沉着脸说:

“当然想。虽然老爷生前答应让我去西方国家留学，但他老人家已经过世，不晓得这心愿还能否实现。”

“冒昧请教，听说你曾在藤架下对光子小姐说过‘活着容易，死亡却很难’这句话，是吧?能否解释一下这句话的意思?”

面对新十郎的询问，英信显得有些吞吞吐吐，但也没有回避新十郎的提问。

“只是身为佛学研究者，对于人世的一种领悟罢了。”

“原来如此，不过我可不这么认为。还有，笔仙游戏结束后，你为何断言风守少爷不会死?”

“只是这么认为罢了。”

“原来如此。那么和你在藤架下说风守少爷将不久于人世有关吗?”

只见英信神情显得更阴郁，有气无力地低语：

“那只是内心一时执迷不悟……不应该这样……”

英信一副垂头丧气样，好像隐藏着什么秘密。新十郎倒也未再追问下去，只是同情地看着颓丧至极的英信。

结束八之岳山麓的调查，新十郎一行人返回东京。一到东京便前往多久家的别馆，还去了一趟英信就读的学校，调阅笔迹，与从八之岳拿回来的稿本进行比对。新十郎之所以借风守写的诗文回来，可不是为了欣赏风守的才气，而是为了鉴定笔迹。

“如何？不觉得两人的笔迹十分相似吗？虽说一个是十八岁之前写的，一个是二十岁的时候写的，但笔迹真的很像，简直像是出自同一人。”

他将两份笔迹递给花乃屋和虎之介瞧瞧，他们也觉得像是出自同一人之手。

新十郎黯然地喃喃道：

“多久驹守为何戴着面罩呢？驹守这个人聪明如神，要是有志做官，也许能像海舟先生那么优秀。”

虎之介怔怔地问：

“这么说，你知道凶手是谁了？”

“大概知道整起案件的梗概。不过为了确认一些内情，还得请教一下关于癫痫与梦游症这方面的专家。好了，今天就到此为止。明天中午左右在寒舍见吧！到时候就知道凶手是谁了。今天我先卖个关子，明天再见。”

新十郎语毕，便丢下他们走了。

* * *

虎之介向海舟恭恭敬敬地汇报了事情的经过。听完虎之介的叙述，海舟一派悠然自得地反手拿着刀子朝脖子后面一划，放出脏血。看来似乎挺乐在其中，只见海舟徐徐开口：

“凶手就是放火自杀的驹守，没有其他共犯。说风守罹患认生性癫痫，也是为了欺瞒世人的计策，其实他患的是麻风病。为了隐瞒孙子身患绝症，他谎称风守患了癫痫，还故意让他戴着面罩。而且之所以没有开眼洞，也许是因为风守天生就看不到。

“即使如此，护孙心切的驹守还是想方设法保护可怜的孙子，想办法拖延决定继承人一事，这倒挺符合他那豪爽却不失细腻的作风，不过有点感情用事就是了。人心本是如此，为感情所困，也无可厚非。只是可怜了风守的母亲，生了患有怪病的儿子，只能自杀了结悲惨人生。谜题背后是令人哀伤惆怅的事实，若只是个患有癫痫的疯子，被软禁起来就太可怜了。但风守体弱多病又失明，这种方式至少不会太痛苦。而且为了让别人认为他是个才子，驹守还费心要英信代风守写诗作文，令人感慨啊！

“驹守早就立下立文彦为继承人的遗嘱，等着与风守一起挥别尘世。正因为他爱孙心切，所以自己也与风守一样戴上面罩，而知道这一切秘密的只有英信，同样他也知道驹守打算与风守一起在别馆自焚。英信原本以为那天还不到驹守自杀的时候，却意外地被木木彦请来的‘笔仙’说中，真成了那一天。这种不可思议的巧合也是常有之事。一知半解什么也不懂的小鬼们，竟被这种瞎猫碰上死耗子的预言弄得疯疯癫癫，成何体统！

“英信回到别馆时，应该目睹了驹守放火，所以回到起居室的他才会一副心神不宁样。至于木木彦行踪不明一事应该没什么，也许是因为预言成真，让他一时受到刺激而患上暂时性失忆症，这种事也常有。古时把这种情形解释为小孩子被天狗或山神等妖怪捉去了，不久就会回来的。”

海舟又悠然地放出脏血。居然连木木彦得了“暂时性失忆症”这事也推测出来了，这番见解真是惊人。虎之介茅塞顿开、咋舌不已，一如八之岳山麓的村民对驹守如此敬畏诚服般，对海舟佩服得五体投地。

* * *

中午，虎之介赶回新十郎的住处时，花乃屋早就到了。虎之介还没来得及打招呼，便一个劲地说了起来：

“犯人就是驹守，是他放火烧死自己。而且风守得的是麻风病，所以他那可怜的母亲才会自杀。谜底揭开之后，你们就会发现这是一个令人哀伤至极的悲剧。木木彦则是得了暂时性失忆症，这也是常有之事，过不久就会回家了。哈哈哈！”

新十郎微笑颔首，说道：

“诚如所言，驹守在别馆放火自我了断，但另外一具焦尸不是风守，而是木木彦。”

“怎么可能?! 那个风守跑哪儿去了? 难不成风守凭空消失了? 怎么可能啊!”

“风守是个从一开始就不存在的人物，因为迟迟无法决定继承人，所以村人推荐木木彦成为继承人的声浪越来越高。于是趁着英信的母亲刚好怀孕，风守的母亲也假装怀孕。等多久家真的有子嗣后，再想办法让风守彻底消失，这是一开始就谋划好的事。恐怕对外称风守患有癫痫，还让他戴着面罩，打造出这样一个‘蒙面继承人’也在他的计划之内。没想到谎称生下风守的女人其实无法生育，没办法为多久家生下子嗣的她只好以自杀了结残生。随着她的自杀，土彦新娶的系路生下文彦。继承人的问题解决了，也得想办法消灭风守这个捏造出来的人物才行。英信那句谜一般的话语指的就是这件事，‘活着容易，死亡却很难’，他们让风守消灭的办法，恐怕是找一具尸体来替代他。”

此时，快使飞也似的冲进新十郎的宅邸。新十郎出去和送信的人交谈一会儿后，拿着一封书信回来。

“快使从八之岳山麓带来英信的遗书。他留下这封给我的信之后就自杀了。与其由我来说明，还是由你们自己看看这封信好了。”

新十郎将自白书出示给两人看，开始念道。

结城新十郎先生：

虽然我不是这起事件的凶手，但一想到一辈子都得背负这个沉重的包袱活下去，我决定说出一切，了结此生。

其实根本没有风守这号人物，戴着面罩，出现在别人面前的风守其实是我。这是老爷为了尽快解决继承人这个问题，苦心编造的计谋。可是四年过去了，谎称生下风守的女人一点没有怀孕的迹象——她根本没有生育能力。为了让土彦再娶一个妻子生继承人，她毅然决然地自杀了。然后对外谎称风守罹患癫痫，戴面罩，只能生活在禁闭室，还只能有我这唯一的玩伴等等，全都是老爷、良伯医师和我父亲共谋的计策。如您所知，这项计谋十分成功，迄今为止都没人起疑。

我之所以在藤架下对光子小姐说风守少爷死期将至，也许是一时着魔吧！为了忘却自己背负的使命，利欲熏心，一时失去理智才会说出那些话。老爷承诺要让自恃有才的我留洋，因此我一直恪守这份任务，却也因为急着想结束任务去留学而乱了心志。

总之，为了一圆留学梦，必须早点结束假扮风守少爷这项任务，那么该如何结束这一切呢？驹守老爷一开始建那幢别馆的目的，就是为了付之一炬，留下一具无法辨认的白骨掩饰风守从一开始就不存在的事实。而那具关键的尸体，原本是打算到某处的墓地去挖一具尸体回来充数，毕竟一开始谁也没打算去真的找个人来把他烧死。但这一切凭我一己之力根本无法达成。所以一心一意想留学的我才会不自觉地在藤架下一时失言，坦露我被私欲迷乱的心。我盼望风守快点从这个世上消失，正是这种愿望不得以实现的烦恼，让我说了那句“活着容易，死亡却很难”。这句话指的不是我的生死，而是对于风守这个虚构人物的生死有感而发的喟叹。

之所以坚决否认笔仙的预言，是因为对风守少爷握有生杀大权的不是别人，正是我自己。那晚，我拖着沉重步伐回到别馆，意外发现竟有人偷偷溜入其中。不用我说您也知道，就是木木彦。他不停地盘问我，于是我们发生严重争执，喝醉的他一直嚷着要见谜一样的人物风守少爷一面，还说什么风守不是疯子，为什么要把他关起来。面对他的无理取闹，我竟一时起了歹念，想起笔仙的那个预言。于是假装应允，带他走进昏暗房内，将他一把推进禁闭室，反锁在里头。虽然眼前一切有如那预言进行着，我却没胆纵火，脑子里一片慌乱的我跑去找老爷，向他坦白我将木木彦锁在禁闭室一事，也许老爷猜中我的心事，脑中闪过一个念头，便告诉我一切由他来处理，随即前往别馆。

瞬间燃起熊熊火光，老爷叫我快走，别跟任何人提起这件事，说完即关上遮雨板。之后一切如您所知，感谢您容我画蛇添足地将所背负的命运再次向您陈述，此生注定背负如此命运的我也到了该挥别人世的时候了。

* * *

海舟看完英信的遗书后，神色十分沉重地递给虎之介。

“究竟有没有命运这东西，根本无法说个准。一切令人痛心的悲剧都是起因于那迂腐的正宗家谱等清规戒律、忠孝节义，这就是忘了残酷的历史真相而受到的惩罚吧！历史上在宽永寺对抗新政府的暴徒中，有个逃走的时候还要背上权现神①木像的对江户幕府忠心不贰的武士。有人问他，你背着这玩意儿干吗用，当柴烧吗？他却勃然大怒，拔刀相向。清规戒律、忠孝节义，有现实意义还可以遵守一下。要是毫无意义，一味恪守只会造成人间悲剧。阿虎，你也是个不知变通的人，满腔热血却一败涂地，说什么忠君爱国、仁义孝道，最终怕是要下地狱。别忘了凡事要谨言慎行啊！”

虎之介仿佛被说中心事一般，一脸颓丧，内心消沉不已。

---

① 权现神，日本人认为佛教中的菩萨化身而成的神。日本宽永寺供奉的权现神为德川家康，因其创立江户幕府，被尊为“东照大权现神”。

魔教之怪

秋雨霏霏的早晨，虎之介在海舟家的书房与主人相对而坐。只见料想一大清早不会有访客而前来的他片刻不离手地翻着记事本，神情认真地说明着，生怕弄错先后顺序。

“关于此案，得从去年岁末突发的奇怪事件说起。不知您是否还记得，去年十二月十六日，有个名叫幸三的年轻人被发现陈尸于京都茗荷谷的切支丹坡，惨遭咬断喉咙、剖腹掏脏，死状甚惨，而且肝脏竟然不翼而飞。因为民间迷信吃活人肝脏能治绝症，所以推测可能是患有绝症之人下的毒手。两个月后，也就是今年二月中旬，又发生同样事件，案发地位于音羽山林草丛。佐分利安、佐分利雅母女俩遭割断喉咙、开膛剖腹并被夺去肝脏，曝尸荒野。母亲三十五岁，女儿才十八岁，两人都是美女。调查后发现两人均为久世山天王会，俗称遁世教的邪教信徒，因为先前的幸三也是此教信徒，因此搜查方针至此转向天王会。

“三人都不是普通信徒，而是相当级别的干部，而且均是深夜从教会回家途中惨遭杀害。幸三是从久世山回大塚途中遇害，佐分利母女则是返回杂司谷途中死于非命。护国寺一带聚集着患有绝症之人，这一点自然被列为侦查要项，但遁世教实在不好对付，所以有人建议派密探潜入内部打探消息。不过事情可没那么简单，天王会有一个后援会，会长为藤卷公爵①，副会长是町田大将，一干会员也全是天下名士，没有确切证据就胡乱拘留侦讯的话，恐会引起天大的麻烦，所以才有人建议密探这一招。负责这任务的人年约三十岁，是曾在我的道场习武的第一高徒，他可是个青出于蓝的好手。”

“这做法太鲁莽了。密探一旦察觉自己已至极限，很容易暴露身份，所以得选个沉得住气的人。遁世教这组织真的那么恐怖吗？”

虎之介突然瞅了海舟一眼，若无其事地继续说：

“两三个月后，雷象仿佛变了个人似的，向长官报告时，不但能将遁世教的礼赞、宣传和教谕说得头头是道，甚至在我开设的道场，手舞足蹈地唱诵奇怪经文、说教等，着实变了个人，真

---

① 公爵，明治时代，日本取消旧身份制度，将国民分为皇族、华族、士族、平民四等，华族又分为公、侯、伯、子、男五个爵位。

叫人伤脑筋。不久他便被上司炒了鱿鱼，在遁世教里负责烧锅炉。”

海舟笑着说：“阿虎也会烧锅炉，所以劝你别接近遁世教。不是有个成语叫‘适得其反’，对你是个很好的训诫，务必谨记于心，毕竟有些事就是不适合豪杰之士蛮干。从前因为武官执政，导致国家大乱，侦探一职也是如此，有一个善于推理的脑子与死脑筋的豪杰志士可说天差地别，若要阿虎担任捕头还说得过去。”

“就像武术需要磨炼，侦探也一样，在下认为正如古人所说：熟能生巧。”虎之介低头喃喃自语，忽然闭上眼长叹口气，又继续说：

“后来又派了一个叫牧田的密探，怕被雷象识破，才会选个有点小聪明的文弱年轻书生。没想到潜入半年后还没见到什么成果，又发生第三起奇怪事件。月田银行的经理月田全作的夫人真知子从遁世教教会返家途中，同样遭咬断喉咙、开膛剖腹、夺去肝脏。经过整整四天搜查，越是调查就越是觉得遁世教十分诡异。不但有所谓的魔人魔兽，还有很多绝对不可能是人为的诡异行为，推测可能是所谓魔人驱使魔兽，袭杀返家途中的真知子。听说魔人具有飞天钻地的超能力，因此有可能是魔人驱使魔兽犯罪。”

“是谁这么认为？”

“正是在下。”

“原来如此。我看只有阿虎才想得出来吧！魔兽又是什么东西?”

“魔兽体形如同小牛，凶猛程度连熊和狼也望尘莫及，是一种非常奇怪的大狗，叫大丹狗①。”

“大丹狗在西方是很常见的狗啊！不过这种狗居然出现在日本的遁世教，可真是有意思。看来此事内幕重重，所谓神通广大的魔人背后必藏着巧妙诡计，就像日本的水艺②和西方魔术一样，都有机关暗道。像阿虎这般只着眼于魔力，不去了解背后有啥诡计，全是因为过于主观，请试着以我的眼光来看事实，像相机般如实陈述。”

海舟伸手打开烟盒抽屉，取出刀子与磨刀石。

* * *

天王会主要祭祀广大天尊与赤烈地尊的天地二神。话说这两位神祇开天辟地，为日本神祇的祖先。神祇化身下凡间，就是称为别天王的稀世美女，集信徒崇敬于一身的教祖。

别天王俗名安田久美，当年三十五岁，已婚生子。出身贫苦木工之家的她，十四岁那年嫁给名叫安田仓吉的木匠，翌年产子。后来她对这段婚姻关系生厌，一心只等着天地二神降临人

---

① 大丹狗（Great Dane）原产于德国，又称伯尔尼山犬。身长大于70厘米，外形高大，头盖平且狭小，毛皮多黑色、褐色。

② 水艺，用水表演的一种日本魔术。

间。她的儿子改名为千列万郎，成为天王会的二代继承人。

别天王的首位信徒就是仓吉，他将自家后院改为教会，募集信徒，不久笨木工仓吉搬进自己一手创建的教会，那时还只是个鲜为人知的教会。天王会的名声之所以传开，始于数年前一个从国外留学回来的世良田摩喜太郎的推广。

世良田于明治初年历任两处府县官员，后来又担任地方行政、税法、选举制度等研究要职，又出国留学十一年后才回国。这样的他明明是众人眼中的国家栋梁，却舍弃本业，成为别天王的左右手。当然，谣传他是被别天王的美色所迷，受其笼络，却也替天王会打开知名度，促使该教顿时成为天下瞩目的焦点。另一方面，也是归功于他将留学西方多年所学的政治手腕，活用于天王会的布道事务。

另外还有个年近四十的和尚大野妙心，担任天王会的参谋。从禅到天台、真言等三宗①，深究宗教奥秘的他却对佛教彻底绝望。谣传他实践着自文觉②以来从未间断过的那智苦行，十几次走火入魔发疯，从此成了名闻天下的怪僧。他精通世界各国宗教奥理，加上舌灿莲花，能说善道。听说他讲道时，空气中还会散发奇特清香，自从他皈依别天王，天王会的女信徒明显增多，因

① 天台、真言等三宗，佛教传入日本后，受中国影响，主要分南都六宗、天台宗（法华宗）、真言宗、禅宗、净土宗、净土真宗、日莲宗。

② 文觉（1139—1203），日本真言宗僧人，曾辅助源氏灭平氏。传闻文觉曾在熊野地方的那智山寺院修行时，只身跳入瀑布，任瀑布冲打二十一日。

为他有着吸引妇女的谜一样特殊魅力。

没想到安田久美的丈夫仓吉却落个凄惨下场。原本在教堂内院近身伺候的他不断被下放到最底层，贬为一般信徒，沦为在教会打杂的仆役，阶级等同烧洗澡水的牛沼雷象，被视为教会的米虫。

世良田摩喜太郎以其政治手腕，说服藤卷公爵担任会长，町田大将为副会长，号召天下名士组织后援会，不过这些人并非信徒，纯粹挂名而已。

话说贵族中单单有一个俸禄很低的山贺侯爵入了教，年方三十五，头脑聪慧的他在官场上曾备受期待，没想到效忠别天王后就成了忠实信徒。本来侯爵夫人和子就是个狂热的信徒，自从她拉侯爵入教后，夫妻感情更为融洽。

山贺侯爵将位于久世山的豪宅捐献给天王会作为教会正殿，自己则搬进坐落于邸内一隅的朴素洋馆，也是其弟达也的住所，靠着手边仅剩的股票过着清贫的生活。弟弟达也当年二十五岁，是一个一表人才的青年绅士，不但住所被哥哥鸠占鹊巢，甚至分得的财产还被哥哥花销殆尽，不得已只好寄居兄长家，过着郁郁不得志的日子。后来他成了天王会里唯一的异端分子，一直把天王会当作眼中钉。

还有，月田银行负责人月田全作的妻子真知子（当年二十七岁）是山贺侯爵夫人和子的妹妹。姐妹俩是深堀伯爵家的千金。据传深堀家代代观天象算历法，卜卦断阴阳知吉凶，因而触怒天神，遭受诅咒，代代生出白痴男丁，女孩则为标致美女，因此传言娶深堀家的女儿会带来凶灾，姐妹俩也确如传言均为绝世美女，结果姐姐夫家破产，妹妹惨遭杀害。

十一月十一日是祭祀赤烈地尊的天王会祭日，真知子当日往返教会正殿。月田家车夫竹藏将车子停在正殿门旁等候。不知不觉间，正殿那里喧闹方歇，夜已深沉，还是不见真知子的踪影。竹藏忍不住问警卫，对方说她早已离去。竹藏以为人来人往，所以没注意到女主人，慌忙奔回宅邸。没想到问了女佣，发现夫人直到凌晨两点都还没返家。

翌晨，在月田家庭院门外的路上，发现被咬断喉咙、衣衫凌乱、惨遭剖腹夺走肝脏的真知子尸体。现场并未留下大量血迹，可见该处并非第一现场。结果沿着血迹，在月田家广阔庭院一处被密林包围的凉亭里发现一大片血迹，还散乱着真知子的木屐和内脏，没想到那里就是杀人现场。真知子并非死于天王会正殿，而是惨死在自家庭院。

就在那时，出现一个醒来后还来不及梳洗，一头乱发、穿着睡衣、神色仓皇的男子，原来他是真知子的丈夫月田全作。这个毕业于牛津大学的新知识分子继承遗产，成了活跃商业、金融界的优秀青年企业家。

只见他不顾一切地推开阻挡他的人，粗暴地向警方咆哮："谁是负责此案的警官？"

全作傲慢地瞅着每个人，露出诡异恐怖的眼神。命案发生后不久，有个名叫土屋的警官赶来现场指挥。土屋趋前一步，说道："还没看到警视厅①派人过来，这里暂时由我担任指挥，敝姓土屋。"

"我内人的尸体呢？"

"直到现场勘查结束为止，尸体都得留在现场。就在庭院门外路上，我带您过去。"

土屋感觉五脏六腑快冻僵似的，因为直盯着尸体的全作感觉不太像一个人，那恐怖的眼神仿佛要吞了妻子尸体似的，丝毫不带情感。就这样足足凝视了一分多钟，全作才转过身用下巴向土屋示意，原本欲走向庭院又折返。

"我知道是谁杀害内人，就是那些遁世教恶徒，因为内人前几天曾告诉我。她就要被遁世教的隐神给咬断喉咙、剖腹夺肝而死。因为那邪教要内人向我募款却遭拒，他们就是这样巧立名目要人捐献，就算她被逼得走投无路要杀我，也休想我会捐出家产。现在她被杀了，月田家从此平安无事，不过我先声明，人可不是我杀的。哈哈哈！"

全作活像一棵被风吹得沙沙作响的大树，发出诡谲深沉的笑声。

"把遁世教的人都抓起来，摧毁那个邪教不就得了。反正不过是一群穷凶极恶之徒。他们未免太小看我了。胆敢在我家动

① 警视厅，管辖日本东京治安的警察部门，于 1874 年设立。

手，可见他们有多狡猾。我所知道的就是这些，剩下来是你们的工作。总之我句句属实，麻烦尽早将尸体运走，搁在那里实在很碍眼。”

全作斜睨土屋一眼，便迅速离去。

* * *

新十郎一行人随后赶至，展开搜查却处处碰壁，毫无进展。因为天王会的信徒们口风甚紧，没人肯回答。好不容易才从牧田口中问出几项珍贵事实，但只要一讲到重点，作为普通信徒潜入天王会的牧田也讲不出个所以然，根本掌握不到证据。

于是将牧田秘密召回搜查本部，由新十郎进行侦讯。牧田毕业于日本最高学府，曾于一所私立大学任教。身为密探的他正因为对于邪教深感兴趣，所以才主动接受这职务。听说朋友们甚至轻蔑、嘲讽他，说密探是卑贱的工作，唯独一个名叫坪内逍遥①的朋友始终护着他。牧田是一位有识之士，他潜入天王会将有助于尽快解决这件疑点重重的案子。当然除了牧田准确无误的情报之外，相信凭借新十郎的不凡的学识与心思，肯定能顺利破案。

牧田向新十郎报告：“今天发生的案件并非我最初被赋予的任务，我是负责调查关于神山幸三、佐分利安、佐分利雅等三名死者的案情疑点。没想到又发生今天这起命案。加上这起案件，

---

① 坪内逍遥（1859—1935），日本小说家、戏剧家、文学评论家，著有《小说神髓》等。曾于日本私立大学早稻田大学任教。

整件事可以看出一个清晰的轮廓了，为什么呢？这是教团内部秘密，就算是信徒也只能臆测，因为真相被隔绝于铁门的另一端。十一月十一日为赤烈地尊的祭日，这个地神是个暴神，也称为赤烈血神，是个嗜血魔神。为了平息魔神的愤怒，祈求平安，会举行称为‘黑暗祭典’的活人祭献仪式。信徒们只要一听到‘黑暗祭典’这四个字，便会恐惧得浑身发颤。总之，是一项十分恐怖的祭典，会将不够虔诚的信徒丢给狼咬死。听说在教会正殿最里头，随时会对不够虔诚的信徒举行此仪式。每年十一月十一日则是向一般信徒公开仪式的日子，这天也是赤烈地尊的祭日，一年就这么一天。

“当天被信徒团团围住的十几名不够虔诚的男女，在黑暗中一个个遭狼咬死，月田真知子也是其中一人。虽然听到被咬死的他们不断发出哀号声，但奇怪的是亮灯一瞧，每个人都昏死过去，身上却无任何伤口，连一滴血也没流。过了一会儿便看见恢复意识的他们垂头丧气地走回自己的位子，月田真知子也不例外，醒过来的她浑身上下没有任何伤口。”

“听说教会有饲养大丹狗，这和狼有关吗？”

“应该无关。虽然有信徒觉得有关，但那只是世良田摩喜太郎回国时买来看门的，况且仪式进行中一直都听到被啃咬的凄惨悲鸣、哭泣声，没有听到猛兽的声音。”

“‘黑暗祭典’就这样顺利结束吗？”

“是的。虽然中间发生很多惨况，但最后都会顺利结束。如同先前所言，这当中应该有佐分利母女命案的相关线索，不过得先说明天王会的教义。教会的教祖为安田久美，一般信徒奉其为广大天尊、赤烈地尊的化身，尊称别天王，但还有个称为快天王的隐神。

“‘隐神’也是此教的特殊用语。顾名思义，没人知晓此神的庐山真面目。虽有一说它是赤烈地尊发怒时的化身，但这也属臆测。因为快天王只在‘黑暗祭典’时现身，因此一般信徒一年只有一次得以拜见隐神，据说它有着能让信徒一夜白发的魔力，也就是说主持那场恐怖仪式的就是快天王。他会回答世良田提出的问题，然后下达命令和指示，虽然听得清楚说些什么，但搞不清楚声音从何而来，又是如何发出。有时如精怪吼叫，令人生惧；有时如美女涕泣，如怨如诉；有时又如婴儿恋母，叫人怜悯。总之，那声音是千差万别的，时似哭泣，时似哽咽，时似山崩地裂、大海呼啸。我身为密探，也查不到声从何来、如何发声。连干部也不清楚，还深信是魔神的魔力。如此一来，教团就稳如磐石，不可动摇。也就是说，要是信徒遭人告发不信任而吃上罪名，便会惨遭狼兽袭击，一切听从快天王指挥，因此对信徒而言，恐惧‘黑暗祭典’也就等同于畏惧快天王。”

“会不会是故布疑阵而发出那种声音？”

“每个人都会这么怀疑吧！信徒也会怀疑是否真的有魔神存在。但是快天王的声音有时仿如从地底下传来，有时又像在头顶，有时又像是从大殿中央的某处传来一样。大伙聚集大厅，围成一圈举行‘黑暗祭典’，中央留一方空地，而坐在中央的人只有乞求快天王出现的世良田，等待着快天王宣布不忠的信徒。总之，快天王的声音一定会在额前萦绕，信徒都知道这一点，不过我曾悄悄做过实验，神不知鬼不觉地偷偷换座位，但声音还是萦绕额前，因此可以断定声音一定是从中央的某个地方发出来的。”

“坐在中央的只有世良田一人吗？”

“是的。将有罪的信徒唤到中间那一方空地，接着就看到他们痛苦地在世良田四周翻滚，遭狼啃咬。”

果然连新十郎也听得一头雾水，眼看主帅都这样了。花乃屋和虎之介更是瞠目结舌，摸不着头绪。

新十郎无力地抬起头，说道：“谢谢你，牧田先生。这事实在太奇怪了。可说前所未闻，本以为能从中得出线索，却遍寻不着，也想不出该提问什么，只想听听你的宝贵意见。”

“理解。我也曾因此事过于怪诞而怀疑魔神的存在，只是忠实传述所见所闻罢了。”

后来牧田又说了一会儿，但因为过于冗长，仅撷取重点传达给读者。

* * *

天王会有个称为“遁世”的仪式，对于没参加过的人而言，是项十分重要的仪式。在从入会到参加此仪式的这段期间称为“素人”，亦即尚未成为信徒的人。

所谓“遁世”并非指离开家隐遁到天王会一事，而是精神方面进入神的怀抱，一旦了解此含意，表示已成为教徒。有一首歌便是描写此境界，会在素人成为信徒的庄严仪式中歌颂，歌词如下：

悲伤时，遁世吧！遁世吧！忽然张开，天之花。

搭配月琴、横笛、太鼓、三味线、响板，以及竖琴和羽管键琴（钢琴的前身）等乐器伴奏。这些乐器只会在仪式上出现，合奏间歇时常会出现天籁之音，有时像潺潺水声，有时宛若原野尽头的彩虹，或像是星辰满布的静寂夜晚，哀怨优美地流泻着，推测应该是置于隐蔽处的自鸣琴所发出的声音。

歌声配合着乐声，像一波波海浪汹涌，又像一座座山脉起起伏伏，忘我地跳起舞。这是只有应允成为信徒的人才能领会的舞蹈，称为因果报应之舞。还有像是“忽然已经张开天之花”，正确歌词是“忽然张开，天之花”，前者多了“已经”这二字，意思就不一样。这也是素人常会搞错的地方，要是没弄清楚就成不了信徒。此外，还有一种只有信徒才知道的现象，那就是所谓的“融入”，也就是被允许见习“遁世”仪式的素人能够自然悟道之意。而且据说比起参加“遁世”仪式的正式信徒，经由“融入”成为信徒的信徒更容易悟道。

“忽然张开”的“张开”二字很重要，也就是什么东西突然张开，看见天之花的意思；亦即双腿张开忽然得到因果报，因此被好事者四处造谣，被视为充满情色的邪教，但其实“遁世”仪式并非如此猥亵。

据说仪式结束后，天边会出现一道彩虹，称为戏游妙花天因果报。这是因果报的第一课，仪式结束后便会豁然开朗，也就能领悟戏游妙花天得因果报之意。牧田深深为此所苦，生怕过于入神戏游妙花天就会重蹈牛沼雷象的覆辙，但若不能完成仪式就无法成为信徒，所以得默默观察仪式，揣摩信徒的神态与表情，努力过关。

一旦成为信徒，参与教会仪式又唱又跳，便会沉浸于戏游妙花天因果报让其以为是人生最大愉悦，自然会倾家荡产落得身无一物。据说身无一物更能接近神，而且依虔信程度分为九个阶段，循序完成每一阶段，逐步进阶。牧田好不容易进阶了两级，却迟迟无法再晋级。

如前所言，山贺侯爵将全部财产奉献给教会，从此过着清贫生活。惨遭毒手的神山幸三、佐分利母女也是将全部财产奉献给教会。幸三将继承的遗产还不满一年就捐献殆尽，至于一心想成为教会初阶教师的佐分利太太也将亡夫留下的财产全数奉献，女儿则担任神女一职。

这些人在教会内院过着特殊的宗教生活，一般信徒无法探知内情，因而传出各种流言。

谣传一心爱慕尊贵神女的幸三被召至内院施以“黑暗祭典”

遭狼啃咬，还是无法改正其邪念，才会落得如此凄惨地步。

其实心存邪念的不止幸三。他和名叫海野光江的十八岁神女热恋，虽然光江并非地位尊贵的神女，但是别天王的儿子，也就是千列万郎对她十分有好感。别天王还是三十五岁一枝花的年纪，十四岁那年出嫁，千列万郎也已二十一岁了。无奈他并未遗传到母亲的美貌，不但长相丑陋，又是个驼子。因此，谣传千列万郎嫉妒幸三而诅咒他，光江则成了他的妻子。

佐分利安与女儿阿雅则被说是红颜薄命。佐分利安与别天王同龄，女儿阿雅的年纪和千列万郎的妻子一样芳龄十八，母女俩都是美女。

如前所述，快天王的声音有时像个百岁老翁，有时如野兽怒吼，抑或是美女的啜泣声，或如母亲抚慰幼女般慈爱，变换各种声音，但是以美女声音居多。比方展现威严或哀凄时，就会出现两种美女声音，威严的美女声音尤其令人印象深刻，让人以为从不以真面目示人的隐神快天王和别天王一样都是女神。因此，免不了有佐分利安母女就是隐神化身的谣传。

其实产生这样的谣传有着更为深刻的原因，那就是教团最高层级的干部分成两派，彼此对立。

也就是分别以世良田摩喜太郎与大野妙心为首，分成两派。妙心在教团的声望虽然直逼世良田，但是尚无法凌驾。不过他原本就是个宗教家，关于宗教方面的渊博学识更是世良田远远不及的。而且他对于经营宗教的思想与手腕有其独到见解，所以精通禅宗、真言宗和天台宗等佛教三大派，一派唯我独尊的他毕生心愿就是成为一代宗师。自立新教毕竟不易，因此信徒间谣传他企图谋取遁世教地盘，夺取教祖之位。佐分利安为隐神化身之说，也是妙心刻意造谣，甚至传言妙心与阿安之间有暧昧情愫。

妙心对于女人来说，有一股特殊魅力，是教团女信众的崇拜对象，传言美女信徒十之八九都是他的情妇。只有别天王与世良田的关系比较特别，就连妙心也无法掳获别天王的心。别天王的性观念本来就异于常人，她有着异常的洁癖，生下千列万郎后便与丈夫分居，心性大变。最为人津津乐道的事就是性格乖僻的她只跟世良田臭味相投，连有万人迷之称的妙心也入不了她的眼。

在这起两派对立的纷争中，幸三的存在格外引起了牧田的注意。谣传幸三是因为思慕千列万郎的心上人海野光江而遭毒手的，佐分利安母女则是因为可能成为和别天王相抗衡的势力而死于非命。因此，凶手应该是拥护别天王与世良田一派的人。牧田便是锁定这一点，留意教团内任何风吹草动，无奈内情全关在铁门另一头，无法一窥究竟。

虽然没有打听到有关月田真知子的流言，但据说美女信徒大多是妙心的情妇，因此她也是妙心派，与别天王一派对立。能在内院自由出入的女信徒中，真知子的姿色又十分出众，所以对于妙心的谋略而言，也许是一枚重要棋子。真知子便是在“黑暗祭典”中触怒快天王，遭狼啃咬，也就证实了臆测。

问题是，快天王是否是因某种灵异事件而产生的诡异现象呢？要想查明此事困难重重，只能姑且认为是凌驾教主别天王之上，或是别天王本人，抑或是别天王流派信众产生的一种心灵现象吧。

就算有此结论，于“黑暗祭典”遭啃咬的真知子在仪式过后还活着，后来却惨死于自家庭院，而非教团内部，不是很诡异吗？牧田至今仍找不出任何头绪能解开此谜团。对于牧田来说，谜团难解，摸不清头绪，也就只能就所知情况如实呈报。

“也就是说，快天王于‘黑暗祭典’上裁定真知子有罪，譬如不够虔诚，未履行上头吩咐的筹措捐献之类。但真知子遭指控的理由绝非如此，毕竟无论要指控谁，教团都得表现得像是神的旨意一般，搞不好和告发理由毫不相关。反正不需要明说真正的指控理由，只是要让对方尝个苦头，令其心生畏惧罢了。至少我是这么认为的。

“像真知子遭指控的理由，是因为她的身体被蛇紧紧缠绕住了。隐神不断用粗暴声音谩骂诸如此类的恐怖言辞，然后不知从哪儿传来幼女的悲伤啜泣声，不断泣诉：‘不要啦！人家不要缠红头巾！眼睛被遮住，什么都看不到！对不起！对不起！’倏然又传来快天王粗暴的吼声：‘你活该被狼咬死！’快天王就像这样有时指责，有时向被指控者暗示其悲惨命运，还说什么将坠入地狱，不然就是让在场众人听听坠入地狱之人的痛苦告白。总之，全场弥漫一股缥缈妖气，萦绕着一股恐怖又哀伤的氛围。被指控者个个都失了心神似的，神情变得如死人般苍白茫然，只见遭到指控的真知子硬是被拖出去，不久灯火便熄灭，唤出狼群，举行凄惨的猎杀仪式。在遭狼啃咬的这段期间，会场灯火从未亮起。”

牧田的冗长报告总算结束。听得入迷的新十郎猛然回神，说道：“谢谢你的报告，听说赤烈地尊祭典上聚集了来自各国的信徒，素人和一般民众不能参拜，是吧？”

“可以参拜，但是‘黑暗祭典’只限信徒参与，不过倒是有个不是信徒的人参与。”

“哦？谁啊？”

“山贺侯爵的弟弟达也，因为他就住在大殿旁，所以经常看到他，听说他十分厌恶天王。因为那天从各地来了许多信徒，要混进会场并非难事，而且他还带了个年轻女伴。”

“那个女伴是谁？”

“我也是初次见到，看样子约莫二十来岁的年轻女子。虽然不是什么标致美女，倒是有一股知性美，身材又匀称。因为不是那种让人看过就忘了的样子和脸蛋，所以我确定在教团从未见过那名女子。”

新十郎赶紧找来达也询问。他承认自己混入会场，但坚决否认有女伴同行。

“我一直很痛恨遁世教，很想瞧瞧他们到底是用哪门子邪魔歪道迷惑信众的，况且那座大殿原本是我家，所以才想潜入瞧个究竟。我可不想节外生枝，哪可能带什么女伴，从头到尾就我一个人。”

看来达也打算否认到底，只好放他回去。

一旁的土屋警察有点犹豫地说：“今早直到来这儿和大家碰头前，我都待在月田家守着。月田全作的弟妹们几乎都分家了。只剩排行最小、今年二十岁的宫子小姐，未婚的她和哥哥同住。我见过她，身材姣好，有一张别具知性美、稍微四方形的脸，想说会不会就是她呢？说出来供大家参考。”

“你太客气了。这可是相当有趣的线索，得麻烦牧田先生尽快查个清楚。”

于是，牧田暗中埋伏了两天，事情总算水落石出。果然，那天和达也同行的女伴就是月田宫子。

* * *

搜查目标立即瞄准月田家。幸运的是，新十郎留学时曾在伦敦和月田全作照面过，因此早已相识。

“印象中他是个顽固、难相处的家伙，不过应该不至于不愿意见我吧！没办法带大家同行真的很可惜，这事就交给我吧！”

新十郎独自前往月田银行，全作也答应会面。

全作果然很顽固，装聋作哑，满口推诿之词：

“凶手绝对是遁世教的人，真知子将自己的钱财全奉献给教团，甚至未经我同意，擅自提取我的存款。后来被我察觉，也防着她再动用我的存款和股票，没想到她居然将宗达①的屏风和雪舟②的多幅画作全拿去给了那帮人。逼得我只好随身带着保险箱和仓库的钥匙，或是托银行保管，极力避免那女人染指我的财产。无法捐献的她自然受到来自教团的压力，便一味怪罪我，还企图谋杀我。毕竟夫妻一场，这种事多少感觉得出来。对于宗教狂热分子来说，夫妻关系根本毫无意义，满脑子只要宗教。我不清楚原因，但她最近曾说过自己会遭教团杀害，还预言自己会遭狼啃咬、开膛剖肚。现在预言成真，他们竟企图嫁祸于我，在我家庭院杀害真知子。他们肯定从她口中得知我们夫妻感情不睦，那些狡诈的邪教徒真令人憎恶。"

全作一直坚持这般说法，对于其他问题一概不回应。月田全作看起来就是个精力旺盛、性格强悍的人，旁人很难动摇他的心志，新十郎也只好放弃。

"方便让我和令妹见上一面吗？"

"那得问她。"

"我再择日造访好了。绝不会给你添麻烦。"

"舍妹个性强悍可不下于我啊！哈哈哈！"

新十郎随即转身，快步离去。

---

① 俵屋宗达，日本江户时代初期画家，代表作有《风神雷神图》（屏风俵画）、《莲池水禽图》等。

② 雪舟（1420—1502），日本室町时代画家，曾游历中国，代表作有《四季山水长卷》《天桥立图》等。

新十郎向上头报告此事，带着七八名调查人员一同前往位于竹早町的月田家。由久世山教会到月田家，步行仅需十分钟。

新十郎向女佣说明来意后，走进庭院进行现场勘验，还召来所有女佣，询问有谁在深夜听到什么奇怪声响。因为仆役房位于庭院另一头，毕竟有段距离，即便夜深人静也听不到什么声音，没听到也是理所当然。

庭院占地广阔，最深处与外头道路隔着一段距离，附近连一户人家也没有，所以不太可能有人听到什么声音。

新十郎在命案第一现场的凉亭伫立了一会儿，眺望四方。四周茂林围绕，有一种仿如身在深山幽谷的野趣。他环视凉亭各处，这是一座以稻草铺顶的凉亭。

新十郎从密林这头唤住正要走向较为明亮的池子那头的女佣，问道："我有点事想请教宫子小姐，看她是要过来一趟，还是我们过去找她，麻烦代为通报。"

新十郎抵达月田家未直接要求与宫子碰面，先刻意装作一副不是特地要来见宫子的样子，实为明智之策。不一会儿，女佣带着新十郎一行人前往客厅，宫子出来见客。

"找我有什么事吗？"

"丧期中还来叨扰，尚祈见谅。想必宫子小姐心里也不好受吧！"

"还好，没受什么影响。我们并未服丧，尸体也已全权交由寺庙处理，家兄工作也一切如常。"

“原来如此。不好意思，冒昧请问宫子小姐是天王会的信众吗？”

“不是，我们家代代信仰法华宗。”

“那可能是看错了吧！因为有人目睹宫子小姐参加天王会赤烈地尊的祭日，误以为你也是信徒。尤其宫子小姐参加的那场是‘黑暗祭典’，那可是不许信徒以外人士列席的仪式，不知是不是真知子夫人透过关系特别通融的呢？”

宫子依旧神色从容，一语不发地瞧着新十郎，恐怕没料到会被人突然这么问吧。过了一会儿，才平静回应：

“是吗？也许嫂子有帮忙说项吧！只能说是出于好奇心啰！因为嫂子担心自己会在‘黑暗祭典’中遭狼咬死，我心想她那种人会遇到这种事还真有趣，压抑不住满腔好奇。碰巧天王会的正殿就是山贺侯爵家的宅邸，便拜托达也先生带我偷偷混进去。虽然山贺与月田家是世仇，但达也先生十分痛恨天王会。我们之前就见过两三次，感觉是个不太亲切的人，但还是勉为其难、厚着脸皮拜托他，没想到他爽快应允，原来是暗地摆人一道。”

新十郎笑道：“事情并非如宫子小姐所想，其实是那晚有人看到你出席那场祭典而通报的。山贺达也先生坚称当晚只有自己出席，未带女伴随行。那么，看完祭典后的感想如何？”

“还挺有趣的。本来很期待看到那些人遭狼啃，没想到却活得好好的。坦白说有点失望，不过看完后觉得天王会的隐神还真是出乎意料的正直。虽然在我家庭院杀人这种做法很卑劣，但比起放那个女人一马并让她回来，我也不能说些什么以表达自己的不满意。虽然天王会曾带给我们家不少困扰，但心中怨恨也因此纾解不少。”

“你那晚几点回家？”

“祭典结束后便立刻回家。达也先生送我到家门口时，刚过了午夜。”

“有听到庭院传来什么怪声吗？”

“因为回来时很疲倦，一觉到天亮，什么也不记得。”

看来宫子小姐也是个如暴神般不太容易对付的人。该说她是少一根筋，还是脾性刚烈？抑或是聪颖机灵？总之，这对兄妹绝非泛泛之辈，着实令新十郎一行人深感棘手，只能无功而返。

* * *

翌日一行人造访天王教会，要求会晤别天王、千列万郎以及其妻光江、世良田摩喜太郎和大野妙心等重要干部。本来抱着可能会碰钉子的想法，没想到却被招待至内院一室，世良田与妙心不但亲自接待，还周到地奉上茶点。想想也是理所当然，世良田的政治手腕可说名闻天下，妙心亦是善于笼络人心、能言善道之辈，两人都不会与人正面冲突。

“别天王大人与其儿子夫妇为天地二神化身，贵为天王教之尊的他们不可能轻易接见非信徒者，除非是特别仪式，否则都是由我们出面接待，尚祈见谅。”

柔和的话语中带着铁条般坚定的意志，十分强势。看来不能来硬的，新十郎也就不再坚持了。

“在下于英国游学时，曾听闻当时逗留巴黎的世良田先生的精彩演说，后来一直没机会拜见先生，深感惋惜。今日前来拜访，主要是想见识贵教的‘黑暗祭典’仪式，不知能否一偿宿愿？恕在下直言，关于贵教会有四名信徒死于遭狼啃咬般断喉惨状，极有可能是不肖人士擅用‘黑暗祭典’仪式，伪装成杀人诡计。当然，非信徒的我们提出这种要求十分无理，但每个人都有义务维护国家纪律，念在我们为了逮捕真凶所付出的心力，恳请成全。”

面对新十郎诚意十足的请求，世良田思索片刻。

“了解。若你是基于职责以及维护国家秩序，我一定尽力代你向别天王大人请求。幸好别天王大人不随便出席仪式，一直是由我主持仪式。不过你们再提其他的要求的话，我们就不能答应了。”

“当然，我们也不好意思再多要求什么。”

“那就待我先请示别天王大人，请稍待片刻。”

世良田语毕离去，过了一会儿才现身：“虽然此事颇困难，幸亏大人应允，不过得花点时间准备，请在此等候。”

新十郎等人随后被带往一间约三十张榻榻米大的房间。门窗紧闭，围着重重黑幕，一丝光都透不进来，房内一片漆黑，众人围成一圈坐下。不久，世良田带着数名神女以及若干信徒走进来，再度遮蔽从外头泄入的光线，屋内仅靠一根大蜡烛照明。只见世良田环视信众：

“好了。你们也围成一圈坐下。隐神也许会选择谁当祭品，仪式即将进行，辛苦各位了。”

世良田独自走向中央坐下，众人屏息以待，一片静寂。终于不晓得从哪儿响起狼的远吠，神女们应声开始摇晃。不只神女，信众们也不知不觉摇晃起来。瞬间，神女们突然跳起来，从隔壁房间传来乐声，信众们随着乐声边摇晃上身边唱着，神女们则围着世良田起舞。只见那些人像发了狂似的，浑身瘫软地放肆发狂，似乎被冥冥之中一股强大的力量吸引。

乐声像退潮般戛然而止，接着是由远而近的狼嗥。信徒和神女一听到狼嗥，全发出惊恐的叫声，一个接一个瘫倒在地。狼似乎已来到现场，粗暴的吼声响遍屋内。

只见世良田摆开架势，双目如火炬般炯炯有神，怒喝：“快天王大人！快天王大人！消灭夜叉！遵命！遵命！一切遵从您的指示！”

世良田唱诵两三遍后，紧闭口与双眼。不知从哪儿传来狗吠声，接着是小男孩的声音：“烧锅炉的在吗？烧锅炉的在吗？烧锅炉的人快过来啊！”

随着声音响起，信徒中有个大男人面如死灰，像被判了死刑般绝望地发怔，浑身直冒冷汗，身子摇晃地在地上爬行。仔细一瞧，原来是密探牛沼雷象。泉山虎之介目睹此景忍不住浑身发颤，拼命忍住却没办法。

突然响起孩童的声音："好可怕喔！我错了。眼珠被挖出来，断舌，用火钳子戳眼，我真的错了！啊！啊！啊！"

小孩垂死的悲鸣声恐怖至极，是受不了地狱的折磨吗？闻着莫不毛骨悚然。雷象吓得马上要昏厥。

"呜喔！呜喔！"响起一片狼嗥，还有雷象那不忍卒听的惨叫。大蜡烛的光随着神女起身的瞬间倏地消失。

一切有如坠入黑暗深渊，雷象几近气绝，在血海中痛苦翻滚的凄惨模样历历在目。大家可以想象到他的喉咙遭啃咬，就连肚子也被啃咬一空，只见他发出一声微弱悲鸣后气绝身亡。

光亮起，雷象已死。虽然身上没有任何伤口，那模样却和月田真知子的死状一样，也是遭咬断喉咙、开膛剖肚的惨死状。

就在神女起身摩擦他身体时，他又苏醒过来。一回神，世良田早已不见踪影。

* * *

虎之介的长篇叙述告一段落，由于这是前所未闻的奇案，必须笔记不离手地思考该怎么陈述，所以花了半天才说完。

已将血放尽的海舟，很有耐性地倾听虎之介一字一句地说完，静静地深思熟虑一番才回神，像捧着虎之介的脸似的瞅着他。

"真是一件令人啧啧称奇的案子，出身小藩的世良田摩喜太郎可是个曾参与萨长同盟军、进行倒幕运动的稀世奇才，记得那时他还是个年方二十一二的毛头小子。虽然我也很在意这号有可能成为国家栋梁的人物，但听说他脾气古怪又偏执。今天之所以会变成这样，也是因为并非出身大藩，所以遭到世间排挤了吧！杀死幸三和佐分利安母女的人，也就是世良田。但如此恃才傲物的他就算再怎么消沉，也不至于发狂，八成是为了别天王吧！打从心底深爱她，自然无法忍受妙心另立女人成为快天王，取代别天王的地位。就算是个残废、不肖的儿子，终究还是亲骨肉，想必别天王也很痛心自己生了千列万郎这个儿子，自然也无心再承受一段凄惨悲恋。一切看在眼里的世良田再也忍受不住，正常的人一旦受环境影响，也会被迫使出非常手段，这就是人心。身处邪教环境，就算是像世良田如此聪明绝顶之人，为了救心爱的女人，也会使出杀人这等愚蠢手段。人一旦被感情冲昏头脑，再怎么聪颖非凡的人也会犯一时糊涂。

“聪明过人的世良田想到一招妙计，那就是夺去三人的肝脏，让人误以为是绝症病患所为，但咬断死者喉咙这一点却露了馅，隐含重大内情。也就是他为了救别天王而杀人，借以惩罚仇敌。因为对他而言，任何让别天王痛苦的人都是坏人，所以忍不住用祭典仪式，也就是狼咬断恶人喉咙一事来惩罚仇敌。而且那家伙还施了催眠术，让信众们在‘黑暗祭典’上疯狂地手舞足蹈，甚至以为自己遭狼袭击。于是他利用三人惧怕‘黑暗祭典’的心理，施以催眠术迫使死者无法抵抗，割喉残杀，这就是幸三与佐分利安母女惨遭杀害的实情。至于月田真知子一案，月田兄妹俩可能是共犯。宫子见了‘黑暗祭典’后便如法炮制，企图嫁祸给遁世教而使了相同手法杀人，这是杀死真知子的一招诡计。附带一提，快天王的声音也是世良田用了某种伎俩所发出来的，一种称为腹语术的伎俩。游学西方的人应该都晓得这种老技艺，城郊一带的说书场、曲艺场似乎还有人会表演吧！”

* * *

过了正午时分，虎之介奔回家时，新十郎一行人早已出发。只见神色仓皇的他衣带松垮、长袍拖地，正欲奔出家门时，被学生晏吾从后头唤住。

“虎大人，您要出门啊？”

“唉！真糟糕！我慌得连要去哪儿都忘了。”

“遁世教啊！别忘了系好衣带啊！”

“阿弥陀佛！还真是一团糟！”

虎之介好不容易带回重要案情分析，要是被新十郎他们抢先了一步就派不上用场。虽然从神乐坂到久世山只需翻过一个山头，但徒步得花上二十几分钟，加上他块头大，走起路来气喘吁吁，等到了遁世教正殿时，早已面如死灰，全身僵直抽筋，十分可怜。几百名警察一字排开，整起事件告一段落。

“怎么回事？世良田摩喜太郎遭逮捕了吗？”他询问跟随他习剑的弟子。

“世良田与别天王已自尽。”

“可恶!”虎之介愤愤咬牙，回以白眼，精疲力竭的他随即转身离去。

那晚，虎之介与花乃屋在新十郎的书房聚会，入神地听着新十郎如何推翻海舟的推理。

“不，全作与宫子和此案毫无关系。三起杀人案全是世良田一人所为，没参与实际搜查的胜先生之所以推论全作与宫子是第三起命案的凶手也是理所当然，毕竟当初我也曾如此推想，但在听了牧田先生详述‘黑暗祭典’后，逐渐厘清真相。只要见过尸体就会晓得伤口只有两处，一处在喉咙，一处在腹部，但剖腹之伤并非隔着衣物下手，而是解开衣带，卷起衣服再下手，由此可判断割断喉咙是首要致命伤，就算死者没有当场死亡，也是让他无法抵抗的重伤。问题是，啃咬对方喉咙势必得从正面袭击，被害人肯定会激烈反抗。换句话说，垂死挣扎的被害人会拼命拉扯凶手的衣服、毛发或肌肤，所以凶手肯定也会受伤，所以死者手上应该留有凶手的什么东西，或是掉在尸体周遭。可是不但没发现任何抵抗迹象，连一根人、狗的毛发也没发现，足见能让死者在毫无抵抗的情况下惨遭杀害的方法就是催眠术，也就是让信徒在祭典上疯狂乱舞，促使他们想象自己被狼啃咬。这一切全是拜催眠术所赐，凶手一定是懂此术之人，自然跟教团脱离不了关系，担任祭典司仪的世良田就是善于此术之人。

“而且依牧田翔实的观察，真知子出席祭典时，快天王曾发出微弱的幼女声叫着：‘不要啦！人家不要缠红头巾！眼睛被遮住，什么都看不到！对不起！对不起！’随即发出啜泣声。依‘黑暗祭典’中的其他例子分析，这幼女就是真知子，而那番话就是预言她的宿命。也许快天王的告发与诅咒多是针对事实，而非关宿命的荒唐言辞，但真知子的情形异于常人，快天王的告发正是他今夜的杀人预告，因此世良田的真实想法就在这预告中流露出来了。至少到目前为止的推断与事实相符。快天王要真知子戴上红头巾，就是引用在法国十分知名的童话《小红帽》，这可是家喻户晓的童话故事，讲述‘小红帽’去森林探望生病的奶奶，遭狼觊觎的故事。位于密林围绕、地处僻静的稻草顶凉亭杀人现场，不就暗喻故事里那一间森林小屋吗？依此断言，第三起命案也是世良田下的手。顺道一提，快天王的声音是由世良田发出的，耍的是西方一种腹语术。”

*　*　*

听了虎之介的真凶报告，海舟苦笑道：

“是吗？原来如此。第一和第二起命案是施以催眠术，迫使死者在无法抵抗的情况下惨遭杀害，这点我推断出来了。第三起却误判，真是愚蠢啊！新十郎的脑筋果然一流。被全作兄妹一时迷惑的我真是胡涂！死者之所以没抵抗是因为被催眠的关系，我竟然忘了这一点，真是大意！这可是门大学问呢！犯下这等严重错误，实在不能以一时疏忽作为借口，否则将永远无法厘清事实，找出真相。”

虎之介对于海舟的自我训诫，敬佩不已。也对其并未参与现场勘验却能洞察大半真相，打从心底佩服。面对如此一号大人物，让他不由得闭眼，半晌说不出话来。

冷笑鬼

“我在您邻居家当马夫这些年，感谢老爷以往诸多照顾，今天是待在这儿的最后一天，明天一早就要出发返乡了……”

邻家马夫仓三前往大原草雪那儿辞行，一向好奇又闲着没事干的草雪早已迫不及待仓三的到来。

“住在如此寂寥的地方，好不容易有个能聊天的对象，真舍不得让你走啊！我早已请内人备妥酒菜要与你喝个痛快，别客气，进来吧！已经吩咐内人向水野先生打过招呼了，别担心。哦？担心水野先生有什么微词……放心，我已经告诉他，今晚要留你在这儿，明早再出发。”

“没关系，小的两天前就已经被解雇，况且从前天起就不再是水野家的马夫了，就算有什么微词也无妨，反正我们已经没什么关系了。”

这家伙口气如此狂妄是有原因的，虽然今天讲话如此不客气，不过仓三还是水野家的马夫时，口风可是紧得很，不会向人说长道短主人家的事。不过如今他已经被解雇，与水野家没有任何关系了，再加上偏偏隔壁住了个无聊的邻居，想灌醉仓三，设法打听水野家的隐私。

邻居水野左近到明治维新前还是个年俸三千六百石的旗本，祖上代代都是非常聪颖且擅于交际之人。虽然现在并非位居要职，不过好歹也有局长、部长之类挂个虚名的肥差，深藏不露地捞好处，是水野家一贯的作风。明治维新时左近适逢离职休养，见势不妙就隐居民间了。即使他一向隐身幕后，因为和江户幕府的重臣小栗上野介等人交情匪浅，仍被人怀疑在藏匿幕府财物中扮演关键角色。

从堀部安兵卫①在高田马场决斗的遗迹出发，穿越太田道灌②的山吹之里山谷，登上目白高台一望，远处正是武藏野③，

① 堀部安兵卫（1670—1703），江户时代武士，因在高田马场协助师兄菅野六郎左卫门击杀前来决斗的村上庄左卫门等三人而闻名，后加入赤穗武士，参加著名的赤穗事件。

② 太田道灌（1432—1486），日本室略时代后期的武将。传说年轻时的道灌到农家避雨，向农家少女借蓑衣的他却得到了一朵山吹花（棣棠花）。少女借古代名诗的典故委婉表达家中穷得连蓑衣也没有，感慨少女文学素养之高的道灌从此发愤图强。

③ 武藏野，日本埼玉县川越以南到东京的府中之间的区域。

放眼望去其处还是一片森林与草原，田地屈指可数。

最早来此定居的是大原草雪，再来是水野左近在隔壁盖了间小屋，这已是六年前的事了。翌年有个叫平贺房太郎的人，辞官来此隐居，就在左近家旁盖起房子。于是以左近家为中心，三幢房子自成一区，四周没有其他人家。

三幢房子的格局外观都十分低调，不但占地面积小，屋子也小，其中又以左近家的为最小。原本就不大的宅基地硬是挤了三间小屋，左近夫妇住在主屋，另一间稍微小一点的是仓三夫妇的住所，最小的那间是马房。

说到左近夫妇住的那间屋子，格局还真怪异，遍寻日本找不到像那样的屋子。房子没有玄关，只有一扇小小的厨房后门充当出入口。还有一扇弯着腰才能通过的小门，这是左近自己的起居室通往室外的出口，这扇门只有他自己能使用。此外，这扇材质坚固的小门因为外侧没有门把，所以无法由外开启。除了这两个出口外，房子的窗户都钉着方形木头做的栅栏，整间屋子宛如牢房。

左近自己占了两间房，妻子美音住一间，剩下的分别为厨房和洗手间，连浴室也没有。

其实左近家也不需要什么正门，因为基本也没有什么访客登门。草雪这六年来也只看到过三四个客人造访过左近家而已。

左近将米、味噌和酱油之类的东西全放在自己的起居室。直到去年仓三老婆阿清去世前，一直都是阿清负责照料左近的生活大小事，妻子美音完全不管。譬如准备炊饭时，都是阿清到左近的起居室门外，由左近量好米与味噌给她放入锅里煮，连配菜都是照左近指示买回来再做。阿清将煮好的饭菜给左近检查后，再按他的指示只给美音米饭和咸菜，配菜是一点也不会分给她的。他吃的食物其实也不怎么可口，净是些沙丁鱼、青鱼、煮小鱼和煮黄豆之类的东西。

“美食充其量只是愚者的梦。”

左近曾这么说过。意思是说，美味是空腹时产生的一种幻觉，所以相信美食存在就像是愚者的白日做梦，或许有几分道理。他们的神君德川家康①也是如此认为，不过左近的日常生活能否得到家康的赞赏还是个问题。

仓三夫妇则是另行自炊，美音为了能够吃饱穿暖，还得兼些副业来做。

去年阿清死后，左近就开始自己煮饭，连打扫和洗衣服都自己来，完全不许美音插手，甚至还以此为借口断了美音的三餐供给。

仓三向草雪敬酒，这么抱怨：

“在我老婆过世之前，我们夫妇俩每个月领有四十五钱薪俸，其实应该是五十钱，扣了五钱付房租。结果阿清死后，我的工资

---

① 德川家康（1542—1616），日本战国时代的大名，江户时代第一代征夷大将军，死后被神格化。德川家康的处世哲学是质素俭约，生前时常提醒家臣们崇尚俭约。

只剩二十钱。这世道断没有男人的工资和女人一样的道理，就算有，那我的工资也该是二十二钱五厘，而不是二十钱。我问老爷是不是男方比女方要少二钱五厘？结果他说五十钱的一半是二十五钱，再扣掉五钱的房租，所以是二十钱。照理说，房租应该是五钱的一半，二钱五厘啊！那个人可真会算啊！”

“这样啊！你真是太不容易了。对了，他们没有一子半女可以依靠吗？”

“问题就出在这儿。其实他们有三个孩子，聪明的夫人之所以一直忍耐全是为了孩子，她料定左近有一大笔遗产，不过这是个谜中之谜。我不是在说他有没有金银财宝的问题。而是那个吝啬鬼根本不是人……哎哟，我在说什么啊！水野左近不是人，根本是鬼，而且明天……”

喝醉了的仓三眼里闪着奇妙的光，滔滔不绝地说着。

* * *

美音嫁给左近后生了三个小孩。随着幕府瓦解，左近也变了个人，不，其实没变，他本来就是个对钱斤斤计较，疑心病又重，对人十分冷淡的家伙。不过他虽然在家如此，在外头可是交际手腕一流，通晓人情世故。德川幕府时代他给予家人的待遇也还算过得去，这本来不是什么大不了的事，但随着幕府瓦解，左近也益发显露本性。

“我以前虽然是德川幕府的旗本，但随着主公家没落，身份可比乞丐还卑微，什么人情义理早就没了。现在的我穷得连孩子都养不起，还是别当水野家的小孩比较幸福，看来得早点安排他们的出路才行。”

左近这么说，于是安排那时才十岁的长子正司，去一间名为“玉屋”的点心铺当小伙计。

“我们怎么好意思差使您家的少爷当伙计，承受不起啊！”

玉屋老板客气婉拒。

“什么显赫名声早已是过往云烟，说得难听点，失了主子就像丧家之犬，只能捡拾掉落路旁的芋头皮果腹罢了。现在不是讲究面子和名声的时候，至少得让孩子习得一技之长求个温饱，拜托了。”

正司就这样成了点心铺小伙计。八岁女儿阿律则过继给没有子嗣的寺庙住持当养女。十分悲痛的美音觉得若要过继给别人当养子养女，好歹也得托付给同样是武士的人家，只见左近勃然大怒地斥责：

“那些人跟现在的我们还不是半斤八两，都是没人要的野狗，过继给和尚和点心铺，至少还有白米和羊羹可吃，如果你也想吃白米饭的话，就别给我待在这儿！”

因为自己的兄长月村信佑膝下无子，于是美音拼死恳求左近将次子幸平过继给兄长。没想到左近竟当着月村的面，语带讽刺地说：

“反正迟早也会变得跟我一样落魄，不过就算落魄到啃芋头皮维生，野狗可是六亲不认的，你以后也不要到我家来了！”

只见月村脸色骤变：

“两只野狗在路上相遇打招呼的确怪，搞不好以后见了面还会互相啃咬一番。”

愤愤地撂下这句话后，月村便带着幸平扬长而去。左近辞去家中其他帮佣，只留下仓三、阿清夫妇俩和他们的独子常友。

虽然常友是阿清所生，但生父并非仓三。前妻死后，左近才娶美音。前妻留下一男一女，长子和女佣阿清发生关系，生下常友。左近得知后，便撮合阿清和马夫仓三在一起，与长子断绝关系并将其赶到了大阪。左近时任管理船务运输的职务，碰巧大阪那边的船主发生事故，由他负责调查。左近答应不追究那名船主的刑责，条件是要带他那断绝父子关系的儿子前往大阪，教养他成为一名商人。左近和儿子说得很明白，既然断绝关系，就得自食其力，从今以后不相往来。于是长子离家到大阪，直到幕府瓦解这十年间，仗着父亲的名声成天流连花街柳巷，倒也习得一身技艺，明治维新后回到东京当起太鼓师傅，还取了艺名“志道轩从云”。

常友生父就是从云，所以其实他是左近之孙。但户籍上还是仓三和阿清的孩子。明治维新时，左近不但把自己的孩子都轰了出去，也命仓三和阿清把常友送出去。说什么像你们这样的穷人，把孩子留在身边，简直就是傻瓜。于是，常友到了一家餐馆当起了伙计。

左近今年七十五岁，美音五十岁，前妻之子从云和美音一样也是五十岁，美音所生的长子正司今年三十岁，次子月村幸平二十五岁，常友三十岁。

“那已经是八九年前的事了。‘玉屋’店铺濒临破产，正司少爷顿失人生目标，那时玉屋老板还带着正司少爷来向老爷赔罪，说什么没尽好照顾少爷的责任，搞到铺子关门这般惨况。不过少爷已成为能独当一面的点心师傅，习得一身到哪都不怕没事做的好手艺。本来打算将祖传招牌传给他，无奈已经走投无路，所以想说老爷是不是能帮忙少爷开间属于自己的店。玉屋老板如此恳托，结果老爷竟然……”

三杯黄汤下肚的仓三抚着脸颊，笑得有些诡异。仓三平常不太喝酒，一直随侍在水野左近身旁的他从没享受过什么美食，草雪准备的不过是几个家常菜，对他来说已经是上等佳肴，他吃得津津有味。

那时左近对玉屋老板这么说：

“你的铺子要关门，你的伙计自然而然地要失业。老板破产，伙计遭殃，我有什么办法。”

一旁的美音也泪流满面地恳求着，无奈左近是个冷心肠的人，只见他拿起平常用来清烟斗用的纸，随手捏了两条纸捻，说道：

“主公家道中落，我也失了前途，你有一技之长，未来还是充满希望，像我就没这等能耐了。没什么可以给你，只能给你们一人一条这纸捻，别小看这东西，很少有东西像纸捻这般好用呢！不但能穿成木屐带子，还可以当短外褂的系绳，只要穿过鱼鳃就能同时穿起好几条鱼，不需要用什么包袱皮。用纸或包袱皮包鱼，鱼腥味反而染到纸或包袱皮上洗也洗不掉，用一条纸捻穿鱼拎在手里可方便多了。这东西给你，好好利用吧！”

他将两条纸捻分别放在两人膝上，说道：

“已近中午时分了，避免打扰别人用餐是基本礼貌，若是不知礼数，前途可就坎坷了。”

左近眼看儿子前途茫茫，却连顿午饭都不给吃。

“每间点心铺子都去转一圈，总有店家会雇用你的，千万别以为来我这里就能解决一切，就算你老板破产要关门，也总会给个三四餐饭钱吧！”

他完全不理会一旁泪流满面的美音的恳求。

但左近的话也不无道理。于是正司照他所言，每间点心铺都去打个照面，加上玉屋老板的推荐，果然找到落脚处。不过因为没有店肯收包吃住的学徒，生活方面又不是很顺遂，只好一间换过一间，已经三十而立的正司到现在还是个寄人篱下的点心师傅，连娶妻的能力也没有。

过继给美音兄长即月村信佑当养子的幸平，因为多少念了点书，目前在银行上班。他任职的银行是一家资本只有三十万日元左右的小型国立银行。有件事连他自己也大感意外，那就是生父左近居然在他任职的银行存有一笔一万七千日元的存款。就当时而言，算是一笔大数目。

其实左近在其他银行也有存款。每逢月末，他就会骑马去银行提款，不过去的不是幸平任职的那家银行。极度吝啬的他只有骑马这项兴趣还一直保持着，因为这项兴趣对他来说还算实用。对于年老体衰的老人家而言，骑马是最省钱的代步工具。左近通常不假手马夫拉绳，一个人骑着马到处跑，可能是去散步，也可能是不想让人知道他去银行办事。他会算好一个月的生活费，到银行取钱时会精确到一分一厘。而且取回来的钱也是每次拿出算好的金额给用人去买东西，不用找零头。然而他一次也没去过幸平任职的银行。

幸平的养父母已过世，留他孤零零一人。从十七岁当上银行员，到了二十岁，自以为通晓一切经济暗盘的他投资股市却失利，连养父母留给他的财产也全给赔掉，然而像他这样的人就是赌性坚强，偏不认输，竟挪用公款买股票，窟窿越来越大。那时一筹莫展的他得知生父有一笔存款，便向美音坦白一切，请她帮忙说服左近借钱给他应急。

左近完全不关心孩子们在哪里做什么，所以这才知道幸平任职于银行。当他听到幸平想向他借户头里的一万七千日元时，一向冷静的他神色也有了变化。

不过他过了快三个月还是没有任何回复，直到某天他唤美音过去，对她说：

“你叫幸平领出那一万七千日元，星期六下午来这儿一趟。

早点来，别迟到了。”

语毕，将印鉴交给她。

美音兴奋地告诉幸平这消息，走投无路的幸平自然感激不已，兴奋地领出一万七千日元前往拜访生父。

一到左近家，才发现已经有两位客人在场，其中一位就是常友，虽然原本在餐馆当小伙计的常友已成了厨子，但比起店里其他年轻厨子，常友显得笨拙又迟钝，虽说个性正直，但论功力、灵活度实在比不上其他人。而且他居然爱上吉原的某个娼妓，甚至论及婚嫁，可惜付不出高额赎身费。当时生母阿清还在，可是老母亲就算工作几十年也存不到三百日元这么一大笔数目，但为了帮助爱子成家，阿清也管不了那么多，硬着头皮向左近求助。

左近一听到这笔款项是要帮吉原的娼妓赎身，似乎颇感兴趣。于是骑着马，由仓三拉着缰绳，常友负责带路，前往吉原。

左近从没去过花街柳巷，常言说“妓女无情”，相亲相爱本就虚无缥缈。此行的目的，左近一来是对两人是否真的相爱感兴趣，二来是想看看这些妓女是否真的无情。你一定会说，搞什么啊？参观吉原也称得上有趣？什么赎身费还真是老套的剧情。实际上左近不过是编了这么个借口想不花钱进妓院看妓女。什么妓女有情还是无情，这些左近都管不着，他只想近距离看看这些貌美的妓女。看来左近似乎对这种地方颇感兴趣，反正又不用付什么参观费，就算有也是常友出钱。

此行目的是要和常友的女人碰面。一看，对方是个既大方又有教养的女子。没想到选择和常友这种迟钝男人共度一生的女人，居然如此聪慧坚强，而且身材苗条，随和，人又好。只见左近一副好像自己要迎娶她似的，笑容满面地频频点头。若真的借给常友三百日元赎身费，以他那份微薄薪水，不晓得什么时候才能还清，左近一想到此当然有些犹豫。

那个妓女见状，马上说，吉原一间颇具规模的妓院老板最近打算回乡，整间妓院连同娼妓想以八千日元转让出去。若盘下来经营，预计花个五年连同本息应该能够还清。自己常年在这一行摸爬滚打，也有自信经营，不过苦于没有资金。啊啊，真想要一笔钱啊……

这番话虽然传进左近耳里，他却佯装不知。总之先大方地借他们三百日元，让他们成婚。不知是否还会借他们八千日元顶下妓院，来个好事成双呢？左近说他还要考虑一下。于是他每个月固定过去拿利息，闲适地坐在房间里和娼妓们聊天，碰碰她们的小手和膝盖，体会以往不曾尝过的各种乐趣。左近沉浸在这种欢愉里，每天过着乐不思蜀的日子。

当然，他根本没想过真要借八千日元给常友。这时，已经断绝父子关系、二十五年来没有消息的志道轩丛云带着妻子、孩子来向老父赔罪，骂自己是个不肖之子。妻子今年三十岁，名叫春江，原本是一名艺伎，还有个十岁的独子久吉，一家人带着昂贵的礼物来访。丛云是个太鼓师傅，妻子经营着一家小酒馆，生活还算过得去。丛云诉说着多年来满心歉意的他恨不得立刻飞回来拜见多年不见的父亲，向老人家忏悔。从云凭着多年来从工作中训练出来的口才，话里充满了真情，左近听得倒也顺耳。

“你可真会说话啊！凭那三寸不烂之舌真的能赚钱吗？真是恶心。我看你是和那些花言巧语的政治家一样，根本是别有用心。”

“儿子不敢。”

“是来要钱的吧？”

“钱有谁不爱，毕竟日子得过下去。”

“要多少就直说吧！”

父亲的冷笑让从云不禁打了个冷战，那冷笑像是一种重病，虽然如此形容有点奇怪，但水野左近不是在笑，而是看起来像有一张冷笑的面具戴在他脸上，像是患了什么怪病似的，搞不好面具下左近的脸已经失去了生气。要是摘下那副面具，说不定会看到一张死人的脸，令人不寒而栗，也许死神就是长这副德行。那冷笑就像阴影般，笼罩在那张死人脸上。虽然说不出是什么病，但那冷笑就像病魔已经蔓延到他全身，浑身散发迫人的冷漠感。

从云觉得此刻自己像是坐在暮霭笼罩的坟场，感觉那个人的膝下，还有自己膝下都是坟地里的杂草。他到底想让我说什么？又该如何面对他？从云觉得那冷笑仿佛紧紧地勒住自己的脖子，他只能强迫自己不去想，转移注意力。

“我没什么多大欲望，只要有个一万日元就能在繁华的地段开一家艺伎馆或者高档酒店。只要有资金，我保证能做一笔稳赚不赔的生意。只可惜我空有这一番抱负，却没有资金！”

“好啊！就借你一万日元吧！”左近冷笑着说。

这句话冰冷得，让从云觉得不像是活人说的话。这句话仿佛也患了病似的，一种足以致命的病。

“要是你五年后能还就借你。”

“一定奉还。”

从云像是被什么东西牵引，出其不意地叫了一声。只见他仓皇失措地看向春江，露出拼死想向她求援的眼神。令人惊讶的是，只见春江垂着眼面对那冷笑端坐着的公公，双手各用三个手指撑地跪坐着，不发一语。春江看起来似乎也坐在了坟场的草地上，而且也和左近一样染上了恶病。春江！差点叫出声来。

只见春江平静地说着：

“若能够借到一万日元，往后子孙便能安稳度日，相信我夫君也不用那么操劳，烦心后半辈子。虽然现在生活不算宽裕，但靠我们一向乐于助人，深得客人信任，慢慢建立人脉，未来还是大有可为，要是真能开个艺伎馆或酒店，相信一定能成功。五年后归还本息并非难事，无论如何请您助一臂之力。”

这番话让从云感觉像被某种东西牵引住，果然像是坐在坟场上的一场对话。坐在对面的左近脸上浮现一抹冷笑，藏在五官下的是一张死神之脸。

就这样，相隔二十五年造访老父的感人温情，不知为何成了借钱一事。

从云依父亲指示，周六下午带着借据前来。已经有一个人比他先到，那是他从未谋面的亲生骨肉，就是他和阿清所生的儿子常友。不知是承袭了阿清的气质，还是成长环境的关系，从云完全感觉不出他是自己的孩子，令他有些伤神该怎么对待常友。左近完全不在乎这种世俗小事，那股冷漠让习惯人情来往的从云体内五脏六腑都快给冻伤了。

在从云之后赶到的是幸平，他急得连汗都忘了擦。这家父子不但毫无交集，而且这群互有血缘关系的人竟然都是初次见面。左近沉默不语，一旁的美音禁不住主动向幸平介绍从云和常友。虽说是异母哥哥和侄子，但异母哥哥看起来却比父亲还苍老，且是个秃子。另一个侄子也比自己看起来年长，还是个目不识丁的年轻人，这叫幸平一时之间难以接受。其实幸平没闲工夫在乎这种事，和他们打招呼也没心思。

他赶紧打开随身带来的包袱，拿出存折、印鉴和一万七千日元，对左近说：

“照您的吩咐领出这笔钱，请查收。”

左近依旧沉默不语，连头也没点一下，只是冷笑着默默接过幸平手上的东西。左近先将存折塞进怀中，再将印鉴牢实地塞进腰带，顺手拍了三四下，手里拿起那叠钞票。

从那叠一万日元中数出一千元，连同另一叠七千日元递给常友。

“这八千日元借给常友，另外九千日元借给太鼓师傅。太鼓师傅这一份已经先扣除一千日元当利息，以后我就不用上门收利息。这可比放高利贷的利息低多了，五年后还款一万日元，这样行吗？”

从云、常友点点头，左近接过借据。

“没事的话，就走吧！”左近脸上依然浮着冷笑。

虽然拿到梦寐以求的巨款，从云却一点也高兴不起来，因为他看到了幸平那可怖的神情。迟钝的常友怕是毫无察觉，但对习惯看人脸色讨生活的从云而言，看到过各种各样的人的脸色，却是头一遭看到一个人如此悲愤的神情。

当左近将钞票分成两叠分别递给常友和从云时，幸平的神情充斥了各种情感，那各种情感化作无数恶鬼瞬间苏醒，经由毛细孔钻出，只见他张大嘴，不停摇头。幸平的眼睛、嘴巴和鼻子像被人插了一根棒子不停翻搅，只见那棒子突然抽出，跃出无数小鬼。那嘴张大得快咧到耳根，眼珠也快掉出来一般。

想起满怀希望来此的幸平，连向初次见面的亲人打声招呼也都心不在焉，便急忙打开手上包袱的样子，从云终于明了一切。幸平以为这笔钱是要借给他的，所以雀跃万分地带着钱过来，没想到左近一声不吭地接下后，竟当着他的面分给别人。

相较于幸平的悲惨神清，左近那抹冷笑简直不像人该有的表情，连鬼也输他三分。

隔了二十五年才重逢的老父亲，突然说要借给自己一万日元，那宛如患了绝症的冷笑隐藏着阴谋，简直像是令人不寒而栗的死神之脸。今日神情就和那天一模一样。

而且父亲把钱借给自己和常友，并不是他的目的。父亲的目的是要当着幸平的面，借钱给身为异母哥哥的自己和自己的儿子。

从云不只注意到幸平的神情，在那之后也留意到幸平生母美音的反应。那是受到强烈冲击，一股怒气涌上心头所浮现出来既悲哀又骇人的神情。

左近之所以抛出那一万七千日元，就是想看看他们这些人的表情，那种怒气与憎恶齐涌的表情。因为家人对他而言是个麻烦，根本是一群冤家。这些冤家如何向自己发泄人类心中的憎恨与愤怒，才是他想亲眼目睹的东西吧！以此取乐的他，恐怕已经不再是一个人，是个冷血动物了吧。莫非这个人体内流的不是鲜红的热血，而是混有蓝血和黑血的泥水？从云无法想象他是一个人，而且还是自己的父亲。

“这已经是五年前的事了。”

仓三冗长的叙述暂告一段落，拿起冰冷的杯子，舔了舔杯底的酒。

他的脸异样地扭曲着，突然露出极度嫌恶的神情，让草雪瞬间背脊发凉。仓三终于又恢复平静。

“总之五年前的事情经过就是这样，您猜五年后又如何呢？其实明天就是五年期限到来的日子。不，应该是说为了启动五年前所设的命运之轮所定下的日子。就在我遭解雇的三天前，老爷叫我通知他的儿子和孙子们，明天一早到他那里集合，至于究竟会发生什么事，水野左近那家伙早在五年前就筹谋好一切，这么说够骇人吧！”

仓三倏地满脸怒气，不发一语。

* * *

五年前，就连一向默默承受一切的美音也脸色骤变。就算自己能承受，母爱却让她怎样也忍受不了加诸爱子身上的屈辱。

无论如何，幸平受到的待遇实在太残忍，那孩子实在太可怜了！平时总是忍气吞声的美音发疯似的狂吼、哭喊，只见左近露出惯有的冷笑，说道：

“的确好像不太公平。好吧！五年后再好好补偿你儿子吧！反正五年时间转眼即逝。”

明天就是五年期限到来的日子。

就在那三天前，被解雇的仓三在最后一天被左近唤去：

“今天是你在这工作的最后一天，从解雇日算起我可以让你在这白住三天，给你时间打包行李走人。这三天当然不需要上工，不过最后有一件事要你跑一趟。”

于是仓三分别前往丛云、正司、幸平和常友那里，告知他们第二天中午过后在左近家集合，左近要进行分配财产一事。志道轩和常友也托仓三带口信回去，说他们会依五年前约定，备妥本息带去。这五年来丛云和常友做的生意虽没什么大的赚头，不过生活还算过得去。

仓三回去后，立刻向左近报告大家都会依约前来。只见左近露出卑鄙的笑容，像小偷似的蹑手蹑脚朝自己房间走去，还边频频招手叫仓三也过去。仓三无奈地跟着走进房间，只见左近将身子贴在最里面那面墙上，用手抵着唇嘘了一声，示意他别出声，然后双膝并拢跪坐着向仓三靠近，拉长身体像要攀上仓三的上半身似的，将脸凑近他耳边，手遮着嘴边说："那帮冤家来的那天早上你就已经离开，所以看不到，我先告诉你会发生什么好玩事吧！美其名曰要分财产，其实我一毛也不会给。之所以这么做，就是要他们永远互相憎恨，永远合不来！"

说完后，左近忍不住笑了起来。

幸平五年前偷偷挪用公款买股票，结果赔钱，原以为能从左近那里拿到一笔救命钱，没想到却硬生生地进了别人的荷包，不久挪用公款一事也东窗事发。幸平不得已只好卖掉养父遗产还债，但还差了好几千日元，美音代子向银行恳求过无数次，母爱终究发挥作用，银行决定不公开此事，美音对银行说，五年后，幸平就可以从生父那里得到一大笔财产，到时候一定支付全部欠款和利息，事情才稍稍摆平。后来遭银行开除的幸平落魄到面店送外卖，过着勉强糊口的辛苦日子。

哥哥正司也已三十而立，虽然一直都想娶个媳妇，开个小店，但无奈先是从小当伙计的那个店家关门大吉，后来辗转换了好几个地方工作也不是很顺利，所以混到现在还是个受雇于人的小师傅，连租个店面营生的本钱都没有，更甭说娶媳妇开店了。本来性格就比较阴郁的他变得越来越消沉，话也不爱说，动作也迟缓了起来。那些二十一二岁的点心师傅工资比他多，日子也过得比他快活。店里的女用人和伙计们，甚至给他取了个“鲇鱼”的绰号。他也最多瞪人家一眼，也不敢真发火和人干一架。毕竟要是惹出什么事端被店家开除的话就惨了，正司只好忍气吞声。之所以被取“鲇鱼”这绰号，是因为老板曾对他留的大胡子大发雷霆，他只好剪了留下鲇鱼胡须一样的两撇八字胡。每次他生气的时候，都会用手捻着自己的八字胡，算着自己的年龄，老板也就不再追究他的胡子了。

左近并未将常友归还的八千日元给幸平去填挪用公款留下的坑，而是打算给哥哥正司，不过要立誓约书。也就是说，弟弟向哥哥商量以二十年或三十年为期，按月返还一定的借款，若无法遵守约定，正司便无法成为这八千日元的所有人。

至于幸平所欠款项，经过五年已经连本带利增为七千八百五十日元。正司借给弟弟后，自己只剩一百五十日元。好不容易得到一笔八千日元的横财，却只能拿到一百五十日元，其他的能不能拿到还是个问题。已届三十的他不但无法成家立业，还成天被那些毛头小子和女用人嘲弄为“鲇鱼”，可想而知，正司心里的怨气已到顶点。

话说这笔借款一旦债权人变成兄长正司后，幸平每月至少得还款十块日元，共计六十五年才能还清。可是送面的工资，加上每月食宿三元五十钱，一个月最多也只有五十钱收入。哪怕咬咬牙，省吃俭用每月还一块日元，算一算实际得花上六百五十年才能还清。

幸平若不归还这七千八百五十日元的话，就得吃官司坐牢，一辈子过着不见天日、在人前抬不起头来的悲惨生活，因此无论如何他都得借到这笔钱。

骨肉相连的兄弟究竟会如何面对这难题？这是左近最感兴趣的地方。

另一方面，按照五年前的约定，志道轩从云得还左近一万日元。从云也拼命四处筹措，好不容易凑到一万日元，赶紧放入包袱带着儿子久吉赴约。因为从云听闻左近今晚要分财产，所以特地带儿子久吉前往，虽说他和父亲已经断绝关系，不过好歹也是亲生儿子，即使自己过去没尽什么孝道，但不可否认，儿子久吉可是水野家的嫡孙，名正言顺的继承人。从云在心里盘算今天若还了这一万日元，就能赚进好几倍、好几十倍的财富，如此想着他带着儿子踏进左近的家门。

左近收下志道轩的一万日元，返还借据，然后一边摸着久吉的头，一边向志道轩说：

“虽然你是水野家的长子，不过已经断了关系，当然没有继承权。可是你儿子是水野家的嫡孙，也是理所当然的继承者。我决定给你的长子，也就是常友一万日元，这是我的全部财产。”

左近将一万日元递给常友，还补上附加条件：

“虽然我很清楚你是水野家的嫡孙，但常友户籍上不是水野家的人，因此直到你户籍改正之前，这一万日元暂时寄放在你弟弟久吉名下。万一你还来不及更改户籍就发生什么事的话，便由久吉继承水野家。总之在你完成认祖归宗的手续前，这一万日元先寄放在久吉这里。当然，身为当家的我会代久吉好好看管这笔钱。以上便是关于继承问题与财产分配一事，今天对历代当家而言是决定继承人的重要之日，对我而言，也是可喜可贺之日，因此特别准备了些酒菜，今晚大家就喝个痛快，留在这儿睡一晚吧！”

于是左近端出准备好的酒菜宴请众人。其中最感意外的人当属志道轩丛云吧！常友是他年少轻狂犯下的错误，不单是自己根本不觉得常友是自己的亲骨肉，再者常友打从出生就是仓三的儿子，是在仓三家落地的，家族里知道常友是我儿子的只有四五个人，即使是亲戚也不见得知晓这秘密，这样的常友怎么能算我的儿子呢？唉！要怪就怪“丛云”这个名字，真是好事多磨！① 不过要是在他还未认祖归宗前有个什么万一的话，身为嫡孙的久吉便能顺理成章地继承水野家。只要毁了他，水野家财产就全归久吉所有，也等于是我的。虽然那只狡猾的老狐狸口口声声说全部财产只有这一万日元，但我早就将他摸得一清二楚，应该还有更庞大的家产，那个一毛不拔的吝啬鬼绝对不可能让自己的财富减

---

① 日语中惯用语“月に叢雲（丛云蔽日）”，常被用于形容好事多磨。此处“丛云”的寓义为化用“丛云蔽月”而来。

少一分，等他一死就知道有多少钱了。总之在常友那小子改正户籍前，制造个万一就行了。拜托！别笑我什么虎毒不食子，我可不记得有生过那个笨儿子啊！我完全不承认他是我儿子，要是这个自称我儿子的怪物有个万一，那是多么叫人痛快的事啊！

从云心里这么想。醉意越浓，让他杀意越兴。

左近带着一万日元和久吉回自己的卧房，留下四男一女醉倒在客厅里。若不是因此机会，这群亲兄弟、父子们就不会同睡一室，恐怕连在一起坐上个十来分钟也很困难。

左近忘我地踮起脚，更凑近仓三耳边，伸手紧捂着嘴说：

“那个鲇鱼正司和送外卖的幸平醉得越厉害，越放不下那八千日元。虽然那八千日元放在鲇鱼的包袱里，但明早就得借给送外卖的七千八百五十日元。送外卖的要是没那笔钱，后半辈子就得在牢里度过，所以那可是他的救命钱呢！对美音而言，为了两个儿子着想，我想她会假装偷了那笔钱，然后投井自尽吧！要是杀了太鼓师傅从云和那个开妓院的常友，也许对她那两个儿子十分有利，但还得想办法解决待在另一个房间的久吉和我，也挺伤脑筋的。至于那个太鼓师傅则是盘算如果自己的私生子常友有个万一，眼前的一切将属于自己，一想到此他就气血攻心，心脏像敲了警钟似的怦怦跳个不停，到那时……”

左近又忍不住窃笑起来。仓三见此，全身恐惧得像木乃伊般一动也不动。

左近居然制造让自己最亲的五个人偷盗、自相残杀和自杀的动机，还给他们下手的机会，自己却等着看热闹，还为此兴奋不已。这样的他既非人，就连鬼魅也自叹不如。他要最亲的亲人以血洗血，为欲发狂，互相憎恨，自相残杀，他自己则在一旁看热闹，这才是这个魔鬼活着的唯一的目的吧！

左近好不容易才憋住笑，说道：

“到那时啊！我就趁机从中作梗，给他们制造个机会，哈哈！”

他又忍不住笑出来，为了憋住笑意，泪水甚至淌至下巴。

一副一切如他所想，不需多加说明，对方就该明了的样子，只见他不住地点头。

“如何？事情变得很有趣吧！可别跟任何人说哦！如果你也想看好戏，晚上可以从窗外偷窥，就算只听得到声音也很有意思了！”

左近在仓三耳边如此窃窃私语，示意他别出声，然后挥挥手叫他离去。这就是明晚水野家即将上演的悲剧。

仓三语毕，醉意全消，只觉得整个人筋疲力尽。

“因为太害怕，实在没勇气对任何人说。还没跟你吐露之前，我只能在梦里自言自语。我实在没胆从窗外偷窥一切。大原老爷，总之明晚的事绝对不是开玩笑的！”

草雪听了仓三所述，一时之间惊愕得说不出话来，隔了半晌才叹了口气。对于这番骇人听闻的陈述，根本无言以对。

“你应该会投靠落脚在吉原的常友先生吧！”

“没这回事。阿清好歹是他亲妈，我是从他小时候就没把他当自己儿子养过。”

仓三说完，像想起什么似的搔搔头，说道：

“其实当我听到那小子要开妓院时，就已经向老爷请求和他彻底断绝关系，只不过户籍上还没改。呵呵！”

不知为何，仓三最后的笑容有一种依恋不舍感。

* * *

翌晨，仓三出发回乡。

即便是好奇心重的草雪也不可能那么有耐心地一整天紧盯着隔壁的动静，所以他并没看见到底是哪些人来访。

一到晚上，隔壁开始传来好几个人的声音，似乎在开酒宴。吝啬成性的左近平时连个油灯和蜡烛都舍不得用，到现在还是使用纸罩灯。

热闹的酒宴持续着，不断传来说话声，但听不清楚说些什么，究竟是宴席间高谈阔论声，还是争执抑或是欢笑声，完全分辨不出来。也没听到什么喝醉哼唱的声音，毕竟有要事商谈，没兴致唱歌助兴也是理所当然的吧！虽然志道轩丛云是炒热气氛的专家，但他对父亲恨之入骨，估计也没心思唱歌。其间完全没听到左近的声音，不过他的声音本来就很低沉，当然听不太到。

看来隔壁人家没什么异状，一向早早就寝的草雪便上床休息，不知不觉就睡着了，直到翌晨太阳高挂才醒来。

草雪稍晚用过早餐，正悠闲喝茶时，穿着和服便装的平贺房太郎从窗外探头招呼：

“你还是依旧早睡晚起嘛！隔壁昨晚难得来了很多访客，还闹到很晚。不过啊……不过总觉得有点不太对劲。”

草雪愣了一下，问道：

“咦？不太对劲？什么时候的事啊？”

“就是刚才啊！因为马夫仓三在三天前就被解雇了，所以这几天早起的水野左近只好自己喂食马儿，打扫马厩，可是今天好像还没看到有人起来喂马。所以肚子饿扁的马儿一直踢着板壁抗议。一向早起、做事一丝不苟的水野左近到底怎么啦？虽然昨晚水野家来了很多客人，不过好像还没有人起来的样子。”

直到下午还是没人起来。两个老邻居觉得不太对劲，赶紧报警。警官一行人抵达现场时，发现后门和起居室的小门全被反锁，还上了门闩，从外头根本打不开。勘查一下窗户，嵌着栅栏的窗户和遮雨板也全都紧闭着，根本连点隙缝都没有。费了一番工夫撬开后门进去一看，眼前景象凄惨无比。

美音的脖子上插着一把尖刀，倒卧在已成一片血海的厨房隔壁房间，双膝还用绳子紧捆着，看来以自杀了却残生的她是自己扑到尖刀上的，死意相当坚决。

紧邻一旁的是左近专用的两个房间，出入口是一扇仅宽三尺、高六尺的厚木板房门。除了这扇厚门板外，四周皆是厚墙。靠左近房门内侧有个门闩，但没有上闩。

左近的尸体呈诡异扭曲状，倒卧于房门附近，背后靠中央处插着一把短刀，深度直达剑柄根部，从肝脏下方穿出，露出约一尺长的刀刃。

令人匪夷所思的是，左近的尸体附近散着八把刀鞘和七把刀，每把刀子都被抽出散成一地，之所以多一把刀鞘，是因为其中一把就插在左近的背上。

最里面那间房铺着两床被褥。

美音陈尸的房间收拾得很干净，看不出有很多人留宿的痕迹。左近最里头的房间只铺着两床被褥，各一个枕头，看得出有人睡过的样子。

“虽然直到很晚还是人声嘈杂，不过那时候会回家的人只限住在附近的人而已。”

“看不出有很多客人造访的迹象啊！还真奇怪。”

对于昨晚那群意外访客特别有印象的两个邻居，纳闷地走进厨房时，瞥见盆里杂乱地堆着许多碗盘，里头还有很多这户人家平常根本不会碰的酒壶，厨房一隅还摆着三大壶一升装的酒壶。

因为离命案现场很近，结城新十郎立即随古田巡警出发。

令新十郎惊讶的是，左近的尸体附近散落着许多把抽出的刀，而且每把刀身都没沾上血迹。新十郎仔细勘查左近的房间与隔壁美音的陈尸处之间唯一的通路，也就是那块厚门板，也检查了门板左右两处离地三尺高的门闩。他也注意到左近的尸体附近墙壁上方的气窗，是一扇两寸见方、嵌着牢固栅栏的窗子。用手摇了摇那木条，果然十分坚实，并没发现任何被取下来过的痕迹。

此时，大原草雪悄悄地探出头，有点不好意思地说：

“有件事想对您说。”

向新十郎打了声招呼后，他将从仓三那里听闻，关于左近那匪夷所思的计划一五一十地托出。于是，警方紧急传唤当天与会者，也就是志道轩从云、常友、正司、幸平以及久吉等人，分开拘留。当然也没忘了叫回人已在小田原老家的仓三。仓三在案发当天傍晚就已回到家乡，也有明确的不在场证明，不过因为他的证词十分重要，警方为求慎重还是将他留置侦讯。

再也没比这更奇妙的事了。依仓三证词，警方针对当天至水野家聚会的每个人进行个别侦讯。大家都很干脆地承认当天有出席宴会，而且众人还饮酒直到夜深，然后左近带着久吉回房间，那时还清楚听到左近关上厚门板，从里面上门闩的声音。留下来的四个男的分别帮忙美音收拾房间，收拾完后美音还打扫了一下，然后铺好五床被褥。曾担任餐馆师傅的常友还热心地帮美音洗碗盘，美音一直称谢。一旁的幸平却没有帮忙，照理说这也是送外卖的他的本职工作，于是美音责备他说：

“我说你啊……”

只见幸平不等母亲说完，突然拿起手边盘子往厨房砸去，盘子正中厨房墙壁摔个粉碎。和幸平一样没有出手帮忙的正司，突然起身走向厨房，完全不理睬正在洗碗盘的常友和帮忙整理的从云，径直走向放着酒壶的角落，双手捧起酒壶就大口大口地直接喝了起来。

在那之前发生的事则和左近告诉仓三的一样。左近按照预定将常友带来的八千日元和丛云带来的一万日元做了分配，身为水野家继承人的常友是名正言顺的嫡子，只是在其完成认祖归宗手续前，那一万日元须暂时寄放在久吉名下，由左近代为保管，总之一切都按照左近的计划顺利进行。

收拾完后众人便就寝。美音睡的位置尤其值得注意，她睡在正司与幸平中间。显然，她想睡在自己亲生儿子身边，丛云睡在三人脚边，常友则睡在三人头侧。最接近左近起居室门板的是正司和常友，再来是美音，最远的是丛云和幸平。此外，常友就睡在那面带有气窗的墙壁边上，墙的另一面恰巧是左近尸体所在的位置。

到了半夜不知什么东西从夜深人静的房间天花板落下，众人全都惊醒站了起来，引起一阵骚动。黑暗中根本搞不清楚是谁引起骚动，直到有人喊了声“刀”，众人才发现落下的东西原来是刀。众人益发狼狈，紧张的气氛更是一触即发，众人本能地拿起棉被当盾牌，惊惧地紧贴着墙壁，步步为营地移动着。彼此一触碰到身体，便宛如惊弓之鸟般吓得弹起，跌坐在地，以棉被紧紧覆着身体。

都快自身难保了，谁还有心思要点个纸罩灯看个究竟，众人只是拼命护着身子。到美音把灯点上前，没人晓得大概持续了多久时间，十五分钟、二十分钟还是三十分钟，也许历时超过一小时也说不定。

屋内五个人全都没有受伤。除了美音之外，丛云、正司、幸平和常友全都一手拿刀，一手拿着棉被当盾牌。

诡异的是，通往左近房间的门板洞开，四个男人不约而同地背脊发凉、毛骨悚然。只见他们羞愧地放下刀子和棉被，冲进左近的房间。

遭人由背后刺了一刀的左近趴在地上断了气，问题是，没人听到有什么不寻常的声音。只见久吉从被褥中探头，双眼惊惧地望着大家，从他睡的位置看不到左近的尸体。

众人商谈后，决定趁黎明前各自逃走，所以慌张离去的他们并不晓得后来美音自杀一事。离去时根本顾不得收拾被褥和刀子，所以整理好一切，将刀子丢弃在左近身边的人应该是美音。

看样子案发当时同在一室的四个男子事先并未串供，全都口径一致。四人都以为对方会袭击自己，所以没人注意到睡在隔壁房间的左近遇害，也没人疑心会发生这种事，毕竟当时他们脑子里一片混乱，一心只想着如何保命。

只有一个人和他们的回答不一样，那就是和左近睡在同一个房间的久吉。

不过久吉的回答十分简单，他说自己一睁开眼就看到大人们蜂拥进房间。虽然在他们进来之前自己就被吵醒，但四周一片漆黑，什么都看不见，是有听到什么声音，但紧蒙着棉被的他也听不清楚，至于那声音并非濒死的左近发出的声音，而是许多人的声音。久吉自言自语地说着，一副摸不着头脑的样子。

警方很快断定是美音杀了丈夫，然后畏罪自杀。那时美音是唯一找到纸罩灯、冷静下来的人，因此大有可能从容犯下罪行。虽然她谋杀亲夫的行为犹如恶毒的魔鬼，但她的境遇也让人同情、唏嘘不已。平常家里除了左近以外就只有美音，所以美音能从外面打开门闩也没什么好奇怪的。

“此案断定为美音杀死丈夫后畏罪自杀，不知结城先生有何看法?”

被署长这么一问的新十郎只是点了点头，说道:

“我没意见，我想世人大概也会这么认为吧！如果真的非把某人杀了不可，我也可能成为凶手。与其去找这件案子的凶手，还不如去研究一下武田信玄①。武田信玄死后三年秘不发丧，关于其死因众说纷纭。是老死、他杀还是自杀，如果是他杀，找出杀了武田信玄的凶手更有意义!”新十郎眉头紧锁地回答。

*　*　*

难得新十郎、花乃屋与虎之介等人一同来到海舟府邸。

海舟仔细听完事情始末，一如往常地反手拿起刀放脏血。虽然海舟没和水野左近来往，不过水野好歹也是旗本出身，海舟对他也略有耳闻。虎之介则和志道轩从云是少年时一起拜师学习剑术的同门师兄弟，年纪也相仿。况且从云二十岁那年还被断绝父

---

① 武田信玄（1521—1573)，日本战国时代甲斐国著名政治家、军事家，有“甲斐之虎”的美称。1572 年，武田信玄领兵前往京都讨伐织田信长，大获全胜，却于次年离奇死亡。

子关系，虎之介对他印象不深，却也还记得他。

海舟边放脏血，边对新十郎说：

“门板上的门闩是否被人从外侧动过手脚？”

新十郎微笑着回答：“完全没有。那扇推拉门从里面关上后，门板会嵌入门柱的槽里，外侧根本没有任何缝隙。”

“所以如果不是屋内的人，从外面是打不开门闩的，对吗？”

“是的。”

“有没有可能是左近忘了上门闩，或是左近自己打开门闩？”

“何以见得？”

海舟凝视着新十郎清澄的双眼，呵呵笑着：

“不觉得有可能是那个家伙事先准备好八把刀丢向隔壁房间，等到骚动渐起后，再悄悄地打开门吗？”

“哈哈哈！您是讲神话天岩户①吗？如果左近是那个躲起来偷看的天照大神的话，那么把他拖出来的天手力男神是谁呢？”

花乃屋毫不客气地打岔，这个“百事通”又趁机卖弄了自己知识渊博。

只见新十郎有点害羞地说：

“先生的推理并不无道理，不过那时房间内一片漆黑，就算是左近想偷偷拉开门看热闹也看不清吧。况且左近陈尸的位置，

---

① 日本神话故事。天岩户是日本神话传说中的洞窟，太阳女神天照大神藏身其中，使得世界一片黑暗。众神在洞外奏乐跳舞，引得天照大神将天岩户开了一条缝偷看，大力神天手力男神便趁机将其从洞中拖出，世界重新恢复光明。

恰巧是其通过气窗往隔壁房间抛刀子的位置，就在气窗下方，也是最能够清楚听到隔壁房间有何动静的位置。”

花乃屋闻之一惊，拍了一下膝头。

“我知道了！凶手是久吉！”

新十郎脸上浮现出困惑的表情。

“刺杀左近的人不太可能是小孩或女人，应该是对剑术颇有造诣之人。正司和常友一个在点心店，一个在餐馆长大，都是从头到脚的平头老百姓，不大可能会剑术。幸平则是个和武术无缘的文弱男子。能够在一片昏暗混乱中一刀刺中，且深及刀把，足见凶手应该有着相当腕力，看来只有和泉山虎之介先生师出同门的从云才有此能耐。”新十郎面带微笑地开始推理。

“只要晓得从内侧打开门闩的人不是左近，便能解开此谜。能够打开门闩的，除了久吉外没有别人。若能察觉出久吉刻意否认打开门闩一事纯属谎言，此案谜点便昭然若揭。除非父亲从云命令他这么做，否则久吉应该是不可能说谎的，从云之所以叫久吉说谎，是因为他要利用此方法杀死左近。”

但新十郎似乎不甚满意自己的推理，继续说：

“依仓三所言，左近设计骨肉相残的阴谋，仔细一想有些明显失误。其中最大的失误是他提出立常友为继承人，但在常友尚未完成户籍更改手续前，若有什么万一，久吉便是继承人。就仓三所言，左近认为从云会趁常友未更改好户籍前杀死他，因为常友和从云日后不太可能有什么碰面机会，因此对从云而言，那晚是杀死常友的绝佳机会。左近自鸣得意，没想到却是他最致命的失策。”新十郎神色愉悦地笑着。

“因为正司和幸平没有杀害常友的动机，因此若是常友被杀死的话，那么从云肯定是头号嫌犯。其实破坏常友成为继承人最简单的方法，便是趁那晚解决掉左近就可以了。况且那晚常友还没有入籍水野家，那么继承人就只能是久吉。相较于常友遇害，若死者换成左近的话，那么在场的美音、幸平和正司等人也有充分的杀人动机，不是更有利吗？左近一心一意想制造骨肉相残的悲剧，却完全忘了自己具有成为刀下冤魂的绝佳条件。左近那天说在常友改姓前，那一万日元由久吉继承，自己则会代久吉保管，等于告诉从云自己晚上会和久吉一起睡一个房间。反正酒宴时间长得很，志道轩有充足的时间和机会命令久吉等众人入睡后打开门闩。对从云而言，左近抛出多把刀子实是求之不得之事，再加上只有他晓得门闩没闩住、房门洞开一事，于是有别于其他人的狼狈样，杀意坚决的他偷偷潜入左近的房间将其刺杀。至于美音之所以自杀，是因为她怀疑凶手就是自己两个亲生儿子中的其中一个，所以决定背黑锅自了残生。幸平与正司酒宴后的粗鲁行为，确实让母亲有充分理由怀疑他们下手杀人。”

新十郎语毕，只见海舟颔首，说道：

“原来如此，不过左近也算不上是最坏的。毕竟，这世上成为恶魔的人，要比阿虎这样的傻瓜多数千倍。不是一般的多！”

一旁的虎之介不禁瞠目结舌。

雷电可鉴

有些人很怕打雷。其实啊，一般人都很怕打雷，但我说的是那种特别怕打雷的人。我认识的人当中，就有一个人因为特别怕打雷，所以搬到伊东地区住。伊东地区每年只听得到四五次从远方传来的雷鸣，所以即使光是上班单程就得花费三个钟头，他也宁可如此，换取不被雷声惊吓的生活。

听他这么说，我才发现东京还真是经常听到雷鸣的地方。我住在矢口的渡口附近时，经常听到特别大的雷声。听住在矢口一带的人说，武藏新田的新田神社常有落雷。人们之所以这么说，或许是和新田神社供奉的那位新田义兴①武将凄凉又悲惨的结局联系起来了吧。不过，新田神社时常有落雷就是了。战争时，新田神社几乎成了废墟，连雷都不晓得要落在哪里吧。矢口一带的落雷主要是大山方向产生的雷云，经由横滨上空过来落下的。只要在一处地方住上五六年，就会明白这些道理了。

说到这个搬到伊东地区住的先生可不是一般的怕打雷，他还随身携带自己做的东京雷电分布地图，逐一仔细调查袭击东京的雷电是在哪里生成，从什么方向过来、行经路线等。雷公的行进路线都有一定的规律，当然，有时行进路线不太一样。他花了二十年时间调查，绘制了这张地图。譬如，二十年来都在同一地点形成的雷云有五百次，那么三百次以上都是行经同一条路线的标注红色，百次以上的标注橘色，五十次以上的是黄色，十次以上的则是浅绿色，以颜色清楚区分。看这份地图就能清楚知道有些地方经常有雷云经过，有些夹在这些地区中间的避雷区则是很少有雷云经过，怕打雷的人就可以住在这样的避雷区。

要绘制如此完善的地图，必须靠住在各地讨厌打雷的人帮忙才行。打雷时，虽然怕得要死，这些人还是要拼命拿着记事本和笔做记录，隔天还要确认落雷的地点，就是靠着这样的交换情报方式制作出这份地图。彼此偶尔会有联络，也不是要团结起来共谋什么对付雷电的阴谋，也没什么私交，只是交换各自记录的雷

---

① 新田义兴（1331—1358），日本南北朝时代的武将，在矢口渡口遭到谋杀，因死后怨灵作祟，当地人修建新田神社加以供奉。

电行进路线的情报，可说是一种类似神话传说般的执念与共鸣，驱使着他们这么做。这些人当中不乏有钱人，他们为了躲避雷电，会搭电车或坐计程车前往避雷区的旅馆投宿。这时，往往有五六个这样的伙伴投宿同一家旅馆，一个个面色苍白、慌慌张张。然后当雷电停止后，也不欢呼雀跃，就很平静地解散，各自返家。这群人前往避雷区的旅馆投宿也有顺序，尤其排在前三位的人始终都是相同的顺序。换句话说，同样是怕打雷的人，有的早在一个钟头前便察觉到，有的人则是四十分钟前、三十分钟前才意识到。尽管如此，这些人的直觉比气象局的仪器来得准确。再者，这些人虽有这项异能，却不在乎出人头地一事。

好了，来说说盂兰盆节①刚过，八月十八日晚上的事情吧。虽然东京的雷电犹如幽灵般出现的时间飘忽不定，但多是发生在傍晚前后，而且特别吓人。这是发生在某个怕打雷之人身上的事。

话说那天晚上快九点，还是八点半左右，突然雷电交加。因为我不是怕打雷的人，所以没那么敏感，也说不准发生的时间就是了。

到底是快九点，还是八点半呢？这问题挪后再说。总之，事情发生于住在本乡驹込，一个名叫母里大学的官员宅邸。那一带

---

① 盂兰盆节，中国的盂兰盆节为农历七月十五，又称中元节、鬼节。日本的盂兰盆节为公历八月十五日前后。

有好几间寺院，八百屋阿七①寺院也在这附近。母里大学的宅邸虽然没有紧邻墓园，但后方不远处就是一片墓园。

男主人母里大学的来头不小，相当于现在的农林省高官。今年四十七岁的他上个月下旬奉命前往北海道视察，这个月的二十几号才回来。三十四岁的夫人安野只好只身带着十五岁的多津子、十二岁的秀夫，还有七岁的大三，母子四人偕同六十二岁的管家今村左传，五十五岁的左传老婆瓶女，还有二十二岁的女佣初惠、十七岁的女佣佐和子，一行人回男主人的故乡九州岛扫墓。预计明天十九日或后天二十日回东京。

长子由也今年二十三岁。还在念大学的他，还有十八岁的女佣三枝子与阿苑，还有三十八岁的马夫当吉与他的妻子，三十六岁的阿洛，主仆五人负责看家。这五个人当中，有三个人虽然不像男主人那么怕打雷，但也是怕雷电一族，

“这么多人看家，我很放心。只是担心打雷的时候，毕竟有三个人都是怕打雷的人，所以三枝子可要打起十二万分精神哟!”

夫人安野出发时，曾笑着这么说。当吉夫妇与阿苑就是那种一打雷就犯病的人。只要一打雷，这几个人就会挂上蚊帐、披上被子，不管主人怎么叫他们，躲到满身大汗，也窝在被子里不肯出来，所以用“病人”这词形容他们一点也不夸张。

---

① 八百屋阿七，日语中“八百屋”指蔬菜店。蔬菜店老板的女儿阿七生活在日本江户时代，为与恋人相见犯下纵火案，后被捕并处以火刑。

虽然让管家或他的妻子留下来看家比较让人放心，但返乡扫墓可是件大事，安野怕没有管家夫妇这两个得力助手帮忙会出什么差池。况且当吉夫妇除了怕雷电之外，做事倒也颇稳当，所以让他们留守也不会不放心。

马夫当吉夫妇住在马厩旁的小屋。主人不在时，当吉的妻子阿洛便去上房的女佣房住。当吉也会在女佣房和大家一起用过晚餐，再自己回小屋，但听到远处传来雷鸣，只见他又一脸忧愁地跑回女佣房，因为他不敢独自待在小屋里。

雷电大作时，只见三个人顾不得男女授受不亲，挤在女佣房的蚊帐里。靠着人多胆子大，三人就铺好三张地铺，窝在被子里，就像躲避敌人袭击的贝壳，怎么样也不出被子外，这样才能尽量不被可怕的雷鸣吓个半死。

这天晚上，雷雨来得突然，三枝子赶紧跑去关上各个房间的遮雨板。由也因为正值暑假，加上父母都不在，总是玩到很晚才回家，甚至有时彻夜不归。父母在家时，他比较少拖到晚上十一二点才回家，也不会跑出去外宿。现在家里没大人，更是放纵了。这时由也也还没回家，三枝子关上各房间的遮雨板，也掩上大门，只留下小便门未上门闩，方便由也回来。接着又去由也的房间，帮他铺好床，将烛台和打火石放在书桌上，还灌了一茶壶水，放了个杯子在枕边。

三枝子去关门、铺床这些事，都是躲在被子里的当吉和阿洛出声吩咐的。本来帮由也铺床是阿洛的工作，因为母里家还保有武士家传统，所以由也的床褥不能由年轻女佣来整理。

三枝子回到女佣房时，躲在被子里的当吉夫妇再三确认了三枝子办完了这些事，也晓得由也还没回来。

雷鸣越来越大，传来轰隆的落雷声，好像大地都快被劈成两半。就在这时，由也回来了。三枝子回应一声“来了”，站起来，躲在被子里的阿苑问道：

“怎么了？”

阿苑怕雷的症状比当吉夫妇来得稍稍轻微，只有她头脑还有些清醒。

“好像是少爷回来了。还听到他在拍手呢！”

三枝子回道，旋即离去。因为大雨拍打窗子发出激烈声响，加上盖了好几条被子，所以当吉夫妇和阿苑都没有听到什么拍手声，但是三枝子说她听到了。由也的房间离女佣房有段距离，外头雷电风雨交加，怎么可能听得到拍手声？所以由也应该是刻意走到女佣房附近拍手的吧。大门离女佣房也有段距离，所以三枝子也没有听到开门声，不然就会过去应门。

那天晚上的雷电持续很久，由也回来时正是雨势最大的时候。雷公那晚好像对母里家特别感兴趣似的，仿佛在附近徘徊了好几回，雷电不停地落在宅院附近，就这样一直持续到晚上十一点多。直到十一点半，雨势才歇。没想到过了十二点还不时听到雷鸣。

三枝子一直没回房。由也倒是比平常早一点回来，大概九点半到十点左右到家。虽然已经提早给由也准备好了宵夜，但三枝子要到厨房里去拿来，还要端到少爷的房里去，自然会花些时间，所以三个人也不觉得奇怪，就这样睡着了。

最先醒来的是阿洛，那时雷雨依旧下得猛烈。又过了三四十分钟，雷鸣逐渐远去，阿洛钻出蚊帐，点起蜡烛，瞧了一眼挂钟，差十分就午夜十二点了。阿洛叫醒当吉，说已经不打雷了，要他回小屋休息，不能老待在女佣房。当吉磨磨蹭蹭地起来，确定雷鸣已经逐渐远去，这才安心地回小屋。阿洛又将阿苑叫醒：

“你也睡着啦？奇怪？三枝子怎么还没回来？都已经十二点了。她跑去哪儿啦？可能是我们抢了她的棉被盖，所以她跑去别的房间睡觉吧。况且遮雨板掩上，房间热得要死，她大概待不下去吧。”

阿苑也是满身大汗。两人跑去另外一间女佣房，没看到三枝子。想说她会不会是在浴室隔壁的洗手间，或是用人出入口旁的小房间等地乘凉，反正这家能睡觉的地方多的是，也就没在意。就在两人快睡着时，忽然听到“扑通”一声，好像有什么东西掉进后院水井里的声音。阿洛虽然想起来过去看看，但睡意袭身，实在没这气力。

“好像有什么声音？”

阿洛喃喃道。

“我也有听到。”

阿苑也迷迷糊糊地回应。

“好像是后院的水井吧?”

“好像是吧。”

阿洛听到阿苑的回应后，也睡着了。没想到三枝子就此行踪不明。

* * *

翌晨，两人发现三枝子不见了，找遍每个房间还是没见着。她们发现给由也准备的夜宵还摆在厨房里，但还是没觉得有什么不对劲。阿苑打扫完，走进厨房对正在准备早饭的阿洛说：

“玄关那边乱套啦！好像是少爷喝醉了，吐得一地都是呢！而且满地都是烂泥脚印，少爷好像没穿木屐，八成是因为大雷雨，慌慌张张地跑回来，把木屐都给跑丢了吧。”

阿洛过去一看，果然满地都是烂泥，呕吐物还吐在洋书上。大概是由也蹲下来呕吐时，手上的书不小心掉下来了吧。

“有生大葱，还有魔芋丝和肉末……少爷大概是在外面吃了寿喜烧吧。这本书怎么办啊?”

阿苑在呕吐物上撒灰，扫起来去厕所冲掉。书就拿去洗一洗、晒干，问题是被呕吐物泡了一夜，为了不弄坏纸张，阿苑费了好大的劲儿才弄干净晾上。玄关大门也没关，门闩也没插上，少爷肯定喝得烂醉。

厨房附近也有脚印，而且好像有人擦过，只是没有擦得很干净。

“看来少爷特地走过来拍手叫人吧。”

看玄关那边的烂泥脚印，由也能走到这里也挺不容易的。

“三枝子可能是摸黑擦的吧。没擦干净。”

阿苑一边嘀咕，一边从起居室一路擦到佛堂，再到由也的房门口。阿苑发现摆在起居室壁龛的青瓷花瓶和装饰用的大瓷盘摔破在地上。大瓷盘是出自日本著名陶艺师柿右卫门之作，青瓷花瓶则是中国的工艺品。母里大学喜欢收藏陶瓷器，其中不乏珍品，这两件可是他相当钟爱的宝贝，多次叮咛打扫时务必小心。虽然这两件珍品不是阿苑打破的，她却吓得脸色苍白，赶紧叫阿洛过来。两人面面相觑，呆愣了好一阵子，半天说不出一句话。主人的宝贝摔破，三枝子行踪不明，再也没有比这更叫人不安的事了。

她们想起昨晚听到的好像有什么东西掉进后院的水井里的声音。

两人想起只要是日本人都知道的著名的鬼故事《数盘子的阿菊》①。女鬼阿菊也是大户人家的女佣，而且摔破的是珍贵的濑户陶瓷，根本是一模一样的情形。

两人都联想到这一点，脸色越发苍白，根本说不出话来。这

① 《数盘子的阿菊》，日本著名鬼故事之一。江户城一大户人家中，女佣阿菊不慎打破主人爱若珍宝的十个盘子中的一个。不堪主人责罚的阿菊投井自尽，死后化为怨灵。井底每晚会传出“一个，两个，三个……”的数盘子的声音，数到第九个时便会传出哭声，然后从头数起。

时当吉走过来。

“喂！昨晚我回到小屋，突然听到‘扑通’一声巨响，好像是从后院水井里发出来的，莫非……”

两个女人不待当吉说完，便吓得要当吉别再说了。

近中午时，由也起床了。用人们给他看了摔破的瓷器，问他有什么印象。

“嗯，是喔。”

由也只是这么响应，陷入沉思。可能是因为宿醉的关系吧。他的脸色很苍白，让人觉得是他摔破的样子。

“那是三枝子不小心打破的。好像是打雷声让她吓一跳，不小心碰倒青瓷花瓶，花瓶又倒向盘子，她吓得一直哭。”

她们能够感同身受三枝子为何会吓哭。当吉是个好人，却也是个胆小鬼，他没胆量下去井里捞起三枝子的尸体，于是慌忙报警，来了一名警官、一个年轻警察和打捞工。阿洛很担心，心想当吉这个胆小鬼怎么不请示一下少爷，就擅自报警呢？她请警察和打捞工稍待一下，赶紧去通报由也。那时，由也正在起居室吃着阿苑帮他准备的早饭，一听到警察在后院等着。

“啊？！”

大吃一惊，一脸不敢相信似的惊惧不已。

“后院的……”

由也没说出“井”这个字，阿洛和阿苑也很怕说出这个字，三个人都很害怕提到这个字。

“后院的……警察来了，是吗？来都来了，也没办法吧。”

由也仿佛身患重病，说起话来有气无力。只见他手上的筷子掉在地上，垂着头，又愣愣地站起来，脚步踉跄地回自己房间。

阿苑帮他沏了一壶茶，瞧见由也愣愣地坐在书桌前。

“您不用餐了吗？”

阿苑问，由也没回应。

“有人看到三枝子投井吗？”

“我们都听见‘扑通’一声，但没人看见，就像那个‘数盘子的阿菊’。”

这瞬间，由也摇摇晃晃地起身，叹了一口气说道：

“是吗？像那个‘数盘子的阿菊’吗？”

整个人又像泄了气似的垂着头。

令人匪夷所思的事情发生了。打捞工在井里捞了半天，并未捞到三枝子的尸体。下了大半夜的暴雨，井水水位暴涨，实在很难探到井底。用长竿子捅到井底量了一下，足足有八米深。打捞工谨慎地用棒子探了一下，还是没有任何发现。位阶比较高的警官说：

“我来！”

说完后，脱到只剩一条内裤，就这样跳进井里。

“我是房州人，看过潜水作业。他们都是抱着一块大石头就这样潜入海底，放掉手上的石头就可以轻松浮上来。这水也不深嘛！”

他命两名打捞工在腰际系好绳索，万一遇到什么紧急状况，可以马上拉上来。他命两人轮番抱着石头下水搜查，自己也用同样的方法潜入井底探查，还是没有任何发现。

“这口井的确没找着什么，还有其他水井吗？”

当时没有自来水，母里家的厨房还是乡下的那种泥土地厨房中央有一口内井的老式样，马厩旁边也有一口井。两口井都用同样的方法搜索过，依旧没找到三枝子的尸体。附近人家的水井也查过，还是没有。

“难不成三枝子是往井里扔石头，让人以为投井自杀，然后逃回老家？你们知道她的老家在哪儿吗？”

“三枝子她家家道中落，所以无家可归。不过她有个哥哥寄住在阿苑的老家。是吧？阿苑。”

“是喔。你跟着阿苑去她老家确认一下。要是有看到三枝子，就将她带回来。”

警官指示年轻警察和阿苑一起去位于下谷的老家。

* * *

三枝子的哥哥叫赖重太郎，今年二十五岁，是个大学生。虽然晚了一点上大学，但成绩十分优异，还是个热血男儿，有正义感、有爱心，一心扶贫济弱的好汉。

阿苑老家人则是从先祖车善七开始，便代代乞讨维生。五年前，在重太郎的劝说和帮助下，阿苑父亲开了一间药铺，不再沿街乞讨过活。其实重太郎早在十七岁时，就默默观察这些生活在社会底层人们的生活，劝说他们一定要靠自己的力量重归正途。但是肯听少年这番话的人，只有阿苑的父亲车长九郎。他开了这间药铺，无非是想帮助后生晚辈学习行商之道，也会拿药给那些因为吃了不干净的食物而生病的乞丐，因为唯有身体健康，才有本钱去工作。但是这些长年行乞的人往往只有三分钟热度，毕竟过惯了乞讨生活，也不引以为耻了。

车长九郎见这些晚辈没有进取心，着实失望。于是和重太郎一起办了间私塾，教导那些乞丐儿，这么一来，孩子长大后，自然就不会乞食维生了。这是个长远计划。长九郎在基督教教会里结识了同为教友的今村左传夫妻，拜托他介绍阿苑和三枝子去母里家做帮佣。今村瓶女和同为没落士族出身的左传结婚，虽然和左传一起在母里家帮佣，但瓶女其实是个小有名气的和歌诗人，也精通书法、花道、茶道，还有一手好厨艺。瓶女为人谦逊，甘于清贫生活，也没有收弟子的意思，也就更得人尊重。重太郎和长九郎都希望出身贫寒的妹妹和女儿能跟着瓶女学习礼仪，所以才费心请托。瓶女本无意收弟子，干脆让两人和自己一起到母里家去做帮佣了。母里大学听闻阿苑出身贫贱，并没有多说什么。但夫人安野和女儿多津子就很讨厌阿苑和三枝子。尤其是多津子见两人长得面貌清秀，很是嫉妒，所以经常故意刁难她们。比阿苑和三枝子早一些到母里家帮佣的初惠也对她们很不友善，经常煽风点火。多津子央求父母，找了个士族出身的女孩佐和子，来当自己的贴身女佣。

“佐和子出身士族，当然适合当我的贴身女佣。初惠好歹也是商人家的女儿，也是合适人选，但那两个臭要饭的，出身那么贫贱，可是会脏了我的房间呢！”

总之，事情就是这么回事。由也是前妻生的儿子，也就是多津子同父异母的哥哥。看到阿苑和三枝子会服侍由也，多津子心里不是滋味，为了让哥哥远离她们，不是故意造谣中伤她们，就是耍些小手段陷害两人。三枝子是重太郎的妹妹，虽然哥哥住在乞丐聚落，但其实出身并不低，可是旗本的后代。所谓旗本，就是以前在战场上保卫军旗的武士团。但因为重太郎和乞丐混一块儿，所以多津子自然瞧不起三枝子。

今村夫妇有时会护着阿苑和三枝子，但他们毕竟是士族出身，多少还是有一点轻视出身低贱的人。三枝子和阿苑虽然年纪尚轻，但也知晓人情冷暖。瓶女不是超凡脱俗的诗人，也不是贯彻神的旨意的忠实信徒，两人还是知道她是有偏见的。至于马夫当吉夫妇，对人就没有什么偏见了。

重太郎听闻妹妹不小心打碎主人家的珍宝后逃走，实在不敢相信妹妹会做这种事。三枝子笃信基督教，绝对不可能犯这种错才是。但眼下得找到三枝子才行，劝她回去赔罪，好好说教她一番才行。但如果三枝子是冤枉的，也要还她清白才行。

阿苑一直觉得重太郎是世界上最了不起的人。她也很喜欢三枝子，和三枝子感情要好得亲如姐妹，或许是因为她爱上重太郎了吧。阿苑没想到警察怀疑三枝子，还会追查到重太郎头上来，所以在警察面前丝毫不畏惧地说出自己的看法。

“我才不相信那东西是三枝子打破的。虽然不能随便怀疑别人，可是我擦脚印的时候看得清清楚楚，分明是两个人的脚印，因为大小不一样啊！其中肯定有什么误会。”

“也有可能是昏暗中，三枝子不小心滑倒，撞倒花瓶啊！”

“不对，三枝子是拿着烛台过去的。那时我虽然害怕得躲在被子里，但从缝隙瞧见烛光，三枝子出去后，房里就漆黑一片了。说明她是拿着烛台过去的。”

“也可能是三枝子不小心打破花瓶，吓得跑出去，结果到玄关处被由也拉回来，所以才会有一大一小的脚印。”

“但我觉得那个比较小的脚印并非三枝子的，怎么说呢？因为每天都是阿洛帮少爷整理寝具，今早因为床上都是脏泥，所以阿洛叫我过去帮忙。我们要将少爷的寝具放进壁柜时，发现壁柜里还有另一套寝具，也是沾满了脏泥。阿洛觉得很奇怪，便将那套寝具摊开来，发现里面有一副眼镜，那副眼镜不是少爷的，三枝子也不可能戴男用眼镜。所以我认为应该有一个浑身沾满脏泥的男人在少爷房里过夜，天还没亮就走了。”

这可是个意外发现。其中一个年轻警察远山对阿苑颇有好感，也对重太郎的印象很不错。尤其听了重太郎、三枝子和阿苑的身世经历后，更是感动。

“原来如此，看来这件事另有隐情啊！根据各位的证词，三枝子的确不可能逃走躲起来。问题是，现在连尸体都没找着，这到底是怎么回事呢？我得向上头报告一声才行。重太郎先生，为了令妹失踪的事可以请你跟我们去一趟警局吗？”

“没问题。我一定全力协助你们调查。无论我妹妹是否做错事，我这个兄长一定要找出真相。”

一行三人来到警察局。重太郎接受了例行询问，潜入井底探查的佐佐副警部也报告了大致情况。佐佐副警部命令远山继续调查，三人一起回到母里家。

被由也吐得乱七八糟的是《莎士比亚全集》中的一册，扉页上署名 K. TOCHIO。虽然由也不在家，但阿洛和阿苑知道这是少爷的一个朋友，名叫栃尾的书，也晓得他住在哪里。警方前往白山下拜访栃尾，他刚好在家，也表示这本书是他的。

“这是昨天我借给时田的书。时田、母里和川又来我这里聚会，时田向我借了这本书，我们四个人还去一家叫‘秃章鱼’的马肉店吃喝。时田虽然很有才华，但酒品很差，喝醉了不是骂人就是打人，昨天也是。昨天离开时，我记得是母里带着喝醉的他回家。因为我们四个人都醉了，我和川又同行，不信可以去问他。”

远山巡警和重太郎立刻前往白山上的那间马肉店。店的菜单上写着书生火锅、马肉火锅等。因为四个人是熟客，所以老板记得他们。

“是啊！那个叫时田的酒品很差，一喝醉就会跟别人干架。

别看他们都是读书人，闹起来可不得了了。不过这也没什么啦！年轻人嘛，又是好朋友……”

“时田是和谁吵架?”

“就是他们几个朋友啊！栃尾先生和他那几个朋友感情好，所以不会真的闹翻啦！只是因为喝醉，多说两句而已。”

“我们不是说这两个成绩优异的年轻人，也不是在调查他们干了什么坏事，只是其中一个下落不明，他的家人来报警了。我们只是在查他昨天晚上去了哪儿，想来问问你。”

“是喔。刚才栃尾先生来还伞，还说到处找不到时田。年轻人嘛，一个晚上不见踪影也没啥好奇怪的。”

“也是啦！不过我们找他，是他家人要带他去相亲，要求我们立刻找到他。实不相瞒，这在我们警察内部，可不算一件小事哩!”

“原来如此啊！昨晚他们倒没提到什么相亲的事，真是可笑。争吵的起因是母里先生说他家因为盂兰盆节的关系，一行人回老家扫墓，只剩下他一个人，还有四名仆人看家，还说什么其中三人很怕打雷，会吓到挂起蚊帐，只有一个女佣不怕雷电，还是个美女呢！后来打起雷了，喝得烂醉的时田先生要求到母里家借宿一晚，还说什么想握握那个美女的手。虽然是喝醉了说胡话，但他一直说个不停，惹毛了栃尾先生，母里先生倒没说什么就是了。只见栃尾先生拉住时田先生，不让他走，还赏了对方两三拳。时田先生挨揍，又喝得烂醉如泥，连站都站不稳。母里先生赶紧出面劝架，后来他手里拿着酒瓶子，对时田先生说：‘咱们回家再喝！’便扶着他离开了。那时还没开始下雨，柄尾先生、川又先生留下来吃了点东西才走。这时开始下雨，他们本来打算等雨停了再走，但雨势越来越大，他们就向我借了一把伞。应该是在母里先生他们先离开后，又待了大概一个钟头才走的吧。什么？几点开始下雨？不太清楚耶。大概是时田先生和母里先生离开后十分钟开始下的吧。又过了半小时，就下起大雷雨了。柄尾先生、川又先生离开后雨势更大，我还从没看过这么大的雷雨呢！”

根据老板所述，打人的是柄尾，挨打的是时田。时田当时醉到连站都站不稳，无法回家，大概去母里家借住了一宿吧。所以大门口的脚印大概是他们的。根据老板的说辞，他们走后十分钟才开始下雨，三枝子听到拍手声，出去应门时刚好是雨势最大的时候，所以应该是他们离开“秃章鱼”一个钟头后的事。从“秃章鱼”到母里家只有三五分钟路程，天黑再怎么不好走，喝得再怎么醉，二三十分钟应该也能走到。

“这就怪了。母里拍手叫人是在雷雨最大的时候，两人怎么会花了这么久的时间走这段路呢？柄尾是因为三枝子而跟时田吵架，也许是因为他早就对三枝子有好感吧。还有一种可能是，柄尾得知其他三名仆人都怕打雷，所以他偷偷潜入母里家想非礼三枝子也说不一定，那本掉落的书是他的。虽说是他借给时田的书，但是不是真的借了还很难说呢！像他这样把别人当傻瓜的人不可信。总之，我们先去找时田吧。”

远山巡警虽然年轻，但分析事情很清楚，让重太郎十分佩服。问题是，枥尾没戴眼镜啊！

“昨晚四个人当中，是谁戴眼镜？”

重太郎问，老板想了想，说：

“记得只有时田先生吧。他喝得烂醉，眼镜掉了好几次。母里先生扶着他离开时，他的眼镜又掉了一次。那时刚好来了闪电，母里先生马上捡起来，让他戴上。”

“四个人吃的是马肉火锅吗？”

“对，我们店里只有这一种吃的。”

“他们当中有谁在你这里呕吐吗？”

“这就不清楚了。要是去上厕所的时候吐的，我哪儿知道啊！”

“当时谁带着书？”

“哪个学生手里不拿着书啊！我哪记得那么清楚。”

老板打了个哈欠，可能是觉得重太郎的提问没有远山巡警那么有重点，所以有些不耐烦吧。眼镜可是一大线索，时田离开店里时是戴着眼镜的。

时田家到“秃章鱼”的距离比母里家远一倍，所以母里家刚好介于中间处。时田宅邸非常气派，父母双亡的他和祖父同住。时田明年大学毕业后，祖父就会将时田家交给他，所以明年他会继承一笔可观的财产。时田家请了不少女佣，看起来都很有教养，她们早已视时田是当家主了。女佣说家里刚好有客人来访，就是由也。现身西式风格大客厅的时田显得有点狼狈，否认由也来找他。

“时田先生不是有戴眼镜吗？”

被重太郎这么问，只见时田抬起苍白的脸，斜睨了重太郎一眼，显得很不耐烦。

“眼镜放在房间啊！干吗问这么无聊的问题，有什么要事快说吧。”

远山回道：

“这就是要事，因为你的眼镜疑似出现在一处奇怪的地方。”

时田依旧面不改色，这点倒让远山颇感意外。

“其实那副眼镜是在母里家后院的水井里打捞到的。”

刚才还镇定自若的时田脸色骤变，感觉得出来他很是忐忑不安。只见他瞪大眼，说道：

“从井底?！我不知道有那口井啊！也没弄丢眼镜啊！”

“是吗？那就请你拿出眼镜。”

时田表情有点扭曲，但马上又恢复如常。远山和重太郎凭借敏锐的观察力立即捕捉到了他神情的变化，只见他踩着无力而又沉重的步伐，略显悲凉地转身离开，回房去拿眼镜。过了十分钟还是不见时田回来，远山突然起身跑到后院，躲在树丛中窥看，瞧见有个女佣气喘吁吁地跑过来，他赶紧奔回客厅，这时时田戴着眼镜现身了。

“昨晚我喝醉了。眼镜掉在地上摔破了一边，今天拿去店里修理，刚派女佣去拿回来。”

时田懒洋洋地说。看来他晓得远山躲在后门偷看，准备了这番说辞。远山对自己的失败行动感到懊恼。应该在见时田之前，先问问用人他回家的时间和回家时是否戴着眼镜，根本没必要向当事人确认。之后无论问什么，时田都称说不知道，还说要是不信，可以去问问女佣。远山自以为抓到时田的把柄，让他乖乖束手就擒，反倒被对方将了一军。时田肯定是差遣女佣去买眼镜，再要求大家口径一致，远山和重太郎只能悻悻然离去。

回到母里家等消息的阿苑跑过来，说：

“有个重大发现！今村先生的家就在母里宅邸后面，对面就是后院的那口井。昨晚他的儿子小六看见两个男人在水井边！也是基督教徒的小六就读神学院，大家都知道他很用功，每天都念书到半夜两点。他听到后院的水井有声音，所以探头往下看。他的房间位于二楼，照理说那时外头昏暗，根本看不清楚什么，但那时碰巧有一道闪电，小六看到有两个人影刚从井边离开。小六不晓得那两个人是谁，但确定是两个男的没错！”

远山和重太郎赶紧去问小六，证实阿苑所言不假。那口井就在母里家后院围墙旁，虽然离上房有点远，却离今村家很近，而且刚好就在小六房间的正下方。那晚因为雨停了，所以小六开窗，点着小蜡烛继续念书，忽然听到楼下传来水声，好奇地探头一瞧；碰巧那瞬间有道闪电，瞧见两个男人在水井那边。但因为天色昏暗，没看清楚是谁。

这件事的确很奇怪。明明听到水井那边有声响，搜查了井里却没有任何发现。

两人回到所里，向佐佐副警部报告。只见佐佐副警部偏着头说：

“原来如此，的确很奇怪啊！不过刚刚得到一个线报，浅草有家当铺十天前收到一套珍贵的茶具，一看居然是曾经轰动一时的蝎子纹茶具的真品。听说原本是母里家的收藏品，所以怀疑有人偷了拿去卖。昨天那家当铺来报警了，今早派人去那家当铺了解一下，结果是一个名叫小胜的向岛艺人拿去当的。你去查一下吧。”

远山受上级指示，基于前车之鉴，他换上便服和重太郎一道去探访。不过他没有先找小胜问清楚，而是先在附近打听一番。年方二十二的小胜是地方上出了名的美女，包养她的男人还送了她一间房子，她和一个叫小奴的年轻艺伎一起住，小奴也有个要好的情人，那个人就是由也。年轻艺伎中有一个名叫小先的绝色美女和小奴关系很好，也开始和有钱的大学生交往，好像是时田的样子。最初是时田带由也去开开眼界，由也去年底开始和小奴在一起，但他不像时田那么有钱，所以经常偷家里的东西送给小奴，小奴就让小胜拿去典当。但是当铺老板看到这次来当的是这套天下无双的蝎子纹茶具，心想不妙，这才通报警方。早在这之前，小胜就已经去典当过不少次了。

远山和重太郎花了三天的时间，调查了这些事，只剩当场活逮时田和由也两个人和艺伎幽会一事了。远山欢喜地回所里报告，佐佐副警部看着他，没好气地说：

“喂！你这小子上哪儿去晃悠啦！浅草那家当铺又来消息，那套珍贵茶具又被赎回去了。而且是我叫你去调查的那天晚上赎回去的，这几天你到底在干什么啊？”

远山这次小心翼翼，没直接去当铺调查，也没和小胜等人直接接触，但是还是失败了。

失了信心的远山十分沮丧，隔天没有当值的他去找重太郎，重太郎安慰他：

“这也是没办法的事。总之我们严密监控由也的动向，找到他和艺伎幽会的证据。”

“哎呀，不行啦！听说他父母三四天前已经回来了。所以他没办法在外面逗留太久。”

“但是，就算他父母在家时他从不外宿，他一定有什么特别的方法和情人幽会，所以我们还是有机会的！”

“也对。我们就行动吧！”

两人重燃信心，花了三天时间调查清楚。由也没和时田在一起的时候，会跑去一家叫“金万”的小饭馆和女人幽会。两人遂前往饭馆调查。

“是啊！母里先生从三月开始就会来这里等他的女友。一般都是星期天来吧，而且绝对不是在晚上。他的女友是个十七八岁的漂亮姑娘，看起来不像是伎女，应该也不是艺伎吧？那女孩是基督徒的样子，所以是以去教会为借口偷偷出来幽会。现在的学生啊，真是开放啊！没啊，两人没一起来过。”

重太郎听到这番话，仿佛坠入地狱。三枝子和阿苑没办法每个礼拜天都去教会，所以只好轮流隔周去，所以她们俩不会同行。重太郎最近则是因为太忙，根本没办法去教会，所以不清楚三枝子到底去没去教会。

这到底是怎么回事呢？重太郎一直认为只要查清楚跑到井边的那两个男人是谁，就能还妹妹清白。但如果妹妹是和由也幽会的话，两人就很可能是一伙的，也就不可能从井底打捞出什么尸体。莫非她和由也说好，藏起来了吗？重太郎深感无奈与绝望。

“这下子我妹肯定被怀疑，遭天下人唾弃。事已至此，看来只能求助日本第一侦探了。请他帮忙厘清真相，向天下人谢罪。”

远山也不晓得要如何安慰重太郎，两人一起拜访结城新十郎，说明调查至今的经过，请求新十郎代为查明真相。

* * *

新十郎听了事情原委后，安慰颓丧不已的两人。

“你们做得很好，换作是我，也会像你们这样调查。但你们总是将事实逐一联系起来分析，要是我的话，不会这么做。好比水井传来的声音，闪电照到的那两个男子，还有由也和三枝子疑似在小饭馆幽会的事，为何一定要联系起来考虑呢？你们在搞清楚闪电照到的那两个男子是谁之前，将这些事都联系起来分析又有什么意义呢？你们认为眼镜是一大线索，但只去找了眼镜的主人，却没去查掉落在母里家寝具里的那副眼镜是谁的。如果我是你们，我会按顺序逐一查明。”

新十郎这么说后，又举出几个问题。

第一，阿苑说三枝子是拿着烛台出去的，那么隔天这烛台是放在哪里呢？

第二，“秃章鱼”的老板说，由也说要回家继续喝，拎着酒瓶就走了，那个酒瓶在哪里呢？

第三，走到厨房的脚印是大还是小呢？

第四，有发现用来擦脚印的抹布吗？

第五，由也当天出门穿的衣服，隔天早上是从哪里，又是在什么样的情况下找到的呢？

第六，母里家不见的东西有哪些呢？

第七，除了那套拿去典当的珍贵茶具之外，由也拿去当的东西里还有什么东西被赎回呢？

第八，那套茶具典当了多少钱？

第九，那套茶具现在在哪里？

第十，那套茶具拿去典当的晚上，由也在哪里？

新十郎列出上述十个问题，说道：

“这些都是你们应该追查却忘了追查的问题，所以请再去调查吧。还有，你们第一次和对方交手，却被对方反将一军，于是改变策略的做法，反而招致更大的失败，这一点还请你们留意。我去查查你们失败的那部分，那三天以后咱们再见！”

三天后，重太郎和远山来回答这十个问题。

第一，三枝子拿出去的烛台放在佛堂，佛堂位于由也的寝室，以及摔破的那两样古董所在的起居室之间。

第二，空酒瓶掉在阎王庙前。阎王庙位于“秃章鱼”到由也家路上的一处墓地附近。两个月前开始，庙里成了乞丐晚上睡觉的地方。重太郎设法从他口中套出那天晚上的事。他说看到两个人走进庙里喝酒，后来下大雷雨，两个人就这样留下空酒瓶走了。其中有一个人喝得不省人事。

第三，阿苑说她擦的时候没注意到脚印是大还是小，所以记不得了。

第四，并没有找到用来擦脚印的东西。

第五，由也脱下湿透的衣物扔在房间角落，换上睡衣睡觉，所以他的寝具比较干净，没沾到什么脏泥。

第六，还不清楚母里家丢了什么东西。

第七，由也拿去典当的东西中，到那套茶具被赎回以前，没有任何东西被赎回。这次是连同那套茶具，所有的东西都被一起赎回了。一共有小刀一把，能剧面具一副，锅岛烧青花五彩瓷盘一个。以上三样加上利息，一共是五百五十日元。

第八，那套珍贵茶具只典当了五百日元，也是拿去当的小胜说只要当五百就够了的。

第九，母里大学说那套茶具现在摆在家里。看来他不晓得自己不在时，这东西曾被人拿去典当。

第十，茶具被赎回的当晚，由也一直到午夜十二点才回家。那天是三枝子失踪后的第一个晚上，马夫当吉夫妇和阿苑一起等由也少爷回家，还打算轮流等。由也回家时，三个人一起应门，没看到他手上有拿着什么东西。这之后也没见他拿什么东西回家。

新十郎听完报告后，颔首说道：

“调查得很清楚。看来各种重大问题可以根据调查结果下结论了。”

“什么重大问题？”

“基本上已经没什么事需要调查了。我也把我调查的结果告诉两位。这是向岛那边的警局和区政府户籍管理人员给的回复，‘金万’的老板娘跟小胜是远亲，小胜、小奴和老板娘的关系非常好，一直到现在都是，这是警方的调查报告。”

“这代表什么意思吗？”

重太郎不解地问，新十郎微笑着说道：

“这一点很重要，你不是说你很担心自己推测出来的结果吗？老板娘和小胜关系密切，小胜又与和由也交往的小奴交情很好。要是由也和其他的女人幽会，怎么会选小胜这么熟悉的‘金万’呢？”

“意思是，老板娘的话不可信？”

“你觉得呢？但也多亏这样，我们才能了解一件重要的事。

根据你们的调查，没找到擦脚印用的东西，这可是非常重要的线索。总之，你们调查的每件事都很关键，也算很周全。”

新十郎精神亢奋地说，感觉像是在开玩笑。过了一会儿，他又像换了个人似的冷静下来，说：

“明天会厘清更重要的事情吧，这都是多亏你们的调查啊！还请明天中午过来一趟，也许明天就能解决这件事。”

“我妹是被冤枉的吗？”

面对激动的重太郎，新十郎沉默半晌。

“是的，她是被冤枉的。”

新十郎喃喃道。他轻轻握住重太郎的手。

“令人尊敬的赖重太郎先生，我很早就听说过你为乞丐做的事了。你是太阳，真的是太阳啊！身为太阳，自身怎么能身陷黑暗呢？你这一生是为几百万的日本人奋斗，绝对不能忘记你将为数以百万计的人们带去光明！”

新十郎对在场的人说：

“明天中午集合吧！”

只见古田老巡警不知嘟哝什么。

* * *

虎之介毕恭毕敬地坐在胜海舟面前，汇报着案情。

新十郎这次依旧一脸自信，但虎之介还是摸不着任何头绪，花乃屋还是一样抿着嘴笑，一反常态，什么也不说，看上去又奇怪又好笑的样子，看来他也搞不清楚这次事件是怎么回事。

这次可是虎之介嘲笑花乃屋的好机会。虎之介说明完后，静待海舟的推理。无奈海舟迟迟没开口，急得虎之介一个劲儿地揉搓那双练剑术的大手。只见海舟拿起刀子，一如往常放脏血，不过今天放脏血的时间好像久了点啊！看起来像是海舟大人也解不开这起事件的谜团。

海舟终于放完脏血，放下刀子，说：

“三枝子不是摔破花瓶和瓷盘的真凶，但她听从由也的要求躲了起来，给由也这小子干坏事创造了机会，三枝子自己分不清好坏，结果成了帮凶。打破青瓷花瓶和瓷盘的不是三枝子，而是喝得烂醉的时田。搞不好是由也故意将喝得烂醉的时田带到摆着花瓶和瓷盘的起居室去的，这才是事情真相吧。果真，时田进了房间后就不小心摔坏了花瓶和瓷盘。由也让时田确认自己闯了大祸之后，叫三枝子过来，要她担下这个罪，叫她躲起来。然后由也对时田说，自己为了替他开罪，故意将现象布置成三枝子打破的样子。没想到三枝子信以为真，已经逃走了，可能会想不开而自杀。由也将责任推到时田身上，借机向时田敲诈一番。由也之所以这么做，是为了要赎回拿去典当的东西吧。为了筹到赎金，由也策划了这一切。后院水井传出的声音，不是为了营造三枝子投井自杀的假象，事实刚好相反。由也吓唬时田说，三枝子以为是自己闯下大祸，悄悄地溜走了。还说三枝子已经像那个摔坏珍贵盘的女用人，‘数盘子的阿菊’一样，在后院投井自杀了。于是由也特地带他去水井那边，扔进一块石头察看有没有尸体，这就是深夜的那声怪声。由也的目的是要让时田很害怕，这样才能顺利敲诈他一笔，由也还真是个坏家伙啊！信仰虔诚的三枝子却甘愿被由也所骗，所以不能说她是冤枉的，也许她才是由也的真正情人。”

海舟说完后，嘴角浮现一抹难以理解的谜一样的微笑，仿佛是一尊石佛突然面露微笑。虎之介忍不住打了个哆嗦，内心涌起莫名的恐惧感。

＊　＊　＊

一群人正午时分聚集在新十郎家。新十郎却像是忘了昨天的约定似的，和大家闲聊了好一会儿。这时，古田老巡警赶来，递了一封信给新十郎。新十郎看完信后，充满生气地笑着说：

“走吧！出发吧！果然，一切如我所想。”

一行人来到母里家，佐佐副警部出来迎接，告诉新十郎已经按照他的要求将所有相关人士都叫到一处房间了。

“感谢。我第一次来案发现场，想先看看宅邸隔间和庭院的布局。”

佐佐副警部陪着新十郎在宅邸四处察看，来到后院那口水井。佐佐副警部说：

“这口水井已经封住了。这片土的下方就是那口井，不过也没有完全封死。因为房主回来后，说那口井不吉利，遂叫人将那口井封了。”

“这样啊！毕竟出了事，这么做也是理所当然。”

新十郎点点头，又突然大叫：

“咦？等等！对了，对了，就是这里！”

新十郎自言自语，表情复杂。

“调查尚未结束怎么可以封住井。总之，为求慎重，先挖开吧！”

新十郎凑向古田巡警，不晓得耳语什么。大家不知道新十郎葫芦里卖的什么药，只能在原地干等着。过了一会儿，古田巡警带来工人挖开覆在水井上的土。才稍微凑到井边，就闻到一股恶臭。新十郎探头窥看水井，说道：

“虽然这口井很深，什么都看不到，但这股恶臭不难想象井底有什么啰！躺在井底下的就是三枝子的尸体。对了，没错，果然是这样，凶手竟然能想到这程度，还真是可怕的凶手啊！”

工人覆面，下到井底，果然打捞到三枝子的尸体。新十郎握着赖重太郎的手，安慰道：

“你是太阳，明白吗？就算发生这样的事，身为太阳的你，怎么可以哭呢……”

来到集合相关人士的房间时，凶手已经遭到逮捕。新十郎在大家的催促下，开始说明事件真相。

“案发当天早上，也就是知道三枝子失踪的那天，大家不觉得还留有满地的脏泥、呕吐物很奇怪吗？脚印虽然有擦拭过，却没有擦干净，看得出是两个人的脚印。除了一床铺好的寝具之外，壁柜里还有另一套满是污泥的寝具，而且里面还留有一副眼镜，显示有人睡过，再加上那本被吐得乱七八糟的书上，还留有其他人的署名，这一切就是要告诉我们，昨晚有人留宿。而刻意留下脚印被擦过、寝具被用过的痕迹，也是凶手在引导我们产生有人留宿的怀疑。所以只要弄明白凶手为什么要引导我们这么想的原因，就能解开这起事件的谜。之所以没有找到擦拭脚印的东西，自然是被藏起来了。还有另一样东西也被藏起来，大家应该不难想象吧。那就是三枝子小姐的尸体。

“凶手离开‘秃章鱼’时，要了一瓶酒说要回家喝，其实不是回家喝，而是跑到阎王庙喝。就算下雨了，也没打算赶紧回家，继续喝酒，因为他要等到雷声大作才回家。因为只有等到那时，家里三个用人才会吓得躲进被子，而且也怕时田到时酒醒就不妙了，所以要让他喝得更醉才行。所以那瓶酒，并不是凶手要喝，而是凶手用来灌醉时田的。等到下起大雷雨，凶手架着时田回到家里时，三个用人根本不敢出来，时田又醉得不省人事，所以当时除了凶手之外，只有三枝子还清醒着，只要杀了她，在那段时间里，除了自己‘存在’以外，家里就形同‘空无一人’了。凶手在‘秃章鱼’见到时田和枥尾起口角，便决定把时田‘包装’成凶手。虽说是凶手的临时起意，却计划周密，严丝合缝。况且那场雷雨下得很久，他可以从容行凶。那么，凶手为何要制造这么一起事件呢？因为凶手需要一千日元以上的巨款，才能将典当的东西赎回来。那天你们去时田家时，其实凶手就在那里，他敲诈了时田一笔，而且当天就赎回东西。

“凶手为什么能如此轻易敲诈时田呢？因为这个谜无法通过现场调查找到答案，所以我决定写封信给时田，证明他不是杀人凶手，也请他说明遭真凶勒索的真相。出发前，古田巡警拿给我的那封信就是写着这些事。”

新十郎打开信。

“时田先生喝得烂醉后，往往什么事情都不知道，甚至还会短暂性失忆。那晚他被人叫醒，完全不明白自己怎么会躺在那个房间。叫醒他的人就是由也，由也像鬼魂似的沉着一张脸坐在枕边。时田看他那模样，着实吓了一跳，结果坐起来一看，发现身边躺着一个女人，一看三枝子小姐已经成了冰冷的尸体。经由也提醒，他才想起来，他在‘秃章鱼’嚷着要去找三枝子，摸摸她的小手，又坚决说要留宿母里家。后来由也叫醒半梦半醒的他，还说三枝子来了。他一看，三枝子真的拿着烛台走过来。时田激动地冲过去握住她的手，结果打翻烛台，陷入一片漆黑，后来他就什么都不记得了。由也告诉时田，说他紧掐着三枝子。由也赶快点起烛火掀开被子一瞧，发现时田呼呼大睡，三枝子却已经断气了。由也说他自己也一时呆住了，不知如何是好，只好先叫醒时田。时田模糊地想起了一些，虽不记得自己误杀了三枝子，但手臂上的确有像是被三枝子抓伤的痕迹，当下也只能相信由也的话了。由也表示他误杀三枝子，这件事会害他被父母责备，没办法交代。于是由也提议打碎父亲的古董，制造三枝子摔坏珍品、闹失踪的假象。于是两人打碎青瓷花瓶与柿右卫门盘子，并且在屋檐下挖了个坑，将三枝子的尸体埋了。然后，为了引导大家联想到‘数盘子的阿菊’，两人又朝井里扔了个大石头。当时他们看到小六房间还亮着灯，想说就算别人听不见，小六也肯定有听到。这么一来，大家都会疑心有人投井却捞不到尸体，自然会以为是三枝子假装投井自杀，其实是逃走了。时田说这一切都是由也策划的，他只是按照由也的吩咐去做而已。拜下了很久的大雷雨之赐，两人顺利地埋了尸体，等雨停之后朝井里扔石头后，时田赶紧离开母里家，由也的勒索计划大功告成。

“其实由也向时田隐瞒了三枝子尸体的最终处理方法，这也是他一开始就计划好的。实际上，朝井里扔石头，让人误以为有人投井自杀，再到误会是三枝子故弄玄虚的这一招，其实是整个计划非常重要的一环，因为他要彻底隐藏三枝子的尸体。由也认为最安全的地方就是警察已经搜索过的地方，那口井已经搜过一遍了。所以不会再搜一次。他得知父母觉得那口井不吉利，便向他们提议将那口井封了。将埋在地下的三枝子尸体丢进警察已经搜过的井里，永远封住。再也没有比这更隐蔽的地方了。由也当然没有告知时田这件事，因为必须让他担心那具埋在屋檐下的尸体可能随时被发现，这么一来由也就可以高枕无忧，也可以永远以这件事勒索时田了。如果他们在井边时，没有那道闪电的话，也许他的计划就不会露馅吧。井里应该有尸体却没有打捞到，任谁都会认为是三枝子自己故弄玄虚，悄悄逃走了。由也肯定对自己的计划很有自信吧。他故意留下两种脚印，还把时田的眼镜藏在被子里，都是为了让时田背黑锅，他才能趁机敲诈。由也这个恶毒的家伙，自以为闪电雷鸣能帮助他犯案，却忘了闪电能照出他丑恶的真面目。”

这是新十郎的推理。

* * *

一直对海舟毕恭毕敬的虎之介，说完新十郎的推理后，故意语带讽刺地说：

“虽然您和新十郎一样推理出由也敲诈时田一事，但本质上还是天差地别。恕晚辈直言，您的推理和新十郎相同的地方只有一点，那就是都看出由也是个心肠歹毒的家伙。但您说什么三枝子甘愿被由也欺骗，不能算是冤枉的说法根本是胡诌。”

这次新十郎没有勘查现场，只是听远山和重太郎的陈述，便能推敲出事实，着实让虎之介佩服不已。问题是虎之介向海舟报告的内容，好像和远山他们向新十郎报告的内容有所差异。

只见海舟面不改色地说：

“能看出由也是个恶毒家伙就足以说明一切了。这一点是整起事件的关键，只要抓住关键，一切就能迎刃而解，傻子是不可能会懂的。”

虎之介似懂非懂地傻笑起来。

愚妖

近来听到有人卧轨自杀时，哪怕是再怎么迟钝的人，当下反应多是："该不会是卧轨之前就已经死了吧？"所以如果杀人后伪装成卧轨自杀，很容易被识破。但是在往昔明治时代，可是有用这招杀人而不被怀疑的狡猾之人。毕竟那时法医鉴定科学不发达，无法精准鉴定，追究真相。直到明治四十五年（1912），才有所谓的采集指纹鉴定。

但对于嫌犯来说，科学不发达的时代，反而有不利之处。因为当时世间的谣传和评价往往成为办案的依据。也就是说，只要与被害人交恶，一旦出了什么事，就有可能吃牢饭。因此，比起不在场证明、抹去血迹等，凶手要想逃过法律制裁，最好的办法就是平日装作连只虫子都不忍心杀死的老实人。世间认为像佛一般慈悲的人不可能犯下杀害双亲的恶行，所以对于凶手来说，最好的保护色就是赢得世人的赞美与好评价，而不是什么杀人后伪装成自杀的手法。

话说，在杂草丛生的乡下竟然发生一起伪装成卧轨自杀的杀人事件。

对于现代人来说，这样的杀人事件也许见怪不怪，但是在当时，跑去华严瀑布①跳崖自杀的风气也才流行十几年，更何况是三原山、锦之浦这些“自杀圣地”，连地理老师也不知道。

这种风气流行起来也不是件容易的事，会跑去华严瀑布、三原山自杀的人可是教祖级人物。他们不愿意死在榻榻米上，不想等待死神默默降临。只能说，临终前还有这念头可是相当有毅力、崇尚风雅的人士。这些人成为开路先锋后，吸引无数的无能自杀者效尤，所以说他们是教祖、开山祖师也不为过。

不过，不清楚谁是开卧轨自杀先河之人。如果查阅一下明治时代的报纸，也许能查出谁是第一个卧轨自杀者。但既然没被大肆报道，足见他的自杀方法在当时也称不上独特吧。这么说来，特地跑到华严瀑布、三原山自杀的人还比较大费周章，想要卧轨自杀的人只需躺在自家附近的铁轨上就行了。住在火车不到的深

---

① 华严瀑布，位于日本栃木县日光市，1903 年因高中生藤村操在此留下辞世文自杀而成为“自杀圣地”。而下文中的位于伊豆大岛的三原山和位于静冈县的锦之浦断崖，则是 20 世纪三四十年代兴起的日本“自杀圣地”。

山里的人，倒也不会特地跑到有铁路通过的地方卧轨自杀。

现代日本人喜欢自杀，以前的人则是视自杀为一大忌讳。无论古今都存在着自杀这回事，但我说的喜欢和讨厌，不是对事物的喜好。对于那些跑去严华瀑布、三原山留下遗书，跳崖自杀的人，就算以往的人再怎么忌讳提到自杀一事，也无法否认这些人是自杀。但要是卧轨自杀的话，大可说他是不小心被火车撞死之类的，并非自杀。

在一般人对于卧轨自杀一事没什么概念的时代，发生一起伪装成卧轨自杀的杀人事件。这是个有点奇怪的案子，但是调查后竟发现有其必然性。当然，我在这不能提太多，否则读者们都失去解谜的乐趣了。但这是日本的首例，值得一提。

惨遭火车碾毙的尸体是在以前往返江户和京都的东海道线，也就是神奈川县的国府津与松田的中间，现在的小田原市的下曾我车站一带。那时还没有下曾我这个车站，现在东海道线的小田原站、热海站、沼津间站等，都是很久之后才开通的。昭和初期，从国府津到松田、御殿场等地，必须绕过富士山山麓才行。

现在在下曾我设了个小站，是国府津的下一站，也是和曾我五郎、十郎①有关的地方。小说家尾崎一雄②先生于战后曾在此养病，这里也是他的故乡。尾崎先生不良于行，也不能喝酒，每天只能听广播、看杂志，顺便批评一下新闻时事。

这也可以说是一种另类侦探行为，因为侦探也是坐在家里或事务所里破解事件。尾崎先生本来是个喜欢浪迹天涯的人，所以用收音机收听早稻田大学和庆应义塾大学棒球赛的转播实况，根本不符他的个性。他多希望自己不管活到多大岁数，都能亲临现场为球赛加油呐喊。迫不得已蜗居屋子里的他倒也不忘锻炼自己的眼力与耳力，但他终究并非专业侦探。只要村子里一有事，他就会自告奋勇指手画脚地出主意，结果还是逮不着狡猾的嫌犯。这起奇怪的事件发生在尾崎先生出生之前，所以对下曾我村来说，不啻是一件幸事。

总之，翌晨发现一具被碾成头、躯干、双脚，断了三截的尸体。因为没有接获驾驶员的通报，所以在那个没有电话的时代，光是要调查到底是几点被碾过一事就颇麻烦。根据尸体散布的方向分析，应该是遭从东京开来的火车碾压。其中有一班是晚上七点十分由国府津开往神户，接着通过的是一辆载运货物的火车。

---

① 曾我五郎、十郎，日本历史上三大复仇事件之一“曾我兄弟复仇事件”的主人公。1176年，伊豆家族的继承人之争中，工藤佑经杀死了侄子河津佑泰。佑泰的遗腹子五郎与十郎在长大成人后杀死了追随源赖朝的工藤佑经，两兄弟也因此被捕而斩首。室町时代军记物语《曾我物语》就是改编自这一故事。

② 尾崎一雄（1899—1983），日本小说家，小说集《快活的眼镜》曾获芥川文学奖，代表作有《虫子二三事》《梦幻记》等。

调查结果发现开往神户的火车车轮沾有血迹。那辆火车的驾驶员是个非常胆小的男人，问他何时碾到人，他推说不知。倒是当时坐在他身旁见习的少年曾突然转头对驾驶员说：

“好像碾过什么东西的样子。”

驾驶员立刻否定少年的说法，脸色却十分惨白。火车抵达神户后，他亦步亦趋地跟着少年。

“喂，你要去哪儿？”

驾驶员问，少年说要去上厕所，他也跟着。一副死命跟着少年的样子。但面对当局的调查，他却一律说不知道、没感觉。上头知道他是个出了名的胆小鬼，也就没追究其责。其实就算他不招认，车轮上的血迹便足以说明一切。这列火车是于晚上七点二十分左右通过案发现场的，当时天色暗下来也才过了四十分钟左右，附近没有人家也没有道路，所以实在很难说死者是不小心被碾死的。

死者不是下曾我村的村民，而是小田原一间叫“式根楼”妓院的老板。五十多岁的他身材魁梧，自诩力气过人，曾在业余相扑比赛中获得“大关”级别称号。直到幕府时代末期之前，他一直都是混黑道，经常穿着草鞋，十足乡下小老板模样。

“说到式根楼的老板蛤蟆六，在小田原一带可是个出了名的无赖，是个彻头彻尾的狡猾家伙。绝对不是那种火车来了都不晓得躲开的蠢蛋，也不像是会自杀的家伙。怪了，他跑来下曾我村干什么？看他穿得颇体面，脚上却是一双草鞋，说是随意散步也很怪，但又不像是来旅行的啊！也没从他身上找到什么。”

菅谷巡警绞尽脑汁地思索着，因为他会死在这种地方实在很蹊跷，疑点重重。蛤蟆六的脖子很粗，是出了名的猪脖子，也被火车碾断，结果头颅滚落得最远。蛤蟆六有斜眼，而且是斜到小孩子看到会吓得不敢哭。有一边的眼珠迸出来，挂在脸颊上，另一边的眼珠则是不见了。

“他的头部遭到猛烈撞击，头颅粉碎，一边的眼珠迸出。果然如人家说的，头部要是受到重击，眼珠是会掉出来的。等等，剩下的这个眼珠是假眼啊！可是假眼也能做出斜眼的效果吗？好奇怪啊！还是因为他曾是混黑道的，所以有故意做个有斜眼效果的假眼啊？”

有很多待解的谜团，无奈乡下巡警的推理根本不会有人理睬。陆续从国府津和小田原来了上级警官和相关人员，完全无视菅谷的存在，也没知会一声，便离开当地还运走尸体。

十天后，菅谷去小田原办事时，顺便询问这起案件的侦查进度。结果上头已经结了案，说蛤蟆六是醉酒后误入铁轨而被碾死的。要问他为何去下曾我，则是蛤蟆六死前一天出门，因为他想在箱根那边开三家旅馆，其实是挂羊头卖狗肉的妓院，当然需要募集女人。听说相模国①的女人既会创作川柳②，又愿意外出打工，所以蛤蟆六最近常常为了找女人而出远门，也就是沿着现在

① 相模国，日本古地名，相当于现在的神奈川县。

② 川柳，日本的一种传统诗歌。

的小田急线[1]两边的山林村落，寻找有没有想从事这行的女人，他会经过下曾我这里一点也不奇怪。

但是天都黑了，连个灯笼也不打，还走在那么偏僻的地方不是很奇怪吗？

“他是在哪里喝的酒？”

菅谷巡警问。“他就是因为喝醉才会惨遭火车碾毙，他在哪里喝酒有这么重要吗？”却得到如此粗暴的回答，还被训斥“真是好管闲事”。

菅谷巡警很生气。探访了下曾我甚至国府津、小田原一带的酒馆，结果没有一家说看到过蛤蟆六。幸好菅谷在小田原没有认识的人，所以他可以假装成客人去一趟“式根楼”，点了一个亲切、爱说话的妓女，向她打探老板的事，

“老板是死前前一天才出远门的，而且出门时还穿得蛮体面的，脚踩木屐。后来，他出了镇后又换上了草鞋还买了一顶斗笠的样子，这是老板出门旅行的习惯。听老板娘说，老板出门时身上带了三千日元左右的巨款，可是身上的钱和斗笠都不见了。我觉得老板不是那种轻易就会遭人抢劫、灭口的人，肯定是仇家寻仇吧。黑道还真是可怕啊！”

还真是得到一个意外的情报，让菅谷十分振奋。

“听说蛤蟆六没了一只眼，而且还是假眼呢！”

---

① 小田急线，由东京的新宿往返静冈县的一条私营铁路，开通于1923年。

“等等，你是不是搞错啦？怎么会有人故意做斜眼的假眼呢？”

被妓女这么挖苦，菅谷涌起的斗志瞬间消退。菅谷心想，这女的说得不无道理，蛤蟆六的死因可能真的与黑道有关，当地警方应该也掌握到了些什么才是，反正我这个地方的小警察也解决不了这事情，也就别再想了。

* * *

没想到又发生了一件更奇怪的事。

离下曾我有一段距离的丹泽山深处圆锥形的山谷中，长着很多品质极优的柏树。不过这里可是有人管理的，所以并非可以随便出入的地方。德川幕府时代曾有人偷偷潜入盗采，结果遭判死刑，所以这里成了尽管有人对山林资源十分垂涎，也不敢随意踏入的秘境。

某天，突然从这处秘境跑出一头大牛。这头牛弓着身子，发狂似的跑着，只见它奔下山。它就这样一路经过村落，在路人惊恐的目光下，一路奔到下曾我，停在绰号叫趴趴眼的人的牛圈，原来这头名叫弁庆的大牛是这里养的牛。

奇怪的是，弁庆的牛角和牛脸满是鲜血，可是它一路上并未撞到人或东西，所以肯定是在山里受的伤。因为没看到趴趴眼的身影，所以人们猜想他可能被牛撞死。毕竟在乡下，时常有人被自己养的牛给撞死的意外。趴趴眼之所以有这绰号，是因为他天生眼尾下垂。而且又老是浑身脏兮兮的，大家都不太理会他，也因此他从小就很乖僻，自然也不会善待自己饲养的牛。村里的人觉得趴趴眼可能是被弁庆撞死，于是一大群人沿着弁庆跑回来的路，往山谷走去。通往秘境的方向竟然被踩出一条小径，一直延伸到长着许多柏树的山谷。村民在其中赫然发现一具尸体，而且众人还当场逮住正欲逃跑的趴趴眼，至于这具尸体是谁，没人知道。

“老子我可是什么都不知道啊！”

趴趴眼这么坚持。

尸体似乎被牛角顶了两次，身上没有其他伤口，看来真凶就是大牛弁庆。根据趴趴眼的说法，他一年多来都是悄悄地在深夜牵着牛进山，然后将弁庆拴在隐秘处，自己在稍微远一点的地方偷偷伐木，工作一整天，直到深夜才回家。因为他是村子里唯一将烧炭当成副业的人，所以这样奇怪的生活并未引人注意。

菅谷巡警也加入调查工作，他趁尸体运回总部前，看了一下这具疑点重重的尸体。

奇怪的是，他和蛤蟆六一样也是穿着体面，脚上踩着草鞋；也和蛤蟆六一样，身上没有搜出任何东西。两只眼睛倒是都还在，只是右侧肩膀处和手腕处都骨折，应该是和牛搏斗的关系。身上有被牛角顶了几次的伤口，胸口到腹部一共有四处正面袭来的伤，四个伤口是上下并排的。

如果是站着被刺的话，胸口到腹部的伤应该是左右并排才对，但怪的是，这四处伤口却呈现上下并排，只能解释成是倒在地上时又被牛角刺穿。而且腹部的两处伤口很深，感觉像是被牛角剐起后又刺了一次，伤口既大又深，内脏都露出来了。

“肯定是被牛追逐时，不小心倒地，结果被牛角刺穿身体。但奇怪的是，明明是从正面被刺伤，为何像是趴在地上，遭牛角从背部刺穿似的，嘴里、鼻子都沾着土呢？还是被刺后，翻滚了一下才挣扎着断气，可是他的手里并没有沾上土啊！还有，他为什么穿成这样跑到深山里来呢？”

菅谷觉得很奇怪，如果凶手是那头牛的话，那么趴趴眼盗采一事可就触法了。德川幕府时代曾有人因为偷偷跑进这里盗采，惨遭处死。在自己管理的辖区，竟然有人干了这种事，上头肯定会问罪。

确认这具尸体的身份后，更叫人意外。死者和蛤蟆六一样都是小田原人。而且在蛤蟆六的妓院对面，经营一间叫“花房汤”的澡堂。他的绰号叫“雨和尚”，也是个素行不良的坏家伙。

雨和尚经营的澡堂里有所谓的汤女，也就是公然提供性服务的搓澡女郎。他除了开这间澡堂，还跨行经营建筑业，还拥有渔船。虽然雨和尚不像蛤蟆六曾是混黑道的人，但他似乎和政界关系很好，所以总是要弄蛤蟆六，迫使他敢怒不敢言。一般人认为不可能成功的事，他竟然都有门道可以搞定。总之，他是蛤蟆六的可怕对手。

蛤蟆六之所以四处物色美女，恐怕也是为了对抗雨和尚吧。

这是就算有政治手腕、满腹经纶也无法一较胜负的事。换句话说，就是靠此一决胜负。雨和尚当然知道蛤蟆六的心思，所以在相模山里一带漫步的人不只蛤蟆六。雨和尚专门承包私人别墅的建造，号称精通古今各种木造建筑的秘技。所以他常夸口说自己盖的房子肯定哪一天能成为国宝，殊不知其实他对建筑这门学问根本一知半解。他之所以敢如此夸口，无非是想反正对方是个门外汉，先糊弄对方，博得对方的信赖就对了。我在小田原时，曾在小酒馆听闻过他的事（那时我还是个毛头小子）。

因此，雨和尚之所以远赴丹泽山中，无非是为了他的建筑与澡堂事业。

不过更令人棘手的是，趴趴眼这小子也不是省油的灯，是个彻头彻尾的怪人。但他并非聪明过人，而是傻到不行。没人知道他在不安、担心什么，也没人晓得他到底在筹谋什么。

趴趴眼说他根本就不认识死者雨和尚。要是这么向上级报告的话，其实并不妥，因为并不清楚他是受雇于谁来山里伐木的，况且无论是在其家中还是店里，没有找到一块木材。如果要弄清情况，势必得再深究下去才行。

不过趴趴眼倒是神色自若，供称自己是一年前开始去山里伐木，后来又改口说是那天才去的。质问他不是刚才供称一年前开始干这种事的时候他又装傻，完全不认账。

其实只要在山里搜寻，就能找到他从一年前开始伐木的证据，因为清楚留有这样的盗采痕迹。即便证据摆在眼前，趴趴眼还是死不认账，还说自己只有那天才去。那么问他是谁盗采的，他说是一名叫阿辰的女人，还称说自己看到过好几次她将木材绑在牛身上，就这样离去。问他在哪儿看到的，他说在山谷。又问他看到过几次，他说好几次了。既然只来过这么一次，为何又说自己看到过好几次阿辰盗采呢？这样的回答实在很矛盾。于是，阿辰遭到逮捕。阿辰要是身在现代，肯定不会屈就于下曾我这个穷乡僻壤，媒体一定会将她捧成当代名人。阿辰可是个女汉子，以相扑力士来说，可以单手各提一斗的土袋子，或是提四斗的土袋子绕相扑场三圈的并不多。阿辰不但可以口衔一斗的土袋子，还能再左右各提一斗的土袋子，据说她力大无穷，实力深不可测。

遭警方审讯的阿辰一直坚称自己是冤枉的，当她得知原来是趴趴眼举发她的时候，顿时气得脸涨得通红，双颊鼓起，眉毛倒竖，眼神冰冷如石，鼻孔更是撑大到活像两个深不可测的隧道口。只见她的肩膀耸得都快抵到天花板了，双手像幽灵一样往前伸，再像大鹰的翅膀般展开，连和服底下的胸部都挺了起来，一派气势汹汹样，只见署长和侦探吓得停止呼吸，不过这样的态度可是还算她没真正发飙的样子啊。趴趴眼那边问不出什么，阿辰又坚称自己无罪，警方只好让两人对质。

只见阿辰整个人气得血脉偾张，双眼射出一道电流似的死盯着趴趴眼，害他吓得躲在署长身后，害怕地探头说：“我也没说你什么啊！”

阿辰因为越来越愤怒而显得痛苦不已，只见她满头大汗，汗如雨下，浑身散发着慑人的魄力。

“我啥时进山伐木啦？你啥时瞧见啊？”阿辰不是那种雄辩滔滔的人，所以必须要用充满杀气的眼神弥补自己的短处，但因为趴趴眼一直躲在署长身后，让她总觉得使不上力。

“我看见了。”趴趴眼也提起胆子，但只回了这么一句。

“啥时看到？”

“就是有看到！”

“你叫我帮忙搬运木头，我运的木头都是你砍的！”

“你运的木头都是你自己砍的！”

“你这家伙！竟敢胡说！”

两人只是没完没了的争论。趴趴眼看起来比较冷静，阿辰则是因为情绪太激动，每每说不出话。两人中只有趴趴眼的话还有些逻辑；你运的木材自然是你砍的。不过他的话也尽是些歪理，并不能让警方相信。

阿辰和趴趴眼还是吵个不停。阿辰的丈夫鸭七听闻情势对老婆不利，遂在菅谷巡警的陪同下来警署替老婆陈情。鸭七的长相让众人瞠目，总觉得哪里怪怪的。虽然他的双眼不像趴趴眼那般低垂，但他整张脸看起来都很没劲，可以说他的五官没有一处是不向下塌着的。他还有一对大得出奇的耳朵，要不是他的脑袋中央突起，恐怕他的耳朵要和头顶一样高了，而且宽到用来包一颗粽子也没问题，仿佛是为了长出那对大耳才来到人世，看起来活像大蘑菇。

来到警察署的鸭七慌张得忘了先向警官大人打声招呼，因为他来的时候，阿辰与趴趴眼已经争执到不知第几回合了。鸭七看到眼前这幕简直吓傻了。菅谷巡警碰了他一下，他才悲情地喊了声：

“阿辰，你瘦啦！”

或许是看到眼前这么难堪的现实，才让他真情流露吧。问题是，谁也不觉得阿辰有变瘦啊！警察们还真是愣住了，不知如何是好。

没想到看起来口拙蠢笨的鸭七，竟然是个伶牙俐齿的家伙。

“阿辰的娘家就在我家和烂眼皮家的中间。”

鸭七灵巧地指着地图，径自说明起来。鸭七口中说的烂眼皮就是趴趴眼，因为他觉得这么叫更能侮辱对方、更惹恼对方。

“我十一岁、阿辰九岁时，我们就约定要结为夫妻。没想到烂眼皮也喜欢阿辰，但阿辰很讨厌他，所以从那时起，他就怀恨在心，埋伏在路上想要把烂眼病传染给阿辰。结果被阿辰三两下打趴在地，还用菜花蛇捆住他的手脚、勒住他的脖子。他知道打不过阿辰，就趁她睡觉时潜入房间，因为阿辰的打呼声很大，结果烂眼皮吓得要逃掉时，被阿辰她父亲活逮，晓得他想把烂眼病传染给自己女儿时，逼着他吃下马粪才放他走。因为烂眼皮实在不敢吃，便允许他舔一下就行了。只见他吓得落荒而逃。后来他越想越不甘心，就用稻草捆了阿辰的模样，还把稻草人的双眼故意弄瞎，在嘴巴里塞了一坨马粪，还打钉诅咒阿辰得烂眼病、吃马粪……”

鸭七说个没完，警方只好上前捂住他的嘴，要他别再说了。但多嘴多舌的鸭七拍掉警察的手，继续说个不停。警方就这样和鸭七周旋了三遍，他依旧滔滔不绝。

鸭七疼爱老婆的心情让菅谷巡警感动落泪。回家路上，他还安慰鸭七：

“阿辰应该没有杀人，只是跑进山中伐木而已。现在不同于幕府时代，砍几棵树不过关一个月，你别太担心了。”

“只要那个烂眼皮还活着，我就无法安心过日子。”

“为什么？”

“一言难尽啊！”

鸭七含糊回应。那样子和刚才雄辩滔滔的模样完全不同，感觉得到他真的很痛苦、很烦心。虽说如此，鸭七其实也挺倔强，一旦想不开，可能会干什么蠢事也说不定，菅谷突然有此感觉。

菅谷突然想起不久之前，大概两个月前吧。鸭七和趴趴眼曾在警局吵架。

鸭七干完农活要回家，必须经过趴趴眼家下方的崖边。就在黄昏时分他经过那里时，从上面掉下一个粪桶。幸好没有直接砸在鸭七的头顶上，而是滚落脚边，导致下半身被溅得都是屎尿，而且粪桶还弹起来撞击鸭七的膝盖，害他行走不便好几天，还连日发高烧。

阿辰得知丈夫无辜受害，大发雷霆地去找趴趴眼算账。趴趴眼难敌阿辰的怪力，吓得逃进警局。菅谷听完事情原委，待阿辰闭嘴后说道：

“趴趴眼不是故意扔下粪桶，而是不小心掉下来的。谁都有不小心手滑的时候嘛！你就原谅他吧。”

“才不是呢！这家伙明明就是想害死我丈夫，才故意扔下粪桶！不然天底下哪有那么巧的事？”

“哎呀！谁也说不准哪天会发生这种意外嘛！鸭七碰巧打那儿经过，只能说他运气不好吧。这也是没办法的事，你这次就放他一马吧。”

阿辰只好气呼呼地回去了。后来趴趴眼只要一出门，不是从松树上突然掉下大石头，就是从自家屋顶掉下砖头，都是阿辰扔的，幸好都没被砸中。趴趴眼请菅谷训斥阿辰，只见阿辰一脸满不在乎地说：

“我也是一时不小心啊！只能说他碰巧走过，运气不好啰！这也是没办法的事啊！”

“说啥蠢话啊！故意跑到松树上、别人家的屋顶，还能说是一时不小心吗?！根本就是埋伏在那边企图袭击嘛！你要是再干这种不讲理的事，下次一定送你去吃牢饭！”

菅谷训了阿辰一顿。阿辰也就不敢再造次了。但脚伤痊愈的鸭七却还是愤愤不平。只要趴趴眼上山干活，鸭七就会爬到山顶往下扔石头，或是等在树上待趴趴眼经过时来个突袭，分明就是要置他于死地。好几次险些丧命的趴趴眼又跑去找菅谷。菅谷没想到鸭七的脾性竟然如此烈，也觉得自己的处理方式不是很好，毕竟只训了阿辰一顿，没顾及到鸭七还是受害者。

于是，菅谷也严厉训斥趴趴眼，还要他买个东西去探病，向鸭七道歉，这件事才算有个了结。

回想这件事时，菅谷突然察觉到一件事。阿辰和鸭七的个性都很倔强，而且倔强得有点可怕。报复趴趴眼时可说心狠手辣，幸好石头每次都没有砸中，要是真砸中了，恐怕就要添一条亡魂了。

目前尚未调查蛤蟆六和雨和尚的死，是否和阿辰与鸭七有关，但要是两人真的有杀人动机，两人就是凶手。为何这么想呢？因为蛤蟆六惨遭火车碾毙的地方离阿辰和鸭七的家很近。知道趴趴眼盗伐一事，除了被害人以外，只有阿辰，不是吗？丈夫鸭七似乎知道得没那么深入，但他说过只要趴趴眼还活着，就无法安心过活。因为这番话出自笨蛋之口，所以格外令人印象深刻，而被说的人也是个笨蛋。菅谷总觉得这番话饶有深意。

是谁促使蛤蟆六和雨和尚走这趟呢？他们和阿辰、鸭七又有什么关系呢？菅谷决定着手调查。

* * *

菅谷再次假扮成客人来到蛤蟆六的妓院，又叫了那名很爱说话的妓女。

“听说花房汤的老板和你们老板一样，也是去物色相模女。你们店里也有来自相模的女人吗？”

“算您问对人了。我就是相模女呢！住在从相模地界的鹤卷温泉还要一直往山里去的地方。”

“蛤蟆六老板找你来的吗？”

“不是。我是人家介绍来的。介绍人叫我跟着一个看起来愣头愣脑的，听说专门做烧炭生意的小个头男人来这里。他走山路跟走平地没一样，脚程好快啊！简直像只猴子。他还说能跟女人一起走山路是人生一大乐事呢！所以不计较什么跑腿钱。他该不会真的是猿猴生的吧？长得实在不起眼，我们老板主要通过他的介绍去雇用相模女。”

“这个小个子男人的耳朵很大吗？”

“没啊！就一般呀！不过眼睛红红的，眼尾很垂。”

看来给相模女带路的人就是趴趴眼。蛤蟆六和雨和尚去下曾我，应该就是去找他的样子。

“还有别的带路人吗？我倒是知道有个耳朵很大的小个子男人。”

“这我就不清楚了。不过好像还有一个二十二岁的俊俏小伙子，他就是花房汤旁边那间当铺主的儿子。”

“家里开当铺的应该很有钱，怎么可能兼这种差啊！”

“那小伙子就是因为兼这种差，才攒了很多钱呀！不过那小子人品很差，是出了名的花花公子，仗着他还年轻吧。而且他从不来我们这种地方，都是找农家姑娘下手，他就这样把姑娘骗来店里，收取高额中介费，这小子可是个中高手呢！”

“没想到还有这种事啊！这里和花房汤的女人应该都是他中介来的吧。”

“我就不清楚细节了。我们老板非常信任带我来的那个小个子男人。但听说最近，他在帮花房汤那边办事的样子，所以最近我们这里都没有他领来的姑娘啰！不过好像因为这样，花房汤不再找那个当铺主的儿子办事了。你看花房汤和当铺那边，不是有一道盖得比二楼窗户还高的围墙吗？就是为了不让他偷窥到花房汤的女澡堂。从此啊，当铺主的儿子就很恨花房汤的老板，扬言要神不知鬼不觉地杀了花房汤的老板。我们老板倒是跟当铺那边的人没什么过节，但老板常说花房汤的雨和尚很可怕，当铺主的儿子又比雨和尚更可怕。在我们小田原这里，有胆子搞出什么杀人事件的，恐怕只有他吧。至于他要怎么个筹谋就不知了。”

菅谷装作若无其事地听着，牢牢记住。

住在深山野地的山猴、怪力女和大耳怪，应该没这等能耐筹谋什么杀人计划吧。像蛤蟆六这么细心的恶汉怎么会喝个烂醉，惨遭火车碾毙，也不可能卧轨自杀。不过虽然蛤蟆六已经五十岁了，但要把这么大块头的男人拖到铁轨上，也不是件容易的事。肯定是先在哪里杀了他，然后伪装成意外致死。死亡现场没有留下任何随身物品，也没看到他买的那顶斗笠。

菅谷本来以为只有趴趴眼和阿辰知道蛤蟆六的行踪，以及雨和尚去丹泽山一事，看来那个当铺的儿子应该也知道他们是去找趴趴眼，所以先后跟踪两人，再伺机谋害也不是不可能。

菅谷又去了一趟花房汤，打听雨和尚出门时的情况。奇怪的是，他和蛤蟆六一样也是死前一天的中午才离开，身上带着五千日元的巨款，清楚交代是要去找丹泽山的山猴，还说山猴不是那利欲熏心的家伙，所以不用担心身上带着那么多钱。

不过，出现一个重大的疑点。雨和尚和蛤蟆六一样也穿得很体面，脚上穿着草鞋。可是他平常并没有穿草鞋的习惯，那天却穿着草鞋走了很久的路。

死者不但穿着草鞋，而且因为走了很久的关系，系带还断掉了。而且他的脚还算干净，要是一直穿草鞋走路的话，应该会磨出茧，但他的脚上却一个茧也没有。入殓时，家属虽然觉得很奇怪，但也想不透，也就没向警察告知此事。

“那道围墙是为了防止当铺的儿子偷看女澡堂吗？”

“是啊。像他那样的色鬼还真是世间少有呢！他趴在窗台上偷窥，一看就看三五个钟头。原本也没想筑那道高墙，但要是不盖的话，常来的客人就不愿意光顾了。”

“因此和你们家老板结下梁子吗？”

“这我也是听别人说哩。他说老板这么做，让他没脸见人，总有一天会让我们好看。不过倒是没有直接冲着我们说就是了。”

面对菅谷的询问，雨和尚的老婆又说：

“入殓的时候，我们也颇觉得纳闷。明明牛角是从正面刺来，但他的嘴里和鼻子都沾着泥土，可见应该是趴在地上才对啊！我们实在想不通他到底是怎么被牛顶死的。”

菅谷点点头，说道：

“我也觉得事有蹊跷。您先生也不是什么体形健壮之人，他有罹患什么会影响活动能力的长年隐疾吗？”

“没有。我丈夫虽然称不上健壮，但年轻时当过船员，也很少生病，动作也很灵活。所以我怎么也没想到他居然会被牛刺死，那头牛一定是他没注意时……”

那处山谷树林茂密，很难一眼就看到牛，所以被袭击时也来不及反应吧。加上树木丛生，受害方很难逃脱。但对于攻击一方来说，却是个绝佳地点。那么一大片森林，只有雨和尚陈尸的地方留有一块血迹，说明他根本来不及闪躲。

他为什么不逃呢？难不成有什么原因？

菅谷的脑子里不断迸出疑问，但他没有能力解开这些疑点，心里还真是不好受。他觉得自己只能当个观察者，不，只会批评罢了，却没有能力解决问题。

但他还是鼓起勇气，掀开当铺的门帘。他掏出一个大怀表表示要典当，还和当铺老板讨价还价了半天，却没见到那个当铺的儿子。又想不到什么理由请老板叫他儿子出来，只好收起怀表走出当铺。虽然没见到本人，但根据好几个人的说法，不难想象他是个长得很英俊的花花公子，沉默寡言、看起来很阴郁的男人，却有本事将乡下姑娘骗上床。而且脑子十分灵光，身形瘦削，一副弱不禁风的小白脸模样。他的个性很拗，想说就一定要做到，就连蛤蟆六这般见多识广的家伙也惧他三分。

倘若这两起事件都是他犯下的话，凶手可要有相当的臂力，至少要有能扳倒蛤蟆六那种壮汉的能耐，否则根本杀不了这两个人。

但是任谁看都不觉得那个当铺的儿子有力气扳倒蛤蟆六，看来肯定有帮凶。

问题是，他有能耐驱使一个比蛤蟆六还要身强体壮的人去杀人吗？况且蛤蟆六是在太阳下山四十分钟后，才惨遭火车碾毙。

如果那附近有他的藏身处还说得通，但那一带可是菅谷的管辖范围，不是他自夸，再也没有人比他更熟悉那一带了。根本不可能有这么一处地方。但要利用这四十分钟将人拖到铁轨上，必须要有相当大的力气，而且还得先藏尸一天，如此大费周章不是很麻烦吗？还是思考一般人不会做的事，是他的特殊才能呢？菅谷试着思考那一带的地形，虽然很荒僻，但也不是没有人家，那一带都是田地，没什么可以隐藏的地方，所以不是什么万无一失的藏尸处。

离案发现场最近的一户就是鸭七和阿辰的家。他们是一对看起来就很奇怪的夫妇，两人不时地吵吵闹闹，所以菅谷几乎每个月都要去关心一次。夫妇俩耕种一块半山腰上的贫瘠田地，生活倒也还过得去。阿辰很爱鸭七，如此世上少有的大力女居然看上手无缚鸡之力的小个男，还真是一段奇缘。听说鸭七十九岁、阿辰十七岁那年两人约定终身，也分别去求双方父母允诺。

没想阿辰父亲一看到鸭七来提亲，直接将手上的茶水往他身上泼去，鸭七回道：

“您把茶泼到我脸上是祝贺我和阿辰的婚事吗？本以为您往我脸上泼的是茶，看来您可能喝的是白开水吧。您刚才泼到我身上的究竟是茶，还是水？”

不等他说完，阿辰父亲就用手上的吹火管追打鸭七。

阿辰则是被鸭七的母亲嘲讽一顿，又被刚从农地回来的鸭七父亲给泼了一身的洗脚水。阿辰气得满脸通红，拿起一根吹火管朝鸭七父亲的头部打了十几下，又将老人家拖去刚施过肥的田地，把他的头按着浇粪。

村人开会商量后，决定促成这对怪人的婚事，并给了他们几亩离下曽我村有点距离的贫瘠农地。大力女阿辰弄来不少肥料，马上将贫田变成肥沃的农地，村人惊讶不已，两人也过着平静日子。起初，鸭七一周都要挨阿辰一两次的打，往往被打得鼻青脸肿、骨折。不过鸭七的骨头可真强韧，复原力超好，一点都没有留下后遗症。他们在半山腰盖了间小屋，农忙时，阿辰会暂住山中小屋，负责看家的鸭七则是早晚给老婆送饭，顺便带些收割好的麦子、芋头回家，就这样整天闲闲无事地看家。这段时间，夫妇俩分开生活，从山中小屋走到案发现场也要超过四十分钟，以鸭七那种体力也没本事犯案。

菅谷总觉得其中一定有什么隐情，两人肯定是他杀，署里却判定蛤蟆六是喝醉意外死亡，雨和尚则是遭牛刺死。问题是，靠自己的能力再怎么想破头也解不开这个谜，只好前往东京求助新十郎，将事情原委和自己的判断说明给他听。

* * *

新十郎听完后，说道：

“你有看到最关键的问题。惨遭火车碾毙之人没有带着随身物品，而且是惨死在人迹罕至的地方，足以说明不是自杀、意外，而是他杀。再者，被牛刺死的人没有逃跑的迹象，而且死者明明是趴着，牛角却是从正面刺入的，加上身上没有其他东西，也可以推定是他杀。还有，凶手是趁天黑后四十分钟，将死者拖到铁轨上，这一点也判断无误。毕竟没有人能像施魔法般凭空消失，不过要是利用某种方法，或许也能达到同样效果，譬如利用黑夜。雨和尚是死在黑夜进不去的荒僻山谷。若他不是利用晚上去的话，这又是怎么回事呢？还是有人曾看到他往山谷走去呢？这里是必须思考的一个关键点。趴趴眼似乎从一年前就开始出入山谷，阿辰也在那里出没，是否有人目睹他们前往山谷呢？看来这两个人肯定利用什么东西，让自己像施了魔法般隐身不露。如果破解他们用的方法，也许就能知道第三个人、第四个人用的是什么方法吧。”

新十郎的这番话说得轻巧，却也点出几个关键问题。菅谷一脸愕然地看着名侦探。名侦探露出亲切微笑看着他，让菅谷自惭形秽，难为情得脸都红了。

“还有几件事也很重要，趴趴眼和阿辰去山谷是为了盗伐木材，那必须偷偷摸摸，不让别人发现。但被杀害的那两个人有必要偷偷摸摸吗？若是有必要的话，那是基于什么理由呢？再者，除了趴趴眼、阿辰和死者之外，还有人知道他们盗伐木材吗？有人看到过蛤蟆六和雨和尚从小田原朝下曾我方向走吗？如果找得到目击者，大概就能知道他们是在哪里偷偷进山的，说不定还能问出其他人的目击情报，也就多一条逮到凶手的线索。”

新十郎又神情严肃地说：

“调查有没有人目击他们行踪一事，不能锁定某个人，好比那个当铺的儿子。必须抛开既定想法，不管是面对小田原的人、村民，还是其他地方的人，都要抱持这样的态度。毕竟事情还没厘清之前，谁都可能是凶手，也可能谁都不是凶手。请你先调查清楚我说的这两点，再来找我。”

菅谷打从心底佩服新十郎。新十郎留他吃饭，但菅谷表示想赶快着手调查，便急忙回去了。

趴趴眼和阿辰回家后，菅谷去找他们，一派若无其事地和他们聊天。他们平常就没把菅谷当警察，所以交情颇好，也就毫无防备地说出自己如何去山谷的方法。

趴趴眼都是趁夜深人静时，偷偷入山，当然不会被人瞧见。阿辰则是翻越无人的山谷入山。趴趴眼也可以这么做，只是还要牵一头牛，只能尽量挑深夜时段，循着平坦山路进入山谷。

阿辰是先躲在通往山谷的田地，然后再悄悄走进山谷。

阿辰是偶然撞见趴趴眼盗伐并搬运走木材一事，于是便借机向趴趴眼讨封口费，每次一块日元。趴趴眼说自己运一次炭也不过一钱，这封口费要得太贵了。但阿辰力大无穷、脾气又硬，怎么也不肯让步，所以趴趴眼只好乖乖买单。不过阿辰可以一次帮他担三根木材，这可是连大男人也担不起的量。倒不是阿辰大发善心，而是觉得这不过举手之劳而已。这件事是两人之间的秘密，所以两人就算常起口角，还是守着这个秘密。

“一块日元已经很便宜了。得叫他涨点工资，否则要他好看。”

阿辰笑嘻嘻地告诉菅谷。

“不用对他客气，反正趴趴眼很有钱啊！他可是有好几万呢！”

只见阿辰笑得更贼，菅谷说道：

“你们盗伐木材已经不是秘密了。就别再干这种事了。况且那个老板也死了。”

听到菅谷这么说，阿辰双眼圆瞪，思索着，发现自己再也要不到封口费了。

菅谷看向趴趴眼：

“你给了她几次封口费？”

趴趴眼说有时三天给一次，有时十天、二十天才给一次。事件发生时，刚好是挖芋头的时节，所以阿辰会窝在山中小屋，那时封口费给得比较频繁。

“雨和尚死的那一天，阿辰有来找你要封口费吗？”

趴趴眼说没有。阿辰一般都是中午来找他，大胃王的她好像怎么吃都吃不饱，每次都把趴趴眼的饭吃个精光。那天中午因为很多人在现场，也许阿辰也有来，只是又悄悄逃走了。

趴趴眼把阿辰的事全抖了出来，但始终没提到蛤蟆六和雨和尚的事，也没提到相模女的事。

蛤蟆六和雨和尚到底是在哪里和谁碰面，还是查不出个所以然。虽然前往山谷必须经过一处村落，但也没人看到过他们走向山谷。菅谷沮丧而归，途中因为口渴，便向路旁的小寺院讨点水喝。庙里和尚听了菅谷要打听的事，说道：

“是喔。我是没看到穿得很体面的人啦！不过偶尔会有人从寺院后门那边进入丹泽山。”

“寺院后门那边有进山的路吗？”

“不是路，是有人说想从寺院后门直接进山。就连村民也不晓得寺院后门通往丹泽山。起初我还以为他来寺院里是有什么事，原来他是要从我这里进山啊！”

菅谷顿时恍然大悟，内心亢奋不已。就是这个！能够凭空消失、隐身不露的方法就是利用寺院的后门！没错，就是这个！除了利用黑夜犯案之外，还用了这一招。新十郎说过也许是用了什么方法才能偷偷进山，原来就是这招。给人以为走进寺院的假象，这么一来也解开了为何两人要刻意穿着体面的疑点。不晓得菅谷心里在想什么的老和尚又说：

“问题是，从后门爬上去是一条不到一尺宽、不知通往哪里的小径。而且走没几里路就看不到路了。记得以前那里有一间烧炭人住的小屋。”

菅谷惊讶得差点跳起来。没错，两年前趴趴眼还在那里烧炭，所以那里有一处炭窑。只见他兴奋得心跳加快。

“那间小屋还在吗？”

“这我就不清楚了。那里已经荒废了两三年了。小屋应该已经不在了吧。”

菅谷立刻从寺院后门上山，瞥见一间颓败的小屋。炭窑搬到别处的话，小屋应该也会跟着迁移才是，之所以没有迁移，可见小屋还有保留的必要。菅谷走进小屋，不到两张榻榻米大的小屋铺着席子，角落还卷着席子，除此之外，没有其他东西。菅谷发现角落阴暗处有个装烟斗的筒子和烟，拿起来一瞧，看起来是颇昂贵的东西，银筒子上还刻着“大内”字样，大内是蛤蟆六的姓氏。菅谷将卷着的席子摊开来，没发现藏着什么东西。小屋里还有粗草绳和几双磨破的草鞋，看起来像是烧炭时穿的，因为上头黑黑的。但仔细一瞧，那些黑黑的东西不是炭，而是已经干涸的血。菅谷很吃惊，把一张张席子摊开来察看，发现三张比较干净，其他两张很破烂，还沾着像是血的黑黑的东西，粗草绳上也沾有血迹。

菅谷悄悄带走烟具和沾有血迹的粗草绳和席子，隔天去找趴趴眼。但不管他怎么问，还是问不出什么，他坚称自己两年来都没去过那间小屋。

菅谷失望地回去，赶紧上京向新十郎报告。新十郎安慰他：

“别失望，你已经厘清了很多事情，不是吗？尤其你已经解开蛤蟆六和雨和尚是如何掩人耳目地进山，又发现趴趴眼以前烧炭用的小屋，即便趴趴眼不透露半个字。他们之所以穿着体面，就是为了从那间寺院的后门上山，去那间小屋吧。你已经解开了这起案子的很多疑点，只要把环节连接起来就行了。现在缺少的就是连起来的关键点，而这个结肯定就是在小屋或是小田原附近。不过就算找不到那条线，这起案子也算解决了。”

菅谷和坐在一旁的花乃屋、虎之介不禁“啊”地惊呼。尤其是菅谷冷汗直流。

“我怎么也想不出个所以然。用席子包裹蛤蟆六的尸体再搬运到铁轨上，走路也要走上将近一个半、两个钟头吧。蛤蟆六的尸体那么重，谁搬得动啊！就算是力大无穷的阿辰应该也没这能耐吧！”

“当然没这能耐，但是这案子可不是像你想的那样进行。总之，我去一趟下曽我，找找那个关键点吧。只要解开了，您就会明白这案子其实一点也不复杂。今晚就留在这里过夜，明早一起出发吧！”

* * *

因为是一大早出发，虎之介怕来不及去向海舟问早，所以晚膳前去了一趟海舟的宅邸。这时间去拜访，当然不太恰当。

不过两个钟头后，走在夜幕低垂的冰川町的虎之介却沮丧地猛摇头，很感慨的样子。

“也不能说海舟先生已经老了，脑子不灵光了。但毕竟上了年纪，吃过晚膳就精神不济了。看来麒麟老了也不及一头虎啊！”

虎之介嘟哝着，颇有抱怨。

翌晨，一行人搭早班车出发。花乃屋嘲讽虎之介：

“如何，在冰川那里有得到什么‘神启’吗？”

“老人家用过晚膳后就不行啦！脑子变得很不灵光。只问我那个怪力女阿辰长得美不美，我回说不知道，应该长得不怎么样吧。他竟然说我连这种事都不知道，怎么当侦探啊！他还说阿辰肯定是个美女。世上最好色的人不是那些光顾妓院的男客，而是妓院老板。他们四处物色女人，不是为了满足客人，而是为了自己。对于这些色鬼来说，阿辰这样的女人有其特殊的魅力。当然，阿辰也是个好色女，在小屋和蛤蟆六、雨和尚享受鱼水之欢后，知道他们身上带着巨款，便将他们杀了。阿辰喜欢小个头男人，讨厌身材魁梧的壮汉，所以阿虎也要小心哦！搞不好她会弄死你哩。阿辰可是个美人呢！哈哈！海舟先生真的老啰！老人啊，什么事都会想到那方面，八成到了老年危机吧。花乃屋，别仗着自己还年轻，也差不多要面临这种问题啰！”

虎之介对海舟这次的推理深感失望，所以就把气出在花乃屋身上。

一行人在国府津下车，换搭人力车前往小田原。前往蛤蟆六家，确认这些烟具是他的无误。

“你们家老爷出门前，有谁过来找他吗？”

“没有，他总是说走就走。”

“他还有什么习惯吗？早上起床、洗脸，然后呢？”

“他习惯晚睡晚起，每天都是快中午才起床，醒来就去花房汤。因为那间澡堂是十一点开门，但最近他都跑去比较远一点的澡堂。”

“是从什么时候就不去花房汤的呢？”

“这个嘛，好像是自从隔壁那间当铺的少爷会从窗户偷窥女澡堂，筑起一道高墙时吧。他说花房汤的老板做得太过分了，所以就不去光顾了。”

“这事倒挺新鲜呢！当铺的少爷和你家老爷很要好吗？”

“他以前常来我家玩，不知为何最近都没来了。”

看来蛤蟆六都是先去澡堂，才回家吃饭，然后再去箱根那三间店巡视一下，很晚才回来。

新十郎在花房汤也问了同样的事。雨和尚的老婆怀疑丈夫死得蹊跷，所以想了一下才回道：

“他出门时都不会先和谁打声招呼，总是说走就走。至于生活习惯，我们这种店总是开得晚，所以都是睡到很晚才起床。不过除了这间澡堂，他还做什么建筑承包，所以会比较早起，每天九点左右挂上‘本日十一点营业’的牌子。不对，应该说是翻个面。我们就寝之前，会把牌子翻到‘结束营业’这一面。他吃完饭，就会去做他的事了。不过最近他半夜会醒来，将门口的牌子翻面，再继续睡觉。因为我这个人很神经质，连这种事都会注意。”

“早起是因为围墙加高的关系吗？”

“早在这之前，围墙就加高了。是我找人弄的，因为客人一再抱怨隔壁有人偷窥，那已经是超过半年前的事了。老爷子他早起是这件事情后的三四个月，也就是他死前两个月才开始吧。”

新十郎向雨和尚的老婆道谢后，又拜访哈蟆六的老婆：

“不好意思，您家老爷不去花房汤去别家澡堂是死前一个月或一个半月的事吗？因为这件事有点重要，还请您好好回想。”

“这我就不清楚了。”

“那么，他还有其他习惯改变吗？”

“这个嘛，他好像觉得花房汤太晚才开门营业，为此很生气呢！直说这样就服务不到早起的客人。因为他自己起得早，所以会带着准备离开我们店里的客人一起去别家澡堂洗澡，大概早上六点左右吧。应该是五点或六点半左右吧。”

“洗完澡后应该有补眠吧？”

“您还真清楚。他早上喝几杯后，再一觉睡到中午。”

“感谢。”

新十郎离开后，笑嘻嘻地说：

“看来已经找到那个关键点了。”

新十郎来到小田原警署，和署长密谈了两个钟头才出来，然后对等在外头的三人说：

“已经到最后阶段了。走吧！”

一行人出发。（究竟谁是凶手呢？）

＊　＊　＊

在菅谷的带路下，来自东京的三人组来到趴趴眼以前工作用的那间小屋。没想到小屋已经荡然无存。菅谷大惊失色：

“不对啊！我昨天、前天……大前天才看到小屋啊！没错，是大前天，才三天，小屋就不见了。虽说拆小屋用不着十分钟……”

“不见也是理所当然的事。”

新十郎观察周遭的地上和树木，问道：

“从这里到那长着柏树的山谷大概要走多久？”

“这个嘛，因为没路可通。我们要走的话，可能要三四个钟头吧。习惯走山路的趴趴眼和阿辰大概一个半钟头吧。快的话，一个钟头就行了。”

“从这里到趴趴眼现在住的小屋呢？”

“他住的地方和山谷是反方向，以趴趴眼的脚程来说，从这里到趴趴睡的小屋大概要走个三四十分钟吧。然后他再走个二三十分钟才到阿辰的山中小屋。也就是说，从趴趴眼现在住的小屋到山谷起码要花上一个半到两个钟头。从阿辰的山中小屋到长着柏树的山谷则是两个到两个半钟头吧。我们的话，就得花更多的时间了。”

新十郎颔首。他们接着去趴趴眼现在住的地方。趴趴眼正在屋前劈要用来烧炭的木材。

“你手脚可真快啊！马上就拆了那小屋。没发现什么奇怪的东西吗？”

新十郎出声。趴趴眼一看是不认识的人，好像吓了一跳，不敢吭声。只见新十郎一脸严肃，大踏步地走向他。

“看来不把你带去警局，你是不会老实招了！阿辰都已经招了！是你将哈蟆六、雨和尚引诱出来，杀了他们，还抢了他们的钱。你还为了引诱他们出来，深夜跑到小田原，将花房汤的牌子翻过来作为暗号，这些我们都知道了。你还敢抵赖！”

新十郎捉住趴趴眼的手腕，扭到身后。只见趴趴眼吓得脸色惨白，害怕得闭着眼，看来他没办法抵赖了。只见他长叹一口气，抱着必死的想法说：

“翻牌子一事是三年前就开始了。是花房汤的老板和我商量出来的方法。用来向他报告他想雇用的搓澡女答应了，请他过来领相模女。您说我引诱他们出来，根本是冤枉啊！我跟蛤蟆六两年前就绝交了。花房汤的老板也和他断绝了往来。我那天去花房汤翻牌子，本来是通知雨和尚过来的，没想到蛤蟆六也来了。雨和尚说他识破了我们联络的暗号，所以把牌子再翻回去，然后自己跑来领女人。所以雨和尚都会一早起来检查牌子，发现蛤蟆六又动了手脚，他的死跟我一点关系都没有啊！”

“后来怎么样了？”

“我不知道啊！那时阿辰来山上玩，碰到蛤蟆六，两人就一起走了。”

“因为我一看是蛤蟆六，不是雨和尚，就没告诉他相模女的事，我坚持不肯说，他就和阿辰一起走了。之后的事，我就不清楚了。后来雨和尚被我的牛顶死，我也不知道是怎么回事啊！只知道他那天会来山里找我，因为我夜里去花房汤大门翻牌子。我也觉得很奇怪啊！我养的那头牛很乖，从没伤过人。雨和尚都来过十几次了，也没发生过这种事啊！”

“他们是走山路过来的吗？”

“不是。走山路过来的话，会被人看到。所以他们都是假装去寺院拜佛，然后从寺院后门上山。晚上从小屋走到山谷很容易迷路，但白天就不会了。”

“那天阿辰有来吗？”

“那天没来，前一天来过。”

“她前一天来的时候，你告诉她，明天花房汤老板会来，是吧？”

“阿辰听到我和蛤蟆六的对话，晓得花房汤老板不时会来找我。后来阿辰常向我打听雨和尚的事。我都是在山谷里待着，我要是不在小屋里，就是在树下睡觉，刮风下雨也是待在这山谷，没回去过。从那次离开烧炭小屋后，我就再也没去过了。直到菅谷巡警提起那件奇怪的事，我才想说要毁掉那间小屋。”

“你说的是真的还是假的，去警察面前就知道了。阿辰可不是这么招的哦！”

“阿辰说谎！你看我这样子会杀人吗？”

一行人带着趴趴眼来到警局。一瞧，阿辰已被逮捕，留置警局。那是出动十名壮汉，费了九牛二虎之力才逮住她的。

凶手是阿辰，和趴趴眼无关，至于鸭七则是完全不晓得阿辰行凶一事。新十郎说：

“那天晚上，阿辰和蛤蟆六在小屋里过夜。阿辰发现蛤蟆六身上带着巨款，遂起了歹念，拿起重棒朝他后脑勺重击，杀了他。蛤蟆六头骨粉碎，连眼珠子都迸出来了。阿辰用席子包裹尸体，扛到山中小屋，然后再和农作物一起搬运到山下的家。回家后，等待夜行列车碾过蛤蟆六的尸体。然后又跑去烧炭小屋和雨和尚过夜，一早醒来就弄晕他，同样用席子包裹住他扛到山谷里。然后雨和尚突然醒来，阿辰慌张地抓起地上的泥土塞住他的嘴和鼻子。雨和尚的右臂就是在那时候弄断的。阿辰将雨和尚扛到趴趴眼拴牛的地方，将雨和尚从席子里踹出来，举起来插在牛角上。牛受到惊吓，又用角刺了一次雨和尚，挣脱绳子逃回村子。阿辰是个可怕的妖妇，杀了蛤蟆六之后，还是无法收敛她的残暴，尤其喜欢先跟男人发生关系，再杀死对方。她把雨和尚举起来往牛角上一插时，雨和尚还没断气呢！真是凶狠的妖妇啊！如果这次没有被逮到，只怕她还会继续用这手法杀人……”

虎之介不想再听下去了。为海舟的睿智深深折服，整个人就像掉进了冰洞里，浑身失了气力。

* * *

虎之介趴在海舟面前长达五分钟，都没有抬起头。看上去十分清爽的光头是他败北的印记。仔细一瞧，他的头上写了个“石”字。海舟屈膝凑近一瞧，原来是用针灸灸上去的，恐怕耗时一个钟头吧。之所以灸了这个“石”字，是表示自己的脑子像石头一样硬，不知变通，也是向海舟赔罪之意。

“你就算不这么做，我也明白，还真是个喜欢白费工夫的家伙啊！”

海舟笑道。虎之介知道海舟没怪罪，安心不少，赶紧抬起头：

“今后我会等您用过晚膳才来。”

说了这句莫名其妙的话后，便走了。

图书在版编目（CIP）数据

小偷家族 /（日）坂口安吾著；杨明绮译. —杭州：浙江文艺出版社，2022.3

ISBN 978-7-5339-6663-8

Ⅰ.①小… Ⅱ.①坂… ②杨… Ⅲ.①侦探小说—小说集—日本—现代 Ⅳ.①I313.45

中国版本图书馆 CIP 数据核字（2021）第 219197 号

策　　划：邵　劼
责任编辑：邵　劼
营销编辑：王莎惠
封面设计：人马艺术设计·储平
责任印制：吴春娟

小偷家族
［日］坂口安吾　著
杨明绮　译

浙江文艺出版社　出版发行
地址：杭州市体育场路 347 号　邮编：310006
经销：浙江省新华书店集团有限公司
印刷：浙江新华数码印务有限公司
开本：850 毫米×1168 毫米　1/32
字数：172 千字
印张：12.375
插页：6
版次：2022 年 3 月第 1 版
印次：2022 年 3 月第 1 次印刷
书号：ISBN 978-7-5339-6663-8
定价：59.00 元